JN110887

茜唄（あかねうた）

下

今村翔吾

角川春樹事務所

茜唄
あかねうた
下

茜唄（あかねうた）下

目次

装画　猫将軍
装幀　芦澤泰偉＋五十嵐徹

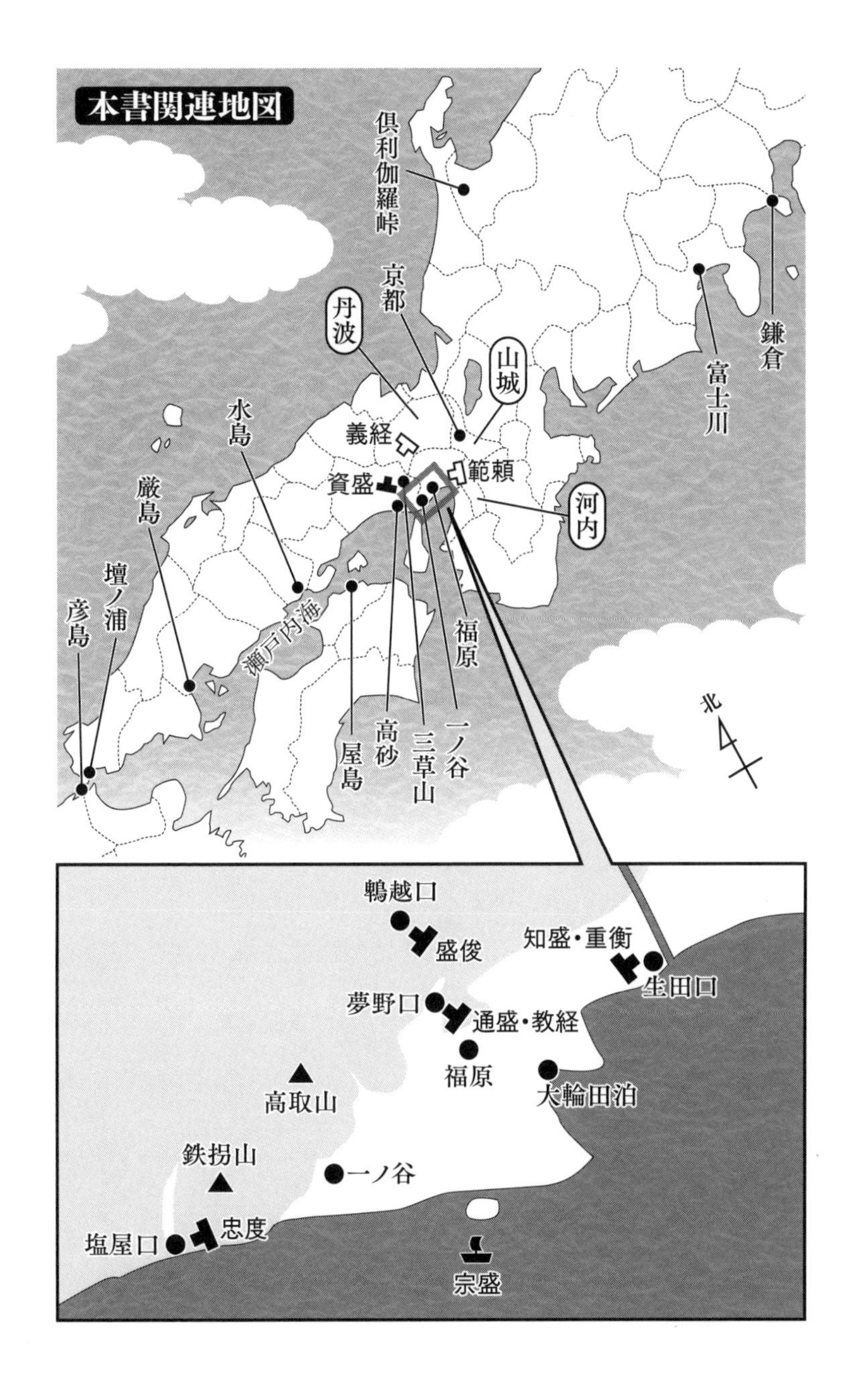
本書関連地図
倶利伽羅峠
京都
丹波
山城
鎌倉
富士川
義経
範頼
資盛
河内
水島
厳島
壇ノ浦
彦島
瀬戸内海
福原
屋島
高砂
三草山
一ノ谷
北
鵯越口
盛俊
知盛・重衡
生田口
夢野口
通盛・教経
福原
大輪田泊
高取山
鉄拐山
一ノ谷
忠度
塩屋口
宗盛

第八章

邂逅

＊

源平両方鬨作り、矢合はせして、互に舟ども押し合はせて攻め戦ふ。

遠きをば弓で射、近きをば太刀で斬り、熊手にかけて取るもあり、取らるるもあり、引組んで海に入るもあり、刺し違へて死ぬるもあり。思ひ思ひ、心々に勝負をす。

源氏の方の侍大将海野の弥平四郎討たれにけり――。

平家は水島のいくさに勝ってこそ、会稽の恥をば雪めけれ。

言の葉、琵琶の音、一つ一つが部屋の中を駆けまわる。まるで時に手を繋ぎ、時に背を押すように、絶妙な呼吸で互いを助け合っているような錯覚を受けた。

兄の死を唄うのだ。心が揺さぶられて拙いものになるか、しくじる箇所も出て来るのではないかと想像していたが、今宵の西仏の声も、音色も、見事なものであった。

調べが止み、暫し静まり返った。吐息すら聴き取ることができるほどの静寂である。普段は先に琵琶を置くのは己であるが、此度に限っては離せなかった。西仏の思うまま、満足するまで、それがたとえ朝になろうとも付き合うつもりだった。

「ありがとうございます……」

西仏は擦れた声と共に、ゆっくりと琵琶を置いた。

「如何でしたか」

間をあけずに西仏は尋ねた。

「お見事です」

本心からの言葉である。西仏も感じるところがあったのだろう。謙遜することなく、

「ようございました」

と、素直に応じたが、その顔には若干の安堵の色も滲んでいた。

見計らって運ばれてきた白湯を、西仏は口中で転がすようにして飲む。また先に口を開いたのも西仏であった。

「海野弥平四郎は優れた武士でした」

信濃の片田舎の侍である。しかし武に優れただけでなく、文にも秀でており、海野は幸広の代でさらに栄えるだろうと言われていた。

また、幸広は温厚な人でもあった。領地を接する者と諍いになれば、すぐに腕力に訴えるような武士が多い信濃で、幸広は争いを最後まで避け、話し合うことを重んじた。そのためには己が頭を下げることすら厭わなかったらしい。幸長と名乗っていたその頃の西仏は血気盛んで、悪くないことを詫びる必要はない、そのような兄は見たくないと迫ったことがあった。

すると幸広は、

――好きに言わせておくがよい。俺はそれを真の強さとは思わぬだけじゃ。

と、凜と言い切ったという。その時の西仏には言葉の意味が解らなかった。それでも大好きな兄が突き抜けるように爽やかな笑みを見せるものだから、上手くはぐらかされてしまったらしい。

「あの戦の時……兄上の言葉の真の意味が解った気がします。離されていく船の上で目にした、兄と能登守殿が対峙する光景は今も忘れません」

幸広は近隣では無双の強さを誇っていたという。兄が誰かと対峙して負けるなどと思ったことは一度もなかった。だがあの日、西仏は教経を見た瞬間、

――勝てぬ。

と、悟ったという。それは、西仏より武に優れていた幸広も同じに違いない。故に皆が撤退する時を稼ぐため、弟を逃がすために自らが踏み止まったのだ。

そして西仏は遠くから教経に討たれる幸広を見た。西仏もまた、この物語に登場する者の一人であった。

「それは……」

何と言葉を掛けてよいか判らずに声を詰まらせた。

「当時は恨みもしました。ですが、武士に生まれた限り仕方がないこと。誰も殺し合いなど望んではいない……ただ戦はそのようなものだというだけ。能登守殿の人柄を知った今、一層そう思うようになりました」

西仏は訥々と語った後、意を決したように訊いた。

「能登守殿は何か兄上のことを話しておられましたか？」

「はい」

何も聞けなくてもともとと思っていたのだろう。西仏は少し驚いたように眉を上げた。

「何と」

「あれほどの武者は滅多にいない……と」

「そうでしょう。私もそう思います」

西仏は二度、三度頷き、頬を緩めた。その顔に儚さはあるものの、何処か満足げに見えた。

西仏は着衣の裾を直し、改まった口調で続けた。

「物語をただ伝授して頂くだけでなく、こうしてお話ししたからこそ、満足ゆくように唄い、奏でることが出来ました。私の最も得意なものになりそうです」

「ありがとうございます」

話の流れからすれば、こちらが礼を言うのはおかしいのかもしれない。しかし素直にその言葉が零れ出た。

「故に……今後もいろいろお聞かせ下さい」

「是非」

二人、互いに頷き合った。西仏と出逢ってまだそれほど日は経っていない。だがその時の長さ以上に絆が深まっていると感じるのは、これまでの互いの半生を今一度、共に丁寧になぞるようにしているからであろう。

「あの時、新中納言様に完膚なきまでに敗れた私たちは、一目散に京まで逃げ戻りました」

西仏は自身が身を置いた、木曾軍のその後について語り出した。正直なところ、あまりよく覚えていないらしい。ただ確かなのは正副両将を討たれた木曾軍は、もはや軍の体を成しておらず、銘々が逃げるのに必死という有様であった。

「敗戦を告げた時の、木曾殿の顔は今もよく覚えております」

平家に敗れた時、西仏は軍のかなり後方にいたが、自身の愛馬が奪われずにいたことが幸いし、京には早くに入ることができた。西仏の父、海野幸親も出陣していたが、この時はまだ戻っていなかったらしい。西仏はすぐに木曾義仲に呼ばれて事態を報告した。

木曾はまずその悲惨な結果に唖然とした後、下唇を破れんばかりに嚙みしめて自身が出陣しなかったことを悔いた。そして次に、

――赦さぬ。

と、呻くように言った。その形相は憤怒に染まり、握った拳をわなわなと激しく震わせていたという。

「平家を恨むのは無理もないことです」

知盛と義仲、面識がある訳ではない。平氏と源氏の違いこそあれども、それが則ち恨み合う道理もなかった。戦とは見ず知らずの相手へ憎悪を刻み、増幅させていく。それを己は痛いほど知っている。

西仏はゆっくりと首を横に振った。

「あの時の木曾殿の怒りは、平家に向けてのものではありませぬ。いや、確かに平家も恨んでおられたかもしれません。しかし、それ以上に自身が出陣出来ぬ原因となった御方に向けてのものだったと思います」

「法皇様……」

「左様」

その後の義仲の行動を知っているからこそ判る。院政を再開し、高倉天皇の四宮、尊成親王を即位させた後白河法皇は、新宮十郎を傍らに置き、平家追討の立役者である義仲のことを疎んじた。それだけが理由という訳ではないだろうが、京に屯する諸勢力も木曾のことを軽んじ、治安は悪化の一途を辿っており、とてもではないが離れられるような状況ではなかった。

さらに出陣してしまえば、後白河法皇はその隙に他の勢力、例えば源頼朝などと結んで義仲の排除を目論むかもしれない。そのことも京に留まる要因となり、水島の敗戦に繋がったと義仲は考えた。

「別に逆恨みという訳でもございません。事実、その頃すでに、後白河法皇は頼朝と頻繁にやり取りを行っていたようです」

西仏も後に聞いたことと前置きをして話した。後白河法皇は木曾軍が京を発つ以前より、内密に頼朝に上洛を打診していた。木曾は田舎者で礼儀作法も知らぬ。新宮十郎はその点はましだが小勢で心許ない。両者よりも頼朝のほうが遥かに良いと考えたのだろう。

「ですが頼朝もなかなか思慮深いと申しますか……食えぬ男です」

声を落として西仏は続けた。

法皇からの院宣が届いたとなれば、並の武士は飛び上がって喜び、すぐにでも京に馳せ参じようとしただろう。

だが頼朝はそうはしなかった。奥州の藤原秀衡や、源氏ではあるが独立した動きを見せる佐竹秀義などに、鎌倉を攻められる恐れがあることを理由に、上洛の要請を断ったのである。その上で、

——我が罪の晴れることを望んでいます。

と、後白河法皇に暗に自身の望みを匂わせたのである。

「法皇様はそれに」

「はい。乗ったという訳です」

すぐに頼朝の官位は復され、続けて東海道、東山道の沙汰を任せるという宣旨が発せられた。

これで頼朝は朝廷への反乱を指揮する者という立場から、一転して正式に廷臣であると認められた。そうなれば、藤原も佐竹も頼朝を攻める正当性を失う。こうしてここまでの譲歩を引き出した後、頼朝は遂に自らの軍を京に向けて発進させたのである。

平家追討の木曾軍が京を出たのと前後して、義仲にも、

——頼朝軍、西進せり。

との報が入った。故に、追討軍の大将である足利義清のもとにも、出来るだけ早く平家を始末

し、戻って来るようにと義仲から命が来ていたらしい。それが、彼らの焦（あせ）りに繋がっていたのだろう。

頼朝は軍を二つに分け、それぞれを二人の弟に率（ひき）いさせていた。一人は範頼（のりより）と謂（い）い、遠江（とおとうみ）国蒲（かば）御厨（のみくりや）で生まれ育ったため蒲冠者（かじゃ）などと呼ばれる。源義朝（よしとも）の六番目の子であり、頼朝の異母弟である。些（いささ）か気弱なところはあるが、至極真面目（まじめ）な男であったらしく、兄頼朝に常に愚直（ぐちょく）に従い続けた。

そして今一人。

この男が、後も続く源平合戦の趨勢（すうせい）を決めたといっても過言ではない。

源義朝の九男。父の敗死で鞍馬（くらま）寺へと預けられ、長じてからは奥州藤原氏のもとへと逃れ、その薫陶（くんとう）を受けた。身分の高さに加え、兄の決起に際して颯爽（さっそう）と駆け付けた表舞台への登場の仕方からして、この時代の主役となり得る魅力（みりょく）があった。

この物語のもう一人の主役、新中納言平知盛の宿敵となる人である。

遠目にではあるが、己もその人を見たことがある。想像していた以上に身丈（みたけ）が低かったことに驚いたが、その躰（からだ）からは闘気が立ち上っているように見えたのを覚えている。だがそれ以上に印象に残っているのは、義経（よしつね）を語る時の、知盛の横顔である。

目を瞑（つむ）るとまざまざと瞼（まぶた）の裏に浮かんでくる。知盛の表情は憎らしげではあるのだが、怒りや憎悪の如（ごと）き黒い感情は微塵（みじん）も浮かんではいない。むしろ何処（どこ）か楽しそうにすら見えた。まるで古き友と張り合っているかのように。だが、義経のことを語り終えると、いつも決まって寂（さび）しそうに微笑んだのも覚えている。当時はその意味は窺い知れなかったが、今ならばはきと解る気がする。

「九郎義経殿……」

心のざわめきがそうさせたのか。ゆっくり目を開くと同時に、思わず名が口から零れ出た。隙間風がある訳でもないのに、高灯台の火が振れた。今宵もまたゆらりと更けていく。

一

平家は水島の戦いに大勝したことで勢いを取り戻しつつあった。西国で日和見をしていた武士の中にも、平家に同心する意を表明する者も増えつつある。都落ちの後、慌ただしい日々と、不安に追い捲られていた平家も一応の平静を取り戻し、激動の寿永二年が暮れていった。

年が明けた寿永三年（一一八四年）、知盛は京の西、桂の地にいた。庶民のような質素な衣服を身に着け、これも百姓が用いるような質素な菅笠を目深に被るという出で立ちである。

「雪か」

知盛は天を見上げた。鉛色の空から、粉の如き雪が舞い降り始めている。今年の冬は一段と寒い。米の実りもあまり期待出来そうになく、昨年は小康を得ていた飢饉も、また戻って来るのではないか。

――風邪を引いておらねばよいが。

知盛は西の空へと目を移して心中で呟いた。思い浮かべていたのは男女二人の子、そして身重の妻希子である。形勢に挽回の兆しが見えたこともあり、平家一門は今年の正月を大層祝っているだろう。だが知盛は皆と共に過ごすことは出来なかった。

昨年の暮れ、知盛は平家棟梁の兄宗盛に、

「京へ行こうと思います」

と、打ち明けた。

これには事情があった。水島の戦いに勝って一門が浮かれている中、知盛はすぐに木曾義仲に向けて密使を送った。かねてより決めていたように、和議を結ばんとしたのである。

頼朝の軍勢が京に上って来ているという報は知盛も摑んでいる。今は九郎義経なる頼朝の弟が数百騎と共に進軍しているに過ぎないが、蒲冠者こと範頼が数千騎を率いて後発したという。

一方の木曾は、水島で敗れたせいで味方が離れ、今はかなり数を減らしており、とても頼朝に対抗出来る状態ではない。ここは和議を結び、一度頼朝の軍勢を関東へと押し戻すのはどうかという提案である。

戻って来た使者が語るところに拠ると、木曾は初め、驚きのあまり絶句していたという。次いで奸計ではないかと疑った。

――平家に何の利がある。

と、いうのだ。木曾と頼朝に潰し合いをさせ、疲弊した勝者を叩くほうが平家にとって良い。

木曾がそう思うのも無理はない。

そこで使者は知盛の親書を手渡した。その内容は二点に要約出来る。

一つは、己としては平家への怨みの強さや、その勢力の膨脹の速さを見て、頼朝のほうをより脅威であると捉えていること。戦の巧拙は別にしてと、木曾の体面のことも忘れてはいない。

要点の二つ目は、京を含む西国は平家の領分とさせて貰うが、木曾の出身である信濃、北陸、東海筋の一部は木曾が領有すれば良い。頼朝が木曾の領地を侵略するならば、平家は同心して戦うという約定も含む提案である。

木曾はこの和議が平家にも利があることを知り一応得心した。だが二点目に関しては、

――京は平家、木曾で分けて統治したい。

と、一部条件を変えて、木曾側からの提案がなされたのである。

平家としては呑めぬ条件だと、知盛はこれを一蹴した。そのようなことをすれば、また後白河法皇や、朝廷に武家が翻弄されることになり得る。平家が目を光らせて抑え込むしかない。あるいは木曾や、奥州藤原氏にも、親王を派して独自の朝廷を戴かせることで権威の分散を図るという手もある。もっともそれにはかなりの時を要するはずで、己が生きているうちには達成出来ぬほど遠大な計画となろう。ともかく今は、政に疎く、容易に後白河法皇に手玉に取られるような木曾に京を任せる訳にはいかないのだ。

交渉が暗礁に乗り上げかけたその時、京で世を震撼させる事件が起こった。木曾義仲が後白河法皇のいる法住寺殿に攻めかかったのである。

十一月四日、頼朝の命を受けた源義経の軍が不破（ふわ）の関にまで至っており、同じ源氏相手でも京を明け渡すつもりはない、として木曾はこれを打ち破らんと軍を集めた。だが木曾勢以外の源氏は命に従わず、勝手に院御所に集まり始めたのである。

後白河法皇の策動に間違いない。頼朝は必ずや木曾を討つだろう。故に木曾に味方せず、院の警備をして静観せよとでも言ったのだ。木曾以外の源氏がそれに従ったのである。

その中には木曾の叔父で、義仲に上洛を焚（た）きつけた張本人、新宮十郎の姿もあった。この男の大勢力に寄生する力、変わり身の早さは、もはや名人芸といっても良い。

十六日には後白河法皇は、木曾への敵対をより鮮明にした。延暦寺（えんりやくじ）、園城寺（おんじょうじ）から僧兵を集め、法住寺殿に柵（さく）を作り、濠（ほり）を巡らせ始めた。さらに摂津（せっつ）源氏の多田（ただ）行綱（ゆきつな）、美濃源氏の源光長（みつなが）らも木曾を見限って、後白河法皇のもとへと馳せ参じた。

後白河法皇は、もはや勝利は間違いないと考えたらしい。木曾に対して、今すぐ平氏追討のために西国へ向かえ。その院宣に背（そむ）いて頼朝軍と戦うのならば、それは朝廷としてではなく、義仲一人の責任で戦うように。また、このまま京にいるならば、それは、

――朝廷への謀叛（むほん）と見做（みな）す。

と、痛烈な最後通牒（つうちょう）を送ったのである。

これに対して木曾は朝廷に叛（そむ）く気はないと切々と弁明したが、勢い付いた後白河法皇は一切聞き入れることなく、さらに軍備を進めた。

後白河法皇の院御所に突如（とつじょ）として木曾軍が攻めかかったのは、それから三日後の十九日のこと

であった。法皇が耳を貸してくれぬ今、座して待っていても死ぬだけ。

――やられる前にやるしかない。

と、木曾としてはこれしか選択肢がなかったのだろう。

一度戦となれば、木曾の強さは圧倒的であった。すでに二万を超えていた後白河法皇の軍に対し、僅か七千で猛攻を仕掛け、瞬く間に打ち破った。源光長、その子の源光経、清原親業、源国基、藤原信行などの名だたる者を討ち取ったという。

後白河法皇の側近くに仕える、例の鼓判官、平知康などは為す術を知らず、前線に出て金剛鈴を鳴らしつつ、

――悪霊退散‼

と、連呼するという醜態を晒したらしい。

因みに新宮十郎は、危険を察するや否や、平家討伐と嘯いて早々に京を脱出していた。

ともかく武士が院に、朝廷に、直に牙を剝き、しかも勝ってしまうというのは古今未曾有の事態で、京は混乱の極みに陥っている。

「大事な時にややこしいことを……」

この報に触れた時、知盛は下唇を嚙みしめた。木曾ではなく、後白河法皇に怒りを覚えたのである。後白河法皇が動いたことでこのような事態を招き、先行きは全く見えなくなってしまった。こうなっては使者を通じての交渉は難しい。刻一刻と頼朝の軍が京に迫っており、残された時も少ない。故に自らが京に潜入し、木曾と密会することを決めたのだ。

「お主が行く必要があるのか。万が一のことがあれば平家は終わりだ。危う過ぎる」

宗盛は激しく狼狽し、そのような言で知盛を引き止めようとした。もっともであるが、知盛としてもそれは重々承知のことである。

「行かねばなりません」

水島の戦い以上に、ここが平家の分水嶺。この交渉には己の命を賭ける価値があると思い定めていた。そのことを噛んで含めるように滔々と語り、宗盛を納得させたという訳である。ただ宗盛は、一つだけ条件を付け加えたのだった。


「兄者、雪だ！」

脇を歩く教経が天を見上げつつ言った。宗盛の出した条件というのが、教経を伴うということであった。水島の戦いでの傑出した活躍もあり、教経の武に対する宗盛の信頼はさらに厚いものとなっている。仮に木曾が卑怯な真似をしようとも、教経さえいれば、難なく京から脱け出せるはずと心より信じているようだ。

「声が大きい。ただでさえお前は躰が大きくて目立つのだ」

知盛は苦く頰を緩めた。確かに教経がいるのは心強い。だが潜入するとなると、これほど向かぬ男も滅多にいないだろう。とにかく知盛への心配ばかりが先に立ち、そこまで考えが至らないのが宗盛らしい。

桂川を渡し舟で越え、京へと入ってすぐ、

「これは……」

と、教経は絶句した。己たちがいた頃から、京には浮浪者が多く、郊外ともなれば餓死した者の屍が打ち捨てられていることすらあった。

だが今はその数が桁違いに多い。屍は折り重なり、無数の蠅が飛び交い、鼻が曲がるほどの異臭を放っている。塀や木に寄りかかり、虚ろな目で宙を見つめて死を待つ者たちも、通りのあちこちにあふれていた。

己たちが火を放った平家一門の屋敷だけでなく、都落ちの時には残っていたはずの屋敷、寺、社でさえ、焼け落ちているものは数え切れなかった。

「木曾だけのせいにしてはならぬぞ。己たちの責も大きい」

知盛は静かに窘めた。

「ああ……」

「このままではこの国は真に終わってしまう。それを止めるために来たのだ」

自身にも言い聞かせるように知盛は言った。

「急ぐぞ」

木曾義仲も追い詰められており、和議の内容に注文を付けてしまったことを今頃になって後悔しているはず。後白河法皇の軍を破り、木曾はそのまま法住寺殿に居座っている。下手な小細工は無用。正面から乗り込むつもりである。

その時、遠くから馬の嘶きが聞こえてきた。目を凝らして見れば、彼方が煙っているのも判る。

砂が舞い上がっているのだ。

「何かあったか」

教経は背負っている柴に手を伸ばす。中に太刀を隠していた。

「いや、待て」

知盛は制してさらに足を速めた。方角と距離から察するに法住寺殿の辺り。木曾の軍勢が打って出たと見てよい。

「兄者、あれは」

教経は大股で歩きながら短く訊いた。

「頼朝軍が来たのだ。思った以上に早いぞ」

表には出さぬものの、知盛は内心では焦っていた。

木曾は後白河法皇を手元に置いている。これに攻めかかってしまえば後白河法皇も無事では済まないだろう。頼朝としてはそう易々と手出し出来ず、故に暫くは交渉が続くものと踏んでいた。だがその予想は大きく外れたことになる。万が一のことがあっても仕方ないと、頼朝は苦渋の決断を下したのか。いや、

――後白河法皇もろとも滅ぼすつもりか。

知盛は唇を噛みしめた。今、軍を動かすということは、そうとしか考えられない。

ではこれは誰の意図か。源範頼、義経の独断とは思えず、鎌倉の頼朝の思惑であろう。頼朝もまた後白河法皇が脅威になると予測しているのだ。恐らくは後発軍の範頼に、そのように言い含

めたのではないか。

「動いた木曾の手勢は千ほどか」

「いや、五百……それより少ないかもしれぬ」

舞い上がる砂塵の量から知盛はそう判断した。一時期は数万を超える勢力を誇った木曾軍も、今や追い詰められてその数は激減しているのだろう。

法住寺殿のすぐ側まで辿り着いた時、周囲は武士たちに固められており、物々しい雰囲気が漂っていた。この状況ならば引き下がるしかないと考えるのが普通だろう。だが、知盛は諦めることはなかった。堂々と門を守る武士のもとへ行く。こちらが旅装に身を固めていることを訝しがる武士に向け、

「私は但馬国の住人、木嶋太郎と申す者。これなるは弟の次郎。木曾様にお味方すべく参上致しました。京は今、騒動の渦中と耳にし、このような恰好で参った次第。お取り次ぎ願いたい」

と、偽名を交えつつ迫った。

「有難いことだが遅かった。今は誰も取り次げぬ」

「すでに但馬衆二千が、丹波まで来ております。我らは先んじて伺いを立てるため、二人で馳せ参じたのです。必ずやお力になります。何卒」

「に、二千とな……解った。お尋ねしてみる」

武士は法住寺殿の中へと消えた。今の木曾軍にとって、たった二千の軍勢がいかに大きいかを物語っている。

暫(しばら)くすると再び武士が姿を見せ、知盛らを案内した。ここに足を踏み入れたのは、帝(みかど)を救いに来た日以来である。ひっきりなしに人が駆け足で行き来しており、事態が逼迫(ひっぱく)していることが判った。

法皇は六条西洞院(にしのとういん)の長講堂(ちょうこうどう)におり、木曾の手の者が念入りにその周囲を固め、軟禁状態にあるらしい。先の戦禍(せんか)に巻き込まれたことにより南殿が焼け落ちており、木曾はそのすぐ北、父清盛(きよもり)が造立(ぞうりゅう)した蓮華王院(れんげおういん)にいた。

動き回りつつ配下に指示を出す男がいる。慌ただしい人々の中でも、目立って落ち着かぬ様子である。その男を、案内の武士が呼んだ。

「御屋形(おやかた)様、但馬の木嶋太郎殿、次郎殿がお越し下さいました」

——やはりそうだったか。

逢坂(おうさか)の関、山科(やましな)での一戦において、前線にまで出張ってきた将で間違いない。予感するものはあったが、やはりこの男が木曾義仲であったらしい。

「おお……少しお待ちを」

木曾は軽く会釈(えしゃく)をすると、近くの者に指示を与える。瀬田(せた)、宇治(うじ)、今井(いまい)、根井(ねのい)、範頼、義経などの地名、人名が聞こえる。一頻(ひとしき)り命じ終えたところで、木曾はこちらに来て語り掛けた。

「無礼をした。木曾義仲だ」

鼻梁(びりょう)高く、眉も凛々(りり)しい。ただ頬はややこけており、目の下にも濃い隈(くま)が出来ている。大柄な男には違いないが、山科で遠目に見た時よりも、何故か一回りも二回りも小さく思えた。

「木嶋太郎と申します。これなるは弟の次郎」

「但馬から来てくれたとか。有難い。すぐに迎え入れる支度を……」

「木曾様」

知盛は低く呼び、じっと見据えた。

木曾はただならぬものを感じたらしく、侍る童たちを手で制し、一歩、二歩と、こちらに近付いて来る。その間、互いの視線が宙で交わり続けていた。眼前まで来た時、木曾もまた、地を這うような声で訊いた。

「何だ」

戦場さながらに建物の中を慌ただしく動く人々からは、何処か木曾への余所余所しさを感じる。木曾が中心にいるのは間違いないのだが、その中心だけを置き去りにし、渦が旋回しているように思えた。人はいる。声もある。だが、ただの背景であり、雑音でしかなく、ここには二人しかいないような錯覚を受けた。

「和議を」

「平家か」

木曾は今では、豪傑なれど短慮にして愚昧、などと世間で語られてもいる。だが知盛のこの一言で即座に察するあたり、決して阿呆ではない。いやその前から異様な雰囲気を感じ取っていたあたり、やはり紛れもなく大将たる資質を有している。

「はい」

「まさか一門か」

「知盛」

「なっ——」

知盛が短く名乗ると、流石に木曾義仲も吃驚して顔を強張らせた。

「ならばこちらは」

木曾の視線が、知盛の背後へゆく。

「能登です」

「おお……やはり」

木曾は小さな感嘆を漏らした。山科の攻防において、木曾は遠目ながら教経を見ていた。目鼻立ちまでは判らなかったであろうが、これほどの巨軀ならばと見当はついていたらしい。木曾は口元を引き締めて続けた。

「海野幸広のことを聞きました」

「敵ながら見事な男でした」

「王城一の強者がそう言うのならば、幸広も本望でしょう」

木曾は遠くを見つめながら、儚げに口元を綻ばせた。一方、倶利伽羅峠では教経の門脇家の郎党も数多く出陣し、戻らない者も多かった。戦のことは戦のこととして後に遺恨は持たぬあたり、教経も、また木曾も、武士らしいといえよう。

「少し落ち着きました」

そう言って、木曾は鼻から息を漏らした。

「ここで？」

知盛は視線だけを左右に動かして尋ねた。

互いに小声で会話を交わしているため内容は聞こえていないが、背後に近習が控えているほか、麾下の武士も出入りしている。そんな中、このままここで話を続けてよいのかという意味である。

「構いません。信濃からの股肱の者を除けば、もう誰も俺の言葉などまともに聞いてはいない」

手をふわりと上げ、木曾は自嘲気味に笑った。

その股肱の臣、木曾四天王などと呼ばれる者たちも、瀬田、宇治方面に繰り出し、頼朝軍と戦っている。今の木曾軍は数か月前の平家と酷似した状況に追い込まれている。

「名乗れば即刻、捕らえられるかもしれぬとも考えていたので、少し拍子抜けしました」

「捕らえようが、殺そうが、今となっては何も変わらぬ。それよりも、新中納言とは鬼の如き男かと思っていたが……」

「そちらに驚かれるとは」

知盛も初めて軽く笑みを漏らした。木曾義仲は真剣な面持ちに戻って切り出した。

「和議の件、京の統治のことで争わず、すぐに呑んでいればよかったと今になって思う。だが京を捨てるなどと言えば、離反する者が続出しただろう。あれが精一杯だった」

頼朝の脅威は木曾もよく解っていた。だが幾ら仲がこじれているとはいえ、後白河法皇が堂々と己を見限るとは考えていなかった。またその勇気も無いと思っていたという。

「そういう御方です。そして己に刃を向ける者などいないと、心から信じておられる。驕りとは少し違うでしょう。朝廷は、院は、世とはそのようなものと疑ったこともないはずです。故に木曾殿の挙にはさぞかし肝を冷やされたことかと」

後白河法皇の考えもあながち間違いではない。平家も、源氏も、世の大半の武士は、朝廷を、院を慮って動くことが躰に染みついている。そういう意味では木曾は埒外の存在で、後白河法皇の唯一の天敵だったのかもしれない。

「嬉しかったのだ。このような俺を頼って下さることが。本気でお応えしようとも思った。京の者たちが言うように……俺は田舎者故な」

木曾の微笑みには透き通るような儚さがあった。

その言葉は嘘ではないだろう。木曾は法皇に心から尽くそうとした。だがその想いは法皇には届かず、やがて両者の間には深い溝が生まれた。故に木曾の想いが暴走したといったところか。それは、たとえどんなに疎まれたとしても母を求める子の心に酷似しているかもしれない。

知盛は木曾に同情し、同時に後白河法皇をも憐れんだ。かの御方もまた、見方を変えれば囚われているのだ。

「今こそ……武士を解き放ちましょう。そのための和議です」

知盛は要点を掻い摘んで、自身の構想を語った。木曾は話が進むにつれて驚きに目を見開いた。

「もう少し早く知っていれば……また違った道があったかもしれませんな」

「今からでも遅くはありません」

知盛は力強く言ったが、木曾は太い首を横に振った。

「いや……今しがた、頼朝の軍が宇治を抜けた。瀬田はまだ堪えていたが、退くようにとすでに命を送ったところだ」

「何と」

今度は知盛が小さく吃驚の声を上げた。

つい先日まで頼朝の二人の弟が瀬田にいたのは確か。瀬田を攻めつつ、軍を分けて山城田原方面へと回り宇治をも攻めたということ。現実離れした速度である。

しかも木曾軍はその数をかなり減らしているものの、宇治川が守り易い土地であるのは、平家が木曾軍の上洛を防いだことからも明らか。その宇治の守りを、あっという間に抜いたことに愕然とした。

宇治を突破した頼朝軍は、洛中に向けて猛進しているという。先ほど、ここに来るまでの道中で見た軍勢はそれを防がんとするものであったらしい。

「西国に……屋島に来られぬか」

知盛が喉を絞るように言うと、木曾はふっと息を漏らした。

「まさか誘われるとは思わなかった。それもまた良いのかもしれませんな」

「では」

と知盛は迫ったが、木曾は目を細めて穏やかに微笑んだ。それが答えであった。木曾には共に夢を見て、共に戦った多くの者たちがいる。ある者は海野幸広の如く散り、またある者は今も木曾のために戦っている。人の上に立つということは、最後までその想いに応えるということ。

語らずとも、万の言葉が知盛の中に流れ込んで来るようであった。

「もはやここも危うい。すぐに京からお逃げ下され」

「木曾殿は」

木曾は微笑みを浮かべたまま何も答えない。

こうして言葉を少し交わし、人柄に触れただけでも、思い描いていた人物像と随分乖離があると解る。出逢い方さえ異なれば、平氏と源氏という関係でなければ、共に生きることも出来たのかもしれない。そう思うと、知盛の胸に一気に虚しさが込み上げて来た。

「お帰りだ。お送りしろ」

木曾は唐突に命じ、二、三人の武士が駆け寄ってくる。その者たちが近付くより早く、木曾はにかりと白い歯を覗かせた。

「最後まで抗ってみせます」

言うや否や、木曾は身を翻して歩み出す。もはや何も掛ける言葉はないし、掛けてもならない。

知盛もまた頭を下げ、木曾に背を向けた。

二

法住寺殿を出ると、先ほどまでとは打って変わり、洛中は喧騒に包まれていた。頼朝軍が進軍していることが、庶民にも伝わったらしい。平家から木曾、そして恐らくは木曾から頼朝へと、京の支配者は目まぐるしく変わっていく。木曾軍が入った時、手ひどい乱暴狼藉に及んだと聞いた。頼朝軍がどのような振舞いをするのか判らぬ今、京に住まう人々は恐怖に駆られ、逃げ出そうとしている。西へと逃げる者が多いようで、往来は芋を洗うように人が犇めきあっていた。

民と同じ方角に逃げれば却って時を要すると判断し、知盛は伏見方面からぐるりと回って京から出ることを決めた。途中、頼朝軍とすれ違うかもしれないが、今の恰好ならば気付かれることもないだろう。それに頼朝軍を率いる将は、一刻も早く洛中を制圧すること、木曾の首を挙げることに必死なはずで、逃げる民などに構っている暇もないに違いない。

知盛と教経が小走りで走っていると、遠くから多くの跫音、馬の蹄音、嘶きが聞こえて来た。とはいえ大軍といった数ではなく、千にも満たぬほど。恐らくは頼朝軍の先駆け。その数は百から二百ほどではないか。

「来るぞ」

このままいくと、辻を折れて来てすれ違う。知盛が注意を促すと、教経も表情を引き締めて、中に隠した太刀を確かめるように背負った荷に触れる。

兵馬が辻を折れて来た。やはりその数は二百に満たない。先頭を一人駆けるのは青毛の馬に跨る武士。煌びやかな大鎧を身に着けていることから、それなりに名のある男だと思われる。

園城寺、あるいは比叡山が頼朝に早くも同調したのだろうか。そのすぐ傍らには、これまた馬に跨る一人の僧兵の姿があった。大薙刀を小脇に抱えており、絵に描いたような荒法師である。

同じく南へと逃げる民に紛れながら、知盛と教経は駆け続けた。五十間、三十間、十間と軍勢は間近に迫り、遂にすれ違う時、知盛は先頭を行く武士と、ぴたりと目が合った。景色がゆっくりと流れ、時が圧されたような不思議な感覚が襲ってくる。

――この男……。

知盛も、武士も、互いに見合ったまま行き過ぎても首を後ろに曲げ、視線の交わりが切れない。庶民が凝視していることを訝しんだのか、あるいは別の理由か。武士もまた不思議そうで、眉間に寄った細い皺まではきと見えた。

ぱんと何かが弾けたような気がし、景色の流れがもとに戻った。後続の武士たちとは遂に誰一人目が合うことなく擦れ違った。

「兄者」

「ああ……あの男、俺を見つめていた」

「兄者のことを見知っていたのか？」

「そうとは思えぬが。少なくとも俺は初めて見た男だ」

「あの僧兵、見たか？」

教経はそちらに興味を惹かれたらしい。

「ああ、かなり大きかったな」

「何処のどいつか知らぬが、一度手合わせしたいものだ」

「そう上手くはいくまい」

源氏の一派には違いないし、今後必ず、己たちと衝突する軍勢の中にいるだろう。だが数千、数万が激突する中で、再び邂逅（かいこう）することはまずないだろう。苦笑し、口ではそう言うものの、知盛には再び相見（あいまみ）えるような予感があり、首を捻（ひね）って振り返った。すでに軍勢は遠くへ去り、砂埃（すなぼこり）で煙っている。遠くから視線を感じたような気がしたが、まさかあの男も振り返っているはずがない。気にし過ぎだと己に言い聞かせ、知盛は再び前を向いて足を踏み出した。

後に聞いたことであるが、頼朝軍はやはり二手に分かれて京へ侵攻していた。瀬田を攻めるは源範頼が率いる軍勢。大きく迂回（うかい）して宇治から洛中を目指す軍を率いたのは源義経であった。

無数の矢を降らせて木曾軍が守る中、義経軍は躊躇（ためら）うことなく宇治川へ馬を乗り入れる。佐々木（ささき）高綱（たかつな）と梶原景季（かじわらかげすえ）が先陣を争うなど、士気は頗（すこぶ）る高かったらしい。

木曾四天王の根井行親（ゆきちか）、楯親忠（たてちかただ）は懸命に守りを固めたが、たちどころに突破されてしまい、義経軍はその勢いのまま京を目指した。

その報を受けて、木曾義仲は残る僅かな兵を差し向けたものの、それもすぐに撃破されてしまう。

義経軍の動きは尋常でなく速かった。大将義経自ら、騎馬武者を中心とした小勢で洛中に乗り込んできたという。

両軍は六条河原にて激戦を繰り広げた。初めは義経軍の数が少なかったこと、義仲本人が大太刀を振るって奮戦したこともあり、木曾軍が優勢であった。だが時を追うごとに義経軍は数を増やし、やがて義仲は撤退を決意する。

後白河法皇を連れて落ち延びようと院御所へ向かうが、義経はその動きも読んでいた。数騎のみを率いて義仲を追い抜き、先に後白河法皇のもとへ駆け込んだ。

義仲は後白河法皇を連れ出すことを諦め、瀬田方面を守る四天王筆頭の今井兼平と落ち合うべく、東から京を脱出した。

その頃、宇治での敗戦を知った今井兼平も退却を始めており、粟津の地で義仲と合流することになった。

こうして義仲は己の地盤である北陸へと逃れようとしたが、そこに今度は、範頼の大軍が挙って攻めかかって来た。

義仲軍はここでも奮闘した。だが多勢に無勢である。指を折って数えられるほどにまで数を減らし、最後は流れ矢が義仲の額に突き刺さった。馬上から頽れ、地に落ち、微動だにせぬ主君。股肱の臣である今井兼平はそれを見て、もはやこれまでと自らの首を掻き切って義仲の後を追ったという。


こうして木曾義仲と謂う男は死んだ。その生い立ち、挙兵の経緯、無類の強さ、そして呆気ないほど儚い去り際。義仲もまた、時代を彩る英傑であった。

確かに粗野なところもあったかもしれない。だが、その行動の基は全て純なる情熱に拠ったものである。故に今でこそ愚か者の象徴の如く語られているが、後の世の者は義仲に一抹の愛嬌を感じるのではないか。義仲の死を知った知盛は、あの日の笑みを思い浮かべながら、そのようなことを考えていた。

*

木曾殿は只一騎、粟津の松原へ駆け給ふが、正月二十一日、入相ばかりの事なるに、薄氷は張つたりけり、深田ありとも知らずして、馬をざつとうち入れたれば、馬の頭も見えざりけり。あふれどもあふれども、打てども打てども働かず。

今井が行方のおぼつかなさに、ふり仰ぎ給へる内甲を、三浦石田の次郎為久おつかかつてよつ引いて、ひやうふつと射る。

痛手なれば、真向を馬の頭に当ててうつぶし給へる処に、石田が郎党二人落ち合うて、つひに木曾殿の首をば取つてんげり。

西仏に伝授し始めてから、早二月が流れていた。毎夜のように西仏が通って来て、共に琵琶を奏で、語りを口にする。

元より琵琶に関しては達者であったから、習熟は極めて早い。二人の呼吸が合ってくるからか、日を重ねるごとにさらに調べを覚えるのに要する時は短くなっている。その分、自然と過去について物語る時が増えていった。

今宵も見込みよりも半刻（約一時間）以上早く終わり、白湯で喉を潤し、どちらからともなく、昔の話を始めようとする。いや、平家物語の中へ飛び込まんとするのである。

「私は根井行親殿、楯親忠殿たちと共に宇治の守りに就いていました」

西仏の顔が精悍さを増し、引き締まる。また一時、海野幸長に戻ったかのように。

記憶を確かめるように小さく頷きつつ、西仏は続ける。

「木曾軍の士気は決して低くはありませんでした。平家がそうであったように、我らもある程度のところで退く決断をしていたのです」

木曾が後白河法皇を確保するまで、瀬田、宇治で守りを固めて耐える。確保の報せが入ったならば、全軍で丹波路へ、そこから若狭、越前に逃げて勢力を回復させる目論見だったらしい。

上手く撤退出来ればよし。仮に出来ずとも頼朝軍を足止めして死ぬ。あの時、木曾軍に残っていたのは、その覚悟を決めていた者たちばかりだったという。

「しかし敵は考えていたより遥かに強かった……いや、速うございました」

宇治の木曾軍は、頼朝軍の一部が宇治方面に向かって来ていると察知していた。だが距離や軍勢の規模を鑑みて、一日後、あるいは半日後の到着を予想して守りを固めていたところ、突然、一陣の風が巻き起こったかの如く軍が姿を見せた。そして陣を張ることもなく、そのまま突貫してきたというのだ。

まだ支度が不完全ながら、木曾軍は雨の如く矢を射て渡河を防ごうとした。だが敵は何かに憑かれたように足を止めない。佐々木高綱、梶原景季などは先駆けを争いながら突っ込んで来た。後にこれが、

——宇治川の先陣争い。

などと呼ばれるようになったものである。

「宇治を守る味方は四方八方へ散り散りになりました。私は近江へと京に戻って主君と合流しようと思う者、自らの命を守ることに専念して伊賀や大和に逃れた者、あるいは瀬田の今井軍に向かった者。軍が壊滅する中、それぞれの判断で駆けた。

西仏は最後の道を採り、宇治田原から山科、瀬田へと向かった。

「しかし、全てが遅うございました」

身を潜めながら進んだ故に時が掛かったこともあるが、西仏が近江に入った時には全てに決着がついていた。悠々と京に向かう範頼軍の行列を見たのだ。そこで逃れた木曾軍の武士に会い、その話から木曾義仲の死を悟った。武士は西仏にもはやこれまでと言い残し、何処かへと去っていった。

暫し茫然としていた西仏であったが、自害することを決めた。

「しかし……その時、何故か、生きよという声が天から聴こえた気がしたのです。今思えば、死ぬのが恐ろしゅうなっていただけでしょうな」

西仏は自嘲気味に苦笑して続けた。

「私は山中に分け入り、比叡山に上りました」

比叡山が木曾軍に好意的であったのを、上洛の時に西仏も知っていたからである。だが比叡山は必死の思いで辿り着いた西仏を拒んだ。木曾軍の残党を受け入れ、頼朝に因縁を付けられることを嫌ったのだ。世の移り変わる早さ、人の変わり身の早さに絶望したのも、またこの時であったらしい。

「心苦しかったのでしょう。私を追い返そうとした僧兵がこっそりと耳打ちしてくれたのです」

比叡山は大きな武力を持っているからこそ、迂闊な真似は出来ない。しかしここならば、この人ならば、きっと力になってくれるだろうと。

「それが……」

暫し聞くことに専念していたが、思わず声が零れた。

「はい。安養寺吉水草庵……法然上人です」

ここが「海野幸長」の終焉の地となった。法然はじっと顔を見ただけで、すぐに受け入れることを決めてくれた。そこで剃髪をして、「西仏」が誕生したという訳である。

「今は兄の菩提を弔いつつ……といったところです」

と、その後のことは余事とでもいうかのように、西仏は話を結んだ。

「ご無事でようございました」

心からそう思った。そうでなければ今、こうして己たちが邂逅することはなかった。初めは数奇な運命と思っていたが、西仏の話を聞いていれば、これも御仏のお導きのように感じる。

少し間が空き、無音の時が続いた。今宵は風が無いからか、不安になるほどの静けさである。

西仏は意を決したかのように、その静寂を破った。

「お話し出来ますか……？」

この後、己にとっては辛い話が続くことを西仏は知っているのだ。

「はい」

西仏も辛い話をしてくれた。己だけが逃げるつもりは毛頭なかった。

「その前に一つ、お話ししたいことが」

「何でしょう」

こちらが声を潜めたことで、ただならぬことと察したか、西仏は膝を進めた。

「もう残された時は少なそうです」

「それは……」

「姿を消したとの報せが」

誰のことか。西仏はこれもまたすぐに悟ったようである。

「もしかするとここに来ることも」

「いえ、それはないでしょう」

首をゆっくりと横に振った。この間、密書の往来はあった。己はずっと制止し続けてきたが、その思いは届かなかった。だからこそここに姿を見せ、己を巻き込むような真似は避けるだろう。

長い間会っていないが、それくらいのことは解っているつもりである。

「いつその時が来てもおかしくありません。明日より、さらに早めても構いませぬか?」

「望むところです。明日……ですね」

西仏の言葉には含みがある。心配ないかと暗に尋ねているのだ。確かにその通りで、明日伝授するところは、己にとって、この物語において一、二を争うほどの難所なのである。だが、今しがた急ぐと宣言したばかりなのに加え、西仏に余計な気苦労を与えたくはなく、

「はい」

と、努めて丸みのある返事を心掛けた。果たして心乱さずに教えられるのか。微かな不安を押し殺し、無理やり口元を緩めた。

三

「源氏が京に入りました」

屋島に戻った知盛が、評定の場でまず放った一言はそれであった。

己たちが京に潜入したことは、宗盛を除いてこの時まで一門の誰にも伝えていなかった。弟の重衡も例外ではなく、

——危ういことをしますな。

と、苦く頬を緩めている。

「で、如何に?」

と、一番に口を開いたのもその重衡であった。

都落ちをして以降、父清盛の弟である修理大夫経盛、門脇中納言教盛などの一つ上の世代から、己たちの世代へと一門の中心が移りつつある。そこに至るまでに険悪なやり取りがあったわけではなく、経盛らもむしろ若い者たちに道を譲る構えを見せてくれていた。

「頼朝は鎌倉を動く気はないらしい」

「臆している……という訳ではないでしょうな」

「関東もまだ油断ならぬ状況なのだろう」

着々と地盤を固めつつあるとはいえ、関東にはまだ佐竹家など、頼朝に心服しているわけではない勢力が存在している。自身が鎌倉を離れることは危険と考え、二人の弟を派したという訳だろう。

「先に京に入ったのはどちらの？」

「九番目だ」

「確か名は……」

記憶を辿るように眉間に指を当てる重衡に向け、知盛は静かにその名を口にした。

「九郎義経」

義仲と言葉を交わしたあの日、知盛が見たのは義経の軍勢であった。しかもこれは後に聞いたことだが、義経は少数を率いて真っ先に洛中に突入したという。頼朝から付けられた武士の中には、大将自ら先陣を切ることに反対する者もいたらしいが、義経は全く聞き入れなかった。その

話を聞いた知盛は、

――もしや。

と、閃くものがあった。京から脱出する時にすれ違った二百騎ほどの軍勢。その先頭を行く男こそ源義経だったのではないか。他にも軍勢が追いかけて来ていたというから断定することはできない。だが考えれば考えるほど、確信めいたものを持つようになっていた。

「今後どうすべきだと思うか」

あの時の光景をまた思い出していた知盛は、上座の宗盛の声に、はっと我に返った。

「考えられる策は二つ。一つは水島で木曾を打ち破った時と同様、海まで引き付けて討つというもの」

件の義経、そして後に京に遅れて入った範頼。どちらもまだ戦を経験した回数そのものが少なく、実力のほどは分からない。だが東国を地盤にしている源氏の者たちは、木曾がそうであったように、海での戦を苦手とする場合が多い。平家が得意とする海戦に引きずり込んで叩くのが定石であろう。

「今一つは？」

宗盛はそれ以外に何があるのかと訝しむように首を少し傾げた。

「福原に戻って迎え撃ちます」

即ちここから攻勢に転じるということである。一座から感嘆の声が上がった。一方、

「まだ早いのではないか？」

という意見も一門の中から出た。知盛は頷いてそれを受け止めつつ、何故この提案をしたのかという説明を始める。

「まず水島の戦いにて、西国での反平家の勢いが弱まっており、再びこちらに従う者が増えてきました。ここで福原を奪取し、次は京となれば、さらに同調する者が増えるかと思われます」

端的にいえば、今の勢いを止めないために積極策をとるということである。さらに知盛には他の訳もあった。むしろこちらの方が理由としては大きい。

「そして、このままでは平田入道が危うい」

京に入った頼朝軍に、そのまま西へと進む様子はない。朝廷や院との対応に追われているということもあろう。また、頼朝の指示を待つ必要もあるだろうから、より動きが鈍くなっていくということも考えられる。

だが、全く軍を動かす気配がない訳ではない。宇治田原から近江国の朝宮に掛けて、あるいは同じく宇治田原から和束、笠置で、頼朝軍が百や二百騎にて大規模な物見を行っているらしいのだ。これは即ち、伊賀、伊勢に勢力を築いている平田入道を討つ策を練っているのだろう。これらのことは、当の平田入道より報せがあったのである。

「我らに背を見せることになるのでは？」

端整な眉を上げて尋ねる重衡に、知盛は頷いて続けた。

「それが真の狙いかもしれぬ」

木曾軍が平家の水軍に大敗を喫したことは周知の事実。京にいる頼朝軍としては、同じ轍は踏みたくないだろう。平田入道を攻める構えを見せることで、平家軍がそれを救うために海を渡って来ることを期待しているのではないか。そうだとすれば、福原に渡るのは、まんまと敵の思惑に乗ることとなる。

「しかし放っておけば、平田入道といえどもいずれは敗れる……か」

重衡は顎に手を添えて唸(うな)った。

頼朝軍はさらに増えることが見込まれ、そうなれば京に守る兵を残しつつ、別動軍で伊賀、伊勢を攻めることだろう。

「うむ。我らの策を逆手(さかて)に取ろうとしている」

平田入道が残って背後を脅かすことで、木曾軍は不用意に西を攻めることが出来ず、その隙(すき)を見て平家は勢力を挽回(ばんかい)した。

知盛と平田入道の示し合わせた動きが見事に決まった訳だが、ここに来てそれを逆手に取られた格好となっているのだ。

「頼朝は相当に頭がきれるらしい」

重衡は忌々(いまいま)しそうに舌打ちをした。

「いや……どうだろうか」

「と、申しますと？」

「京と鎌倉の往復には時が掛かる。伊賀に物見を放ったのはそれより前だ」

「つまり京にいる誰かがこの策を立てたということですか」

「俺はそう見ている。恐らくは……」

「恐らくは？」

矢継ぎ早のやり取りの後、一呼吸置いて重衡が鸚鵡返しに問うた。

「いや……何でもない」

知盛は首を横に振った。

——恐らくは、九郎義経ではないか。

そう知盛は考えていた。

木曾軍が守る宇治を瞬く間に破り、疾風の如く京に入った。その尋常ならざる速さのせいで、木曾義仲は後白河法皇を奪う間もなく潰走した。そして北陸に逃げることも出来ずに死んだのだ。

全てが義経の策であると断定することは出来ない。頼朝は義経に、梶原景時などの老練な武士たちを付けているという。宇治を突破できたのも、彼らのうちの誰かの献策によるものである可能性も十分に考えられた。

「あの……よろしいでしょうか？」

末席から、一人の若者が恐る恐る声を上げた。それに最も反応したのは、京では己と対立していた叔父の経盛であった。若者に向けて、弁えよというように目配せをしている。

声の主は平敦盛。経盛の末子で齢十六。その輝くような潤んだ瞳には、あどけなさが残っている。水島の戦いにおいても、屋島の守りに残していたため、敦盛は未だ初陣すら済ませてはいない。そのような敦盛が発言するのを、父の経盛は出過ぎた真似だと思ったのだろう。

「修理殿、構いません」

知盛は努めて穏やかに言うと、経盛は少し申し訳なさそうな表情で会釈をした。

「何だ。敦盛？」

知盛が優しく尋ねると、敦盛は窺うように口を開いた。

「実は過日、知章(ともあきら)殿と相談していたことがあるのです」

「知章と？」

知盛は唐突に自身の長男の名が出たので驚いた。敦盛よりやや上座に座る知章もまた、こちらを見つめて軽く頭を下げる。

今、初めて知ったことだが、どうも敦盛と知章は一門の中でも仲が良いらしい。歳(とし)も全く同じということで何らおかしくはないのだが、両者の父が方針の違いから対立していたことを鑑みれば意外であった。いや、仲が良くとも、互いの父の立場を慮って、敢(あ)えて気取られぬようにしていたのだろう。二人の心情を想うと、申し訳なさと、情けなさが込み上げて来る。経盛もまた淡い驚きの色を見せた後、こちらを見て苦く頬を緩めた。

「是非、聞かせてくれ」

知盛は穏やかに言った。敦盛はこのまま己が話してよいのかと尋ねるように知章に目配せをする。知章はすぐに頷いて見せた。親子云々(うんぬん)というより、むしろ敦盛を気遣っているのだろう。

敦盛はやや緊張の色を覗かせながら口を開いた。

「では……平田入道に伊賀を捨て、屋島(やしま)に来るように伝えるのでは如何でしょうか？」

「なるほど。悪くはない」

知盛も一度は考えたことだ。平田入道に自身の郎党、平家に従う意思のある豪族を率いて、屋島を目指してもらうのだ。今ならばまだ畿内における頼朝の影響力は限定的である。伊賀から大和を経て河内に出れば、平家は屋島から迎えの船を出すことも出来る。摂津まで行ければさらに迎えは出しやすい。

その上で頼朝勢が焦れて四国へ渡海を決めるまで、平家は屋島を拠点にじっくりと時を待つという策である。

「頭ごなしに否定する訳ではないが、あの男が呑むとは思えませんな」

一座の中から声が上がった。敦盛の潤いのある声とは対照的に程よく錆びている。清盛の代から家令を務め、その死に目にも立ち会った主馬判官盛国である。すでに齢は七十二を数えている。己が生まれる前から平家を支えてきた忠臣である。

「左様。実はすでに打診したが断られた」

平家が反攻して京を窺う際、平田入道が伊賀、伊勢で呼応してくれれば大いに助かる。だが随分と勢力を回復したとはいえ、京へ軍を進めるにはまだ暫し時を要する。それまでは平田入道が一人支え続けねばならず、反撃が間に合わなければ当然ながら命を落とす。そうならぬため、今のうちに引き移るように書状を送ったが、

――間に合わず死ぬならばそれまで。どちらにせよ、お役には立てます。

と、断って来た。つまり平家が京に上るまで地盤を守れれば上々。支えきれず死ぬとしても、

平家が力を蓄える十分な時を稼ぐことが出来る。平田入道はそう考えているのだ。

「気に留めぬことです」

知盛に向けて言う盛国に対し、若い敦盛は被せるように噛み付いた。

「それではあまりに殺生ではありませんか」

父の経盛がまた制止しようとするのを、盛国は鷹揚に首を横に振って止め、口を開く。

「敦盛様。平田入道は死ぬ覚悟など、疾うの昔に出来ています」

五十年来の付き合いであるが故、盛国は平田入道の考えることがよく解るのだろう。その言葉の裏には、平田入道だけでなく、己もまた同じという決意が窺えた。

「出過ぎた真似を……」

感情を先走らせ過ぎたと悔いたのだろう。敦盛は消え入るような声で言って頭を下げた。

「何も謝ることはない。よくぞ進言してくれた」

知盛は微笑みつつ応じる。

清盛の実弟である教盛、経盛らの世代から、今は子の己たちへと世代が移ったように、いつか己たちも老い、次の世代に託さねばならぬ時が必ず来る。

己の実子である知章や、この敦盛などがその担い手になるだろう。こうして恐れずに意見をすることこそが尊いのだ。

「頼もしい限りです。平家はますます良くなりそうですな」

盛国もまた慈愛に満ちた調子で答え、相好を崩しつつこちらを見た。清盛に途方もなく恩を感じている盛国である。今の状況は清盛存命の頃より良いとは口が裂けても言えないが、一門の結束が増しているのは感じており、それを嬉しく思う心が表情から零れ出ている。このような一門の姿を清盛に見せたかったなどと、考えているに違いない。

「それらを踏まえた上で、新中納言様は福原に打って出ると仰せなのですな？」

兄上と呼ぶことなく、改まった口調で重衡は仕切り直した。

「うむ。平田入道を守るのは、平家のためでもあると考えている」

重衡、知章、敦盛、盛国と順に見て、知盛はさらに流暢に続けた。

「幾ら我らが力を蓄えようとも、頼朝軍が海に出ようとしなければ船戦には至らぬ。そうなれば結局は福原に渡り、次いで京を目指すことになる。その時に伊賀と伊勢を失っているのと、いないのとでは、その難しさは天と地ほどの差があろう」

京が守りにくい所以は、そこに続く道が多くあるためである。複数の軍が同時に攻めてくれば脆い。己たちが木曾軍に攻められた時も、木曾軍が頼朝軍に攻められた時もそうであった。平田入道がいれば複数の道から攻め上れるが、失っていれば頼朝軍と正面衝突するしかなく、その勝敗の行方は見えないというのが本音であった。

「なるほど」

重衡が応じるのを機に、銘々が得心したように頷く。頃合いと見たのか、棟梁の宗盛が重々しく口を開いた。

「福原へ……京へ戻ろうぞ」

一斉に応じる皆の顔は気合に満ちている。清盛が死んだ直後の瓦解寸前の一門とは違う。今ならば如何なる敵も打ち破れるはず。だが何故かこのような時に、あの男の顔が頭を過り、一抹の不安が鎌首をもたげる。知盛はそれを振り払うように、胡坐の上に置いた拳を強く握りしめた。

四

寿永三年（一一八四年）一月の末、平家は全軍をあげて船で海を渡り、対岸の大輪田泊から上陸して福原に陣を布いた。

屋島で殻を閉ざした貝の如く守る。福原に軍を入れて京を窺う。この先、どちらに転んでも良いように、先に一部の人手を割いて福原の再建に取り掛からせていた。とはいえ、まだ主な建物がようやく出来たばかりで、大半は廃墟と然程変わりはない。それでも平家隆盛の象徴ともいうべき福原の地を、こうして再び踏めたことに感動している者も多かった。

だが知盛は、感慨に浸ることも休むこともなく、動き続けた。一旦、動くと決めた今、寸暇を惜しんで進めなければならない。まず、福原近辺の城の守りをさらに固くするよう指示を飛ばした後、弟の重衡を密かに呼び出した。

「頼みがある」

「聞きましょう」

また無茶をするのだろうと言いたげに、重衡は苦く笑みを浮かべた。

「こうなれば、頼朝軍がいつ動いてもおかしくはない」

「そうでしょうな」

重衡は飄々(ひょうひょう)とした調子で答えた。

己たちが全軍で福原に上陸したという話は、すぐに京にも伝わるだろう。後白河法皇は平家が上洛して来ることに怯(おび)え、頼朝軍に追討の宣旨(せんじ)を出すに違いない。早ければ十日、遅くとも一月以内に頼朝軍は福原を目指して進軍すると見ている。

「その前に、出来る限り平家に弓を引く者を除いておきたい」

平家が威勢を取り戻しつつあるとはいえ、まだ幾つかの勢力が反平家の姿勢を貫き、再び挙兵する動きを見せている。

実際につい先頃、そのようなことがあった。教盛、通盛(みちもり)、そして教経父子は備前(びぜん)国下津井(しもつい)に入って守りを固めていたのだが、讃岐(さぬき)国在庁の官人が源氏方に呼応し、十余艘(そう)の船で襲い掛かって来たのである。それに対して教経は、

——契(ちぎ)りを違(たが)える賊ばらを、生きて帰すな！

と烈火(れっか)の如く怒り、小舟で繰り出して粉砕(ふんさい)した。戦の合間であったこと、さらに攻めかかられた陣に教経がいたからこそ大事には至らなかったが、源氏との決戦の途中、背後を脅(おびや)かされればかなり手を焼くだろう。

このような者らは、平家が福原にほぼ全軍を入れたことで、自分たちを討つ余力はないと油断している。そこを衝(つ)き、小勢でもって時を置かずに鎮圧していきたいと考えていた。

「教経と共に全て平らげて来る」

目標とする各地の勢力は五つ。これを最短、十日で鎮圧するためには、教経の武を使いつつ、自らが出るしかない。それでも間に合うかどうか怪しいところである。

「その間は、兄上が福原にいるように装えということですな」

「話が早くて助かる」

この賢しい弟に向け、知盛は頬を緩めた。すでに宗盛の許しは貰っている。だが実際、己が陣にいるように装うのは、宗盛だけでは難しく、現場で指揮を執る重衡の協力が欠かせなかった。

「表向きは教経が軍を率いて出ることとする」

まず知盛はそう告げて、如何にして己が福原にいるように見せるかを重衡と打ち合わせた。

「解りました。しかし……四日の法要は厳しいでしょう」

二月四日、この福原の地にて、父清盛の一周忌の法要が行われることになっている。流石にここに己がいなければまずい。かといって、病で寝込んでいるなどと言い訳をしようものなら、皆に動揺が走るだろう。重衡はそう言いたいのである。

「それまでには戻る。頼む」

知盛が力強く言うと、重衡はまた苦労を掛けられるとばかりに戯けた顔で頷いた。

「兄者、俺は怒っている」

波を切り裂いて走る小舟の舳先で腕を組み、教経は鼻息荒く言った。

「見れば解る」

知盛は苦笑する。合流した後、教経はずっと気炎を吐き続けているのだ。

「よくこうも裏切れるものだ」

教経は吐き捨てた。その猛々しい見た目とは裏腹に、教経は子どものように純粋過ぎるところがある。そこが教経の好ましいところであり危ういところでもあると、知盛はよく知っている。

「人とはそういうものだ。我らがまた優勢となれば、こちらに寝返って来る者も出よう」

「それを受け入れるのか？」

「まあ、その時々だ」

「それなら、今日は片っ端から討ってやる」

「そのつもりだ」

後々はこちらに寝返る者を受け入れるつもりでいるが、今は教経の言う通りこちらの威勢を示す局面である。その点、教経の意気込みは心強かった。

下津井に襲い掛かった讃岐の在庁官人たちは、平家の軍勢を見ると、淡路島の源氏である源義嗣、源義久のもとに逃れた。

知盛らは十艘の船、五百の兵でこれを追い、急襲。

教経が真っ先に敵城に乗り込み、

「能登守だ‼」

と咆哮すると、それだけで敵方は先を争って逃げ出し、あっという間に総崩れとなった。乱戦の中、源義嗣は勇敢にも、いや無謀にも、太刀を振りかざして教経に挑んだ。だが教経は擦れ違い様に太刀を一閃し、一刀のもとにその首を叩き斬った。それを見た城兵が完全に戦意を喪失したことで、壊滅に追い込むことが出来た。

教経はそのほか百三十の首を挙げ、まず一つ目の敵を瞬く間に屠った。

「次は安芸だ」

戦後の処理を郎党に任せ、知盛らは再び船上の人となった。陸にいたのは僅か半日という忙しなさである。

安芸では沼田次郎なる者が平家に反旗を翻していた。ここに、かねてより不穏な動きをしていた伊予の河野通信が合流したというのだ。

沼田が味方を集めようと近隣に呼び掛けていたところに、知盛、教経が率いる五百の兵が攻めかかった。

沼田は淡路島の源氏がすでに討たれたということは疎か、平家が軍を動かしていたことすら察知していなかったのだろう。突如として現れた平家軍は青天の霹靂であった。沼田勢は浮足立った。

ここで不測の事態が起きてしまった。

沼田、河野が陣を整える間に、平家軍は一気に勝敗を決するつもりだったのだが、あまりに衝撃が大きすぎたのだろう。援軍であったはずの河野が一切の躊躇いもなく沼田を見捨てて、伊予へと退却を始めたのである。これほど迅速に平家が動いたのだから、すでに本国の伊予も攻められているのではないかという不安が頭を擡げたに違いない。

沼田は野戦ではもう抗えぬと、自身の本拠、沼田城に逃げ込んでしまった。河野が逃げたことで、却って籠城以外の選択肢がないと思わせてしまったのである。

「どちらが臆病だ」

教経は逃げる河野軍を見て吐き捨てた。

平家が押され、京を去るに至る間、各地の武士から、臆病だ、武士は華々しく戦って死ねと、罵られ続けた。ここまで積もってきた鬱憤が晴れたと喜んでも良さそうなものであるが、教経の横顔はどこか哀しげであった。源平の境を超え、「武士」という存在そのものへの、教経なりの想いがあるのだろう。

知盛は城内で慌ただしく人の動く気配がある沼田城を見つめながら言った。

「城攻めに時を費やしている暇はない。相手が浮足立っているうちに一気呵成に攻める。さすれば沼田は降るだろう」

降りさえすれば沼田を許す旨を、話の中に紛れ込ませたのだが、教経はそれには一切触れず、

「俺に任せてくれ」

と、短く答えるのみであった。

半刻（約一時間）後、百の兵が沼田城に突入した。先頭を教経が駆けており、その一方の手には先の戦で挙げた源義嗣の首を掲げている。

「淡路の逆賊どもはすでに討ち取った！」

雷鳴の如き教経の大音声に、沼田城から悲鳴と落胆の声が上がった。後続の百の兵が攻め掛かって間もなく、沼田城は降伏した。教経の声だけで城が落ちたといっても過言ではない。

降伏を受け入れて沼田次郎から人質を取ると、すかさずまた淡路へと舞い戻る。

安芸の討伐に手間取り、平定したばかりの淡路にはもはや目を向けまいと思ったのだろう。淡路の安摩忠景が大船二艘に武具兵糧を満載し、京の頼朝軍のもとへ奔ろうとしている、という報が入ったのである。

知盛、教経の乗る船は足の速い小舟だった。さらに潮流、風を味方に付け、出港したばかりの安摩の船に瞬く間に追いついた。

「焼き払え！」

小舟で取り囲んで、雨の如く火矢を射かける。安摩の二隻の船は、紅蓮の炎に包まれた。安摩本人は戦が始まってすぐに配下を見捨てた。積んでいた小舟に乗り込んで和泉国方面へ逃げ出したのである。

「追うぞ」

大船が炎上沈没するのを見届けた後、知盛はそう宣言した。

「あのような小者、放っておいてもよいのではないか？」

教経は首を捻った。大船、武器、兵糧を失った安摩は源氏にとっても何ら価値はないだろう。それよりも安芸から伊予に逃げ帰った河野を、すぐに討つべきではないかというのだ。いつ頼朝軍が来るか判らぬ今、教経のような男が、より大物の河野を仕留めたいと思うのは無理もない。

「あれは餌よ。行く先々にさらなる魚の群れが必ず湧いてくる」

この近隣で安摩に通じていた者、あるいは通じていなくとも助けようとする者が出て来ると知盛は見ていた。這う這うの態で逃げる安摩を餌に、それを炙り出そうと考えたのである。

「流石、兄者だ」

砕ける白波の飛沫の中、教経は不敵に笑った。付かず離れず追っていた安摩の船に、大小数十の船が近付いて来たのである。

「やはり園辺が動いたか」

紀伊国の住人、園辺忠康。源氏に通じているのではないかと、かねてより平田入道に伝えられていたのである。

「帆を全て張れ。安摩と共に飛び込むぞ」

逃げる安摩との距離を詰める。こうなると園辺は安摩を巻き込むことを恐れ、矢を放ちにくい。対する平家の船は無数の矢を飛ばしつつ、園辺の船団に突っ込んだ。崩れた陣形の中、平家軍は縦横無尽に暴れ回る。園辺の乗る主船には、教経自らが乗り込み、屍を積み上げていく。一方的な戦いとなり、平家軍は二百の首を挙げた。安摩、園辺は逃したものの、すぐの再起は不可能になったといってよい。

「間に合うか……」

知盛は自問自答した。すでに頼朝軍が動いているのか否か。それが重要である。東奔西走しているため、流石に福原からの報せは受けられない。だが溺れていた園辺の武士を助けたところ、頼朝軍が動いたとは聞いていないことを知った。ただしこれも、昨日の時点での話である。園辺は紀伊に縁のある例の新宮十郎から、

——頼朝軍が動く前に起つのと、後を追って起つのとでは、得られる功が天地ほども違う。

と、煽られて蜂起したというのだ。

「河野を討つ」

下津井まで戻ったところで知盛は決心した。知盛は、河野が逃げ帰った先の伊予で陣を固めていれば、戦が長引くことを考えて手を引くことも考えていた。

だが河野が再び海を越え、備前国に入ったと知ったのである。平家軍が東に去ったことと、さらには豊後国住人である臼杵惟隆、緒方惟義の兄弟が合流したことで、また気が大きくなったらしい。これは平家にとっては好都合であった。

「重衡に伝えてくれ。また頼むと」

溜息を零すであろう重衡の顔を想像しながら、知盛は郎党の一人に命じ、船の一艘を福原へと帰らせた。


三日後、知盛らは備前に上陸した。河野、臼杵、緒方らは一戦も交えぬまま、すかさず今木城に籠って抵抗の姿勢を見せた。前回と同じ轍を踏まぬよう、頼朝軍が福原を衝くまで耐えようと考えたのであろう。

「来たか」

備前に入って間もなく、東方から砂塵を巻き上げて軍勢が現れた。四千の平家軍である。福原に帰した郎党に、

――河野らは恐らく籠城する。手勢が足りぬから助けて欲しい。

と、伝えさせたのである。

兄からのこの報せを受け、重衡はすぐに宗盛の裁可を得て出陣した。そして今日が示し合わせた合流の日であったのだ。

「人遣いが荒い」

いつものように飄々とした顔の重衡の第一声はそれであった。

「全て思い描いた通り、という訳にはいかぬな」

当初、知盛は五百の兵だけで全てをやり遂げるつもりだった。だが四度の戦いを経て、少しずつ想定にずれが生まれている。一つ一つは些細な誤差でも、積み重なれば大きなずれとなる。

知盛は多くの状況を想定していたが、その中には、河野が備前で、しかも豊後の衆と共に城に籠るという図はなかった。

「まあ、人という生き物は儘ならぬものだ」

重衡は達観した微笑みを見せた。

「頼朝軍は？」

「まだ動いてはいない」

「良かった」

「だが明後日には福原におらねば。父上に叱られてしまうぞ。とっとと終わらせよう」

重衡は手をひらりと宙で舞わせる仕草を見せた。

清盛の一周忌が明後日に迫っているのだ。この城の陥落が父への手向けになれば。いや、こうして兄弟や一門が結束していることが、すでに香華となっているはずだ。知盛はそのようなことを考えながら、

「ああ」

と、口元を綻ばせた。


平家軍四千五百は今木城に攻め掛かった。清盛の一周忌への思いは皆が持っていたのだろう。その士気の高さは天を衝くばかりである。

教経はここでも先駆けをして、柵の内の物頭を次々に射貫いていく。陣が崩れたところに平家軍が殺到する。予め囲みの一部を開けていたこともあり、敵兵は恐怖に駆られてそちらへ逃げ出した。これは堪らぬと河野、臼杵、緒方も命からがら逃げ出し、今木城は攻城を始めて僅か二刻（約四時間）で陥落した。

平家軍は空に届けと勝鬨を上げると、その日のうちに備前を発した。福原へ戻ったのは翌二月三日。法要前日の昼過ぎのことであった。

第九章

一の谷の二人

＊

平氏すでに福原までせめのぼつて、都へかへり入るべきよし聞えしかば、故郷にのこりとどまる人々いさみよろこぶ事なのめならず。

「旅の空の有様（ありさま）おぼしめしやるこそ心苦しけれ。都もいまだしづまらず」

人知れずそなたをしのぶこころをばかたぶく月にたぐへてぞやる

＊

一

知盛（とももり）が戻った途端、後白河（ごしらかわ）法皇が頼朝（よりとも）に向けて宣旨（せんじ）を出したとの報が飛び込んで来た。その内容は、

——平家をすぐに追討し、三種の神器を奪い返せ。

と、いうものである。

宣旨にはこれだけでなく、平家の五百を超える所領の一切合切を、頼朝に与える旨まで付け加えられていた。これが一月二十六日のことだという。

時期を鑑みるに、後白河法皇が平家反攻の動きを察知したとは思えない。木曾に対してもそうであったように、一刻も早く己たち平家を討たせたい気持ちの表れでもあっただろう。加えて木曾軍が行った乱暴狼藉に懲りて、京に大軍を留め置きたくないという想いが透けて見える。

頼朝は一筋縄でいく男ではない。これまではたとえ相手が法皇といえども、容易く従ってはこなかった。ただ、平家が福原に進出したとの報はすでに入っていると見て間違いない。もしかすると知盛らが小勢で、反平家勢力を片っ端から討っていることもすでに伝わっているかもしれない。

そこで、後白河法皇からの宣旨を、良い機であると考えたのだろう。すぐさま、鎌倉から指示を飛ばしたらしい。

そして清盛の一周忌法要の今宵。

——昨日、頼朝軍が京を発した。

との報が福原にもたらされた。

頼朝勢は七万に迫る大軍であるという。

だが平家も決して数では劣っていない。一時は一万、二万を動員するのも精一杯なところまで追い込まれていたが、逃げ遅れていた者たちが合流し、あるいはこれまで去就を明らかにしていなかった者たちが加わり、八万の軍勢となるまでに盛り返している。

「予想通りの動きだ」

法要を終えた後、集まっていた一門衆に向けて知盛はまずそう告げた。

かねてより、頼朝軍は二手に分かれて福原を目指すだろうと考えていた。福原は北を峻険な山々、南を瀬戸内の海に挟まれているせいで、東西どちらかからしか攻めようがない。しかも攻め口となる道は狭く、そこを堅固に守りさえすればそう簡単に破られるものではない。仮に突破されたとしても、そこからは平野が広がっている。狭い口から入って来る敵を、こちらは大軍で囲んで圧し潰すことが出来る。

そのような地だから、源氏は一方から攻めるだけでなく、東西両方から挟み撃ちすることに活路を見出すだろうと知盛は見ていた。

故に分けた軍勢の一方を丹波に進め、ぐるりと迂回させて西側からも攻めようとするのではないかと考えていたが、果たして全く思い描いていた通りになった。

範頼が六万近くの軍勢を率いて山城から河内方面に進み、義経が一万の兵で丹波方面へと進んだと伝わって来たのだ。前者が本隊で福原東の生田口を、後者が別動隊で西の塩屋口を攻めて挟み撃ちにしようとしているのだろう。

「各々方、かねてより決めたる通り。改めて確かめる」

すでに陣立ては決めて一門郎党に伝えている。それを再度、確認していく。

「まず塩屋口は薩摩守殿」

平忠度。清盛の異母弟である。

「今こそ……この命を懸けて死守する」

忠度の声が震えていた。臆しているという訳ではない。内なる気合が溢れたという様子である。

忠度は倶利伽羅峠の一戦を思い出している。この源平合戦において、一門で初めて討ち死にしたのは知盛の弟、平知度である。まだ齢二十一の若さであった。

知度は倶利伽羅峠の戦いで、劣勢の中、叔父の忠度を逃がして散った。物事を全て理詰めで考えるという変わった弟だった知度は、今後の戦ではまだ若い己よりも、忠度のほうが役に立つと考えたのであろう。

――若い者こそ生きながらえるべきなのに、何故に己が生き延びた。

忠度が夜な夜な家内でそう嘆いているとの噂は漏れ聞いていた。忠度の言う、今こそ、にはこの男の想い全てが籠められているのだと感じた。

「次は越中」

「はっ」

鰓の張った顔を引き締めて応じたのは平盛俊。政の主馬盛国、戦の平田入道にも負けず劣らずの平家の有力家人である。また身丈五尺二寸（約一五六センチメートル）とそれほど大きな躰ではないのに、平家の中でも教経に次ぐ剛力で知られている。

倶利伽羅峠の折、別動隊を率いて志雄山を守って善戦していた男である。本隊の壊滅に巻き込まれる形で敗退した。彼の者もまた、この源平の争いを端から戦い抜いて来た。

「山の手、鵯越口を」

「承った」

源氏が福原を目指すには東西から攻めるしかないと言った。だが厳密にいえば、それは大軍を動かす場合に限った話である。福原の北、山の手の鵯越口は峻険であるが、小勢ならば何とか通れる。

知盛はこれもすでに警戒しており、鵯越口に堅牢な砦を築かせている。豪勇の士である盛俊にそこを守らせる。

「夢野口は……」

「俺だな」

知盛が全て言い切るより早く、教経がずいと身を乗り出した。

夢野口は福原の北西。万が一、鵯越口を突破されればここに至る。もし夢野口が破られれば、目と鼻の先である福原まで敵軍を止める術はない。この重要な地には平家の切り札ともいうべき教経を入れると決めていた。

「気が早い。越前三位殿、能登が逸らぬようによろしくお願い致す」

「お任せを。自重させます」

教経とは正反対の柔和な兄通盛。彼も夢野口に入る。夢野口は北の最後の防衛線であるが、福原から近く、指揮を早く伝達できるため、遊撃軍としての役割も担う。他の守り口が劣勢を強いられれば、教経を除いて彼らだけを向かわせることも視野に入れている。故に血気に逸って駆け出さぬよう、通盛には抑え役になってもらわねばならぬ。

「次は小松殿」

「はい……」

小松三位中将こと平資盛。亡き兄重盛の忘れ形見である。緊張に顔を強張らせるこの甥を見て、ふと脳裏に過ったことがある。資盛の顔にまだあどけなさが残る頃、今と同じような表情をしていたことがあるのだ。

今から十四年前の嘉応二年（一一七〇年）、資盛が十三歳の頃の話である。資盛は牛車に乗って外出していた。その時、往来で摂政の松殿基房の牛車と行き違ったのだが、資盛は車から降りて礼をしなかった。別にわざではなく、若い資盛は失念していたのだという。

松殿の家来が無礼を咎め、挙句の果てに資盛を車から引きずりおろして辱めを加えた。資盛が下車しなかったことは褒められた振る舞いではないが、明らかにやり過ぎである。

屋敷に戻った資盛の衣服は引き裂かれ、髪は落人の如く乱れていた。これに重盛は憤怒し、松殿に次第を問い詰めるため屋敷に乗り込もうとした。一方の松殿は松殿で、まさかそれが平家の公達だとは思っていなかったらしく、家来を勘当すると詫びを入れた。

これに重盛は、

――平家の者ならば非道はせぬが、平家以外ならば乱暴狼藉をするということか。そのような道理はあるまい！

と、さらに激怒したのである。

その上、騒ぎを聞きつけた清盛が、

――孫が泣いておるのに、指を咥えていられようか。

と、兵三百を集めて共に松殿屋敷に乗り込もうとする。これはこれでまたやり過ぎなのだが、時に喧嘩や諍いをしつつも、身内が被害を受ければ一瞬のうちに結束する、平家一門の気質を見事に表している逸話である。

ことが大きくなり驚いたのだろう。平家からの報復が始まった矢先、資盛は父重盛、祖父清盛に向け、

――摂政様は止めておられました。従者が先走っただけ。その場で抗わなかった私が悪いのです。以後、平家の男として強くなります。

震える声でそう訴えた。熱くなっていた二人も資盛の言葉に思うところがあったのか、その後、両家の争いはすぐに収束に向かった。

資盛はそのように優しい男であった。だが、決して弱い訳ではない。むしろ勇壮なことを誇るだけの者より、ずっと強い男だと知盛は思っている。

近頃、父重盛の家人であった緒方が反旗を翻した時も、説得に向かった資盛は辱めを受けたものの、波風を立てずに戻った。だがそれは、落ち目の平家のことを思えば、一時の感情をぶつけてさらに関係を悪化させるより引き下がった方が良いと考えただけだと、知盛はよく解っている。

「三草山を……頼むぞ」

知盛は静かに言った。丹波路を進む義経の別動隊。その道を塞ぐ場所にある山である。その西

方、山口という地に三千の兵で陣を布く。此度の戦に向けた知盛の策において、この軍が最も重要となるだろう。それを資盛に任せる決断をしたのだ。

「軍を率いるのが私と知れば、源氏の大将も疑わないでしょう」

そう答える資盛の顔はいつもの通り優しげであるが、目の奥には強い決意を感じた。

「最後に生田口。ここは重衡……そして私が入る」

知盛ははきとした口調で言った。

生田口では源平互いの主力が衝突し、激戦となる。とはいえ総大将を務める知盛がいるのだから、副将格の重衡は西側の塩屋口に配置したほうが良いのではないかという意見も出た。

知盛も通常ならばそれに同意したはずだ。だがこれも知盛の策の内であった。その策の全てを伝えた数日前、一門の誰もが吃驚した。唯一の例外は教経で、兄者ならば当然だと言わんばかりに得意げな顔をしていた。

知盛が策を張り巡らしていることに舌を巻く者がほとんどだったが、僅かながら、真に敵がそのような動きをするのかと疑う者もいた。

「そのように動かねば我らの勝ち。念には念を入れているだけです」

知盛はその場では答えたものの、

――九郎義経はやる。

と、確信に近いものを感じている。

「兄上は帝と共に船に」

「解った。必ずやお守りする」

宗盛は大きく首を縦に振る。平家が戴く幼い帝、そして棟梁の宗盛は海の上にいてもらう。それならば戦に巻き込まれることはなく、万が一敗れた時も、いち早く離脱出来る。己の策に知盛は自信を持っているが、戦に絶対はないことも知っている。万全を期す恰好である。

　全ての配置を確認し終えた今、知盛は改めて皆を見渡すと、静かに、それでいて凛然と言い放った。

「各々方、この一の谷で源氏を一人残らず滅しますぞ」

二

　法要が行われた二月四日のうちに、一門衆それぞれにもとの配置に戻るよう命じた。生田口はともかく、丹波から大回りする義経の別動隊は二、三日の時を要すると見るのが普通である。が、知盛はここでも義経を過小評価しなかった。木曾との合戦において、疾風の如く宇治に現れて突破した義経軍の速さが気になっていたのだ。

　翌五日の夜半のことである。気が張って眠れずにいた知盛は、はっと耳を欹てた。己の耳は人よりも際立って良い。遠くから喊声が聞こえた気がしたからである。

「間違いない」

　知盛はすぐに飛び起き、傍らに置いていた甲冑を身に着けた。暫くして郎党が駆け込んで来て報じる。

「北西の空が明るくなっております！」

知盛もすぐに確かめた。確かに冬の夜天が茫と赤く滲んでいる。方角、距離から見るに三草山で間違いない。義経軍が、三草山の資盛軍に夜襲を掛けたのだ。明るくなっているのは民家に火でも放ったのだろう。

「やはり速い」

己の考えは間違っていなかった。丹波は悪路が多い。明日の昼過ぎに到着したとしても早いほうである。それなのにもう三草山に達しているとは、義経が速さを尊ぶ将だということはこれで明白になった。

「加えて……そのまま攻めるか」

知盛は北西の空を見つめながら独り言ちた。

別に夜襲という戦術がない訳ではない。ただこれを卑怯という武士も少なからずいる。ましてや此度は平家討伐の宣旨を受けてのもの。正々堂々と雌雄を決するべきと主張する者は源氏側にも多いだろう。しかし義経軍は恐らくは三草山に着くまでに夜襲を決めていたものと思われ、躊躇いのようなものが全く感じられない。常の武士とはやはり違った匂いがする。似ている者を一人挙げるとすれば、

――己だ。

一層大きくなる喊声に耳を傾けつつ、知盛は心中で呟いた。

己が近江源氏討伐で行った戦に酷似している。此度、己が義経だとしても、三草山まで急行し、そのまま夜襲を掛けるだろう。

「如何に」

郎党の声で我に返った。援軍を向かわせるのかと問うているのである。

「捨ておけ。陣を一層固めよ」

「はっ……」

郎党の顔に困惑の色が浮かんでいる。此度の平家の策は一門衆しか知らぬ。故に不安になるのも無理はないだろう。

「心配ない」

知盛が安堵させるように静かに言うと、郎党は頭を下げて去っていった。

「資盛、上手く逃げろ」

知盛は再び三草山の上空を見上げて呟いた。義経軍の進路を防ぐ三草山が攻撃を受けるのは織り込み済みである。ここで踏ん張って時を稼ぐのも一つの手であるが、戦いがもつれて長期に及べば、兵力差から確実に落ちる。そうなれば三千の兵の半数は死ぬか、離散してしまうだろう。とはいえ重要な拠点である三草山に兵を置かねば、並の者はともかく、義経ならばきっと何かあると怪しむ。故に、

——ならば初めから無用な抵抗をせず城を捨てる。

と、いうのが資盛に与えた命であった。

資盛軍は一戦交えてすぐに三草山を放棄し、そのまま南西の海辺の高砂を目指す。高砂には予め船団を用意してあるので、それに乗って海に逃れる。

義経軍は平家恐るるに足りずと侮りつつ進撃を続けるだろう。油断させつつ誘い込む。これこそが知盛の狙いであった。

——軍を率いるのが私と知れば、源氏の大将も疑わないでしょう。

資盛は最後の評定でそう言った。自身は臆病だと思われているから、訝しがられることはないだろうという意味である。しかもこの後、資盛にはまだ重要な役目があった。

一人でも多くの兵を生かしたまま撤退出来ることを祈る中、刻々と夜が明けていく。

翌二月六日の払暁、京の後白河法皇から使者が来た。すでに戦が始まっているにもかかわらず何事かと陣がざわつく中、宗盛の名代として、知盛は重衡と共に使者と面会した。

——和議を結ぶように。戦ってはならぬ。

それが法皇の意向であった。すでに源氏側には命じている。故に平家も矛を収めろというのだ。

「謹んで従います」

知盛がそう答えると、使者は満足して帰っていった。

「兄上」

使者が離れたのを見届けた後、重衡は小さく呼んだ。

「解っている。源氏を助けるため、我らを油断させる策だろう」

「申し訳ないが、笑いを堪えるのに必死だった。いや、あんたが命じたから源氏が来ているんだろう……とな」

　重衡は頬をつるりと撫でた。

「我らがこの提案にすぐに縋りつくことを疑っておられぬのだ」

　後白河法皇のような高貴な人から、己たちは一体どのように見えているのか。地を這いずり回る赤虫と、白虫が争っている。その程度に思われているのかもしれない。

　——足を掬われますぞ。

　もし、眼前に法皇がいたならば、知盛は最後の忠義として諫言していただろう。

　平家が勝った時、己は天下の分立によって朝廷勢力を弱めていくつもりである。だが朝廷そのものを滅ぼそうなどという気は毛頭ない。

　頼朝という男はどうか。会ったことも、言葉を交わしたこともなく、何ら確証はないが、必要とあれば朝廷をも滅ぼそうとする気がしてならない。そのような冷酷さと、底知れぬ不気味さを感じるのだ。今も自身は一歩も関東を動かず、二人の弟を平家討伐に送っている。この国において、かつてこのようなやり方で天下の権を奪おうとした者はいないのではないか。薄々とではあるが、知盛には彼の男の真意が解り始めている。

　ところが後白河法皇は、侮りのために目が曇り、頼朝を見誤っているように思えるのである。

「ともかくこの戦は、今後の朝廷の在り方を……後の世の形までをも左右することになる」

「難しいことは兄上に任せる。俺はただ戦い抜くだけさ」

　天下分け目の合戦が始まっているのに、重衡は相変わらずへらりと笑った。ふざけている訳ではない。南都焼き討ちという平家の汚れ役を進んで引き受けた時から、この弟は平家一門と運命を共にすることを決めている。

そして此度の己の策にも、重衡はなくてはならぬ存在。万が一、敗れたとなれば、最も危険な役目を担うことになる。故に悲愴さを感じさせまいと、これまで以上に努めて軽妙に振舞っているのである。

その時、伝令が帷幕に駆け込んで来て報じた。

「源範頼の軍勢五万、生田の森に陣を張っております！」

「おうおう。蒲冠者、臆病と聞いたが逃げなかったか」

重衡はふわりと笑った。範頼は遠江国蒲御厨で生まれ育ったため、世間で蒲冠者などと呼ばれているのだ。

「父上！　備中守殿が！」

入れ替わるように走り込んで来たのは嫡男の知章であった。いよいよ戦が目まぐるしく動き始めたらしい。

「新中納言様」

知章に伴われ、一人の若武者が姿を見せた。平備中守師盛。小松三位資盛の弟で、知盛にとっての甥。齢十六ながら此度の戦では兄と共に三草山を守っていた。

さらに三草山は資盛以外にも、師盛の兄有盛、弟忠房も入っていた。小松家を挙げて守備していたのである。

三草山から落ちた資盛の軍に、源氏は追撃を掛けて来た。誰かが殿として食い止めねばならず、この師盛が引き受けたらしい。師盛の大袖には矢が突き刺さったままとなっており、激戦の様が想像出来る。

「兄弟は無事に高砂へ」

師盛は精悍な笑みを見せた。数日前に顔を合わせた時までは残っていたあどけなさが霧散している。良し悪しにかかわらず、戦というものは少年を一気に大人に変える。

「良かった。して、敵は如何に」

「まず……凄まじい速さです」

初陣で比較できる経験のない師盛でさえそう感じたという。

義経軍は一向に止まる気配がない。まるで何かに駆り立てられているかのように、資盛軍に追い縋り、その尻に幾度となく噛み付いた。師盛は一部の兵と共に山野に身を隠し、敵の横腹を衝いて資盛らを逃がすと、自身も潮を見てじりじりと退き、この陣まで逃げおおせたという。

「お主はかなり戦上手らしい」

知盛が舌を巻くと、師盛は嬉しそうにはにかんだ。笑った顔にはやはり若さが滲む。知章は同い年の師盛がそう評されたものだから、少し羨ましそうにしている。

「新中納言様の仰せの通り、敵は大小二手に分かれました。身を隠していた時にこの目でしかと確かめております」

「見たか」

知盛は些か興奮気味に身を乗り出した。

この戦、敵の首を挙げる以上に、

――敵軍の動きを見ることを優先して欲しい。それこそが手柄である。

と、一門衆に何度も念を押していたのだ。

やあ、やあ、と名乗り合って正面からぶつかる戦のやりようは終焉を迎えている。己だけがそう思っている訳ではない。木曾も、そしてこの義経もそうである。時代が己たちを産み落としたのか。あるいは己たちが時代を創ろうともがいているのか。どちらにせよ同時期に、しかも別の場所で生まれた何人もが、旧来の戦を打ち破らんとしているのは事実である。

「はい。これは敵の口振りから察しただけですので確かとは言えませぬが、兄上らを追撃した軍を率いているのは土肥実平のようです。となると小勢を率いるのが九郎義経ということになるので、間違いかもしれませぬが……」

師盛は不安げに眉間に小さな皺を作る。

「いや、間違ってはいないだろう。師盛、大手柄だぞ」

そこまで確かめられるとは思っておらず、これは嬉しい誤算である。

「ありがとうございます」

「誰か、師盛に手当てを。暫し休め。明日よりまた忙しくなる」

師盛は頭を下げ、郎党と共に下がっていった。

その時、知盛はすでに思案の中にいる。義経軍は三草山を陥落させて、逃げる資盛軍を追えるだけ追った後、途中で進路を東に振って塩屋口を目指す。これで源氏が思い描く、一の谷、福原への挟撃が達成される。

だが東西挟撃は平家も想定内。それだけでは破れぬほどに陣を固めている。そこで義経は、軍を二手に分けて、活路を見出さんとするのではないかと考えていたのだ。その分けた軍勢の向かう先は、

「鵯越口……」

知盛は唸るように言った。

ここまで己の予想通りに動いている。しかも小勢のほうを義経が率いるというところまで。あり得ぬと言う者もいたが、義経はそうする気がしていた。直感に近いのだが、どうしてもそうなるとしか思えなかったのだ。

「勝てるぞ」

知盛は拳を握って頷いた。

ここまで気を昂らせる己を見たことがないからか、知章は驚きの表情を浮かべた。続いて神妙な顔付きになって尋ねた。

「父上、私にも……策の全てをお教え願えませぬでしょうか」

平家一門でも全員が策の全貌を知っている訳ではなく、将となる一部の者だけである。己の嫡男といえども例外ではない。

「何卒」

知章はなおも迫った。師盛の活躍に刺激を受けたのだろう。加えて若さ故の知への欲求もあろう。

「兄上、よいかと。我らに万が一のことがあれば、知章が軍を率いることもあり得ます」

山科に単騎で駆け付けた一件でもそうだが、重衡は知章に目を掛けてくれている。それ以上に、知章の熱意に心を動かされたらしい。

「よかろう」

「誰か、絵図を」

知盛が応じると、重衡は幕の外に呼び掛ける。時を置かずして郎党の一人が巻いた紙を持って現れ、それを板張りの床に広げさせた。

「これは……」

「一の谷近辺を描かせたものだ」

目を見開く知章に向け、知盛はさらに語り続けた。

「まず源氏は東の生田口、西の塩屋口の両面から攻め寄せると見立てたことは知っているな?」

「はい。塩屋口を目指すのは九郎義経。その大回りの途中に三草山。小松殿は一当てした後に高砂を目指し、そこから船に乗り込む。私が知っているのはそこまでです」

「うむ。そこから義経は二手に分かれると俺は見ていた。果たしてそのようになった訳だ」

「大勢を率いた土肥実平は塩屋口を攻撃。恐らくそれに合わせて生田口の範頼も動くのでしょう」

知章は迷うことなく答えた。存外、知章の頭の回転が速いことに知盛は驚いた。重衡も同じらしく、舌を巻いた様子で顎に手を添えた。

「これはこれは、血は争えぬ。いや、それでは知章に礼を失するか。知章も必死に励んでいたのだな」

「はい……未熟なりに」

知章は気恥ずかしそうに頷く。

「よし。東西挟撃は何時か判るか？」

「明日、七日と」

「それも当たりだ。では、小勢を率いた義経はどう動く？」

「先ほど父上が呟かれていたように鵯越口に。これを破って勢いに乗り夢野口を。さらにその先は福原を衝くつもりかと」

「では、その機は？」

「これも明日。東西の攻撃で我らの気を引いた後のことかと」

「よく見た」

これが父としての本能であろうか。すでに戦が始まっているというのに、知盛は口元が自然と綻ぶのを感じた。

「しかし……これでは敵方の思う壺では？」

知章は訝しそうに問うた。

「ここからよ」

知盛が指し示したのは夢野口。そこから北西へと指を滑らせつつ続けた。

「夢野口には通盛殿を残し、教経は一軍を率いて鵯越口の盛俊に合流する。これで易々とは抜けぬ」

「平家一、二の武勇が揃う訳ですからね」

「これで生田、塩屋、鵯越の三方膠着が生まれる。次の一手は……ここだ」

次に指先で突いたところ。そこには何も描かれていない空白がある。

「海……ですか？」

「左様。小松殿は高砂から再上陸する。そして塩屋口を攻める土肥実平の背後を衝くのだ」

「何と」

知章は吃驚する。

資盛が三草山を放棄するのも、高砂から海に逃げるのも策の内。源氏方は四国を目指して遁走したと思うはずだ。仮におかしいと思われたとしても、現在の源氏には一切船が無く、追うことは出来ない。七日に総攻撃と決めているならば、資盛のことは打ち捨てて、塩屋口を目指さねばならぬ。

唯一、懸念されるのは軍を二手に分け、一手を高砂の守りに残し、残る一手で塩屋口を目指されることだ。だが、すでに軍を二分しているのに、ここでさらに兵を割くのは考えにくい。分けてしまえば、とても塩屋口を突破出来る兵数ではなくなるからである。

「これで挟み撃ちしようとする源氏を、我らはさらに挟み撃ちする恰好となる」

東側から源範頼軍、平知盛・平重衡軍、平忠度軍、源氏方土肥実平軍、平資盛軍というように東西に一列に並ぶこととなるのだ。

「そのままじりじりと圧していく……」

「いや、まださらに一手」

知盛は今いる生田口、いや、図に書かれた「知盛」の軍を指し示して次の言葉を放った。

「土肥実平の背後を取った時、俺も鵯越口へと向かう」

背後から奇襲を受けた土肥実平の軍は大混乱に陥るだろう。一方の生田口から平家方は決して突出せず、栄螺が殻を閉ざしたように自陣の堅守に徹する。塩屋口の源氏方が崩壊するまで耐えるだけという時に限りがある戦だ。重衡の軍だけでも間に合う。

その機に知盛は精兵三千騎と共に鵯越口へ押し出すのだ。総大将、平家随一の武勇を誇る教経、それに次ぐ盛俊。さらには通盛も夢野口を守る必要がなくなり、軍を進めて後詰めに入る。主力を鵯越口に集結させるのである。

「山では源氏得意の騎馬も使えぬ。こうなればただの力比べ。我らが押し切れるだろう。さらにそこに土肥実平軍が崩壊したと知れば……義経は必ずや退く」

魅入られたように絵図を見つめる知章に向け、知盛は戦端を開いた三草山を指して、さらに続けた。

「我らは三草山を再奪取。丹波に向けて来た道を北へと逃げる土肥実平を遮る」

「ここでも挟み撃ち……」

「ああ。ここで西方の源氏を完全に潰す」

知盛は静かに言った。その口調が些か冷ややかになってしまったためか、知章は身を微かに震わせる。

「あとは三草山には通盛殿を残し、残る兵で生田口へ戻る。範頼に分別があればこの時点で退いているだろう。だが退いておらねば、重衡と共に河内まで追い落とす」

知盛はすうと指を端へと動かし、遂に絵図の外にまで走らせた。

「余力あらば、なおも追う。平田入道が機を合わせて宇治へ、そして……」

伸ばした指を畳み込み、強く握った。

「一気に京を奪い返す」

「どうだ？」

呆気に取られていた知章に、重衡が訊いた。

「父上はここまで……」

「これが宰相最愛の子の才だ」

重衡はにやりと笑った。

「これは必勝。万に一つの負けもありませんね！」

知章は興奮気味に言う。が、知盛は首をゆっくりと横に振った。

「戦に絶対はない」

「しかし――」

「とはいえ、自信はある」

知盛が言い切ると、知章は頬を紅潮させて頷いた。

十中八九、いや、よほど異様なことでも起きねば、百のうち九十幾つまではこの策が決まると見ている。

ただ、一抹(いちまつ)の不安が消えないのは、彼の男にまさしく異様さを感じているからではないか。沓(くつ)の中に入った一粒の砂の如きもの。気持ちは悪いが、ただそれだけ。そう己に言い聞かせ、知盛は再び一の谷の絵図に視線を落とした。

三

六日の夜半、鵯越口の平盛俊から伝令が来た。その内容は、

――源氏の手勢現る。

というものだった。陽(ひ)が傾き始めた頃であったという。その数は約三千。つまり土肥実平には七千を割いたということが判る。

義経軍は鵯越口の盛俊に向けて陣を布きつつ、一部を残して夢野口に向かう構えを見せた。翌日には東西からの挟撃が始まる。それに間に合うように、少しでも早く進みたいと思っているのだろう。義経が速さを尊ぶことはもはや疑いなく、それと符合する動きである。

盛俊は高所に陣取っていたが、指を咥えて見送ったわけではない。背後を衝く構えを見せて軍勢を繰り出す。義経軍が反転して攻めようとすれば、再び陣の中へと引き返す。そうして義経軍を釘付けにすることに成功していたという。

陽が落ちて来たため、義経軍は鵯越口で陣を布いた。強行軍で丹波を突っ切って敵方の予想よりも一日早く到達し、着くなり三草山に夜襲を掛けたのである。兵たちの疲労は限界に達しているに違いなく、今日中にこれ以上動くのは無理と判断したのだろう。

加えて盛俊軍が千ほどなのにそろそろ気付いたはず。明日、一気に鵯越口を突き破り、夢野口に殺到するつもりとみてよい。

こうして前哨戦が続く中、六日が暮れていき、源平の趨勢を決めるであろう七日の朝を迎えた。

まだ辺りが薄暗い刻限、知盛がまたもや絵図を広げて眺めていると、知章が訪ねて来た。

「もう起きておられたのですか」

「いや……」

「まさか一睡もしておられないのですか？」

皆には交代で眠るよう命じていた。知章は気が昂っていたものの二刻（約四時間）ほど眠ったという。

「寝付けなかっただけだ」

知盛は息子に顔を向けて苦笑した。知章は赤子の頃、寝付きが悪かった。夜そのものが怖いのかというほどに泣き喚き、やがて疲れ果てて夜更けに眠る。反対に今、知章に心配されることに一抹の可笑しささえ感じている。

「重衡はすでに己の陣だな？」

知盛が話題を変えると、知章は歩を進めつつ答えた。

「はい。人の動く気配が。もういつ来てもよいように備えているようです」

「そろそろ能登も夢野口を発った頃だろうな」

「能登守様ならば、九郎義経を逃がさず討ち取るかもしれませんね」

「それが最上だ」

義経が機を見るに敏なれば、劣勢を悟った途端すぐに退くだろう。そうなったら討ち取ることは難しい。だが教経ならばと、十に一つの運を期して選んだのも事実であった。

「強く嚙み付いていれば、釣れましょう」

「知章、川釣りをしているらしいな」

ふいに知盛は訊いた。

「何故、それを」

「母上から聞いた。今の例えもそうだろう？」

「申し訳ございませぬ」

殺生に関わるのは不浄という理由で、貴い身分の者は釣りなどしない。事実、平家一門でもそれを行う者がいると耳にしたことはなかった。

――叱らないでやって下さい。

己が外から知章の釣りのことを聞きつけるかも知れぬと思ったのだろう。希子には事前にそう言われていた。もっとも知盛も叱るつもりなどない。人はもちろん、生きとし生けるものすべてが他者の命を口にして生きている。業の深さを思うものの、それを蔑む気になどなれなかった。それでいうなら、人が人を殺す戦のほうが百倍不浄であろう。

「何処で学んだ?」

知盛は絵図に視線を落としたまま尋ねた。

「三年ほど前、川漁をする親子と知り合いまして……」

「ふふ。俺と同じで、屋敷を抜け出したのだな」

「申し訳ございません」

「謝るな。なあ、教えてくれぬか?」

「え……」

「釣りだ。お主と共にしてみたい。その時は知忠も……な」

目を上げて知盛が穏やかに言うと、知章は顔に喜色を浮かべて弾むように頷く。

「はい!」

「いよいよだ」

知盛は自らに言い聞かせるように呟いた。近づいて来る跫音に気付いている。今日初めての戦況を報せる伝令であろう。

その予想は当たった。伝令は陣に飛び込むなり報じた。

「宵のうちに、塩屋口に先駆けをする者あり。武蔵国の住人、熊谷次郎直実。その子、小次郎直家。続いて平山武者所季重」

伝令の語るところに拠ると、熊谷親子は夜更けのうちに、たった二騎で塩屋口の陣に来ると、先駆けであることを高らかに吼えた。熊谷親子が幾度となく、誰か出合え、と陣に向けて呼び掛けるものの、忠度は、

——捨ておけ。

と、命じて配下を制止した。

熊谷親子は良馬で駆け巡り、篝火の照らす範囲に入ったり、出たりを繰り返して狙いが定まらぬ。無駄な矢を使いたくはないということもある。だがそれ以上にこれを大事にしてしまえば、他の地を守る味方に大軍での夜襲だと勘違いさせ、無駄に足並みを乱してしまうと懸念したらしい。

暫くしてさらに一騎増えた。それが平山季重。先駆けに異常な執念を燃やす男で、保元、平治、二つの戦でも先駆けを務めたほどである。

遅れて現れた平山を足してもたった三騎である。恐らく彼らは軍の指揮を無視し、勝手にやって来たのだろうと推測出来た。

「我らも気を付けねばなりませんね」

知章の言う通りである。戦は個から集団の時代へと移り変わりつつある。知盛は以前からその考えであったし、木曾に敗れ、京から落ちた後、それを皆に説き続けることで随分と平家の中に

も浸透しつつある。

だが厄介なのは、義経軍と木曾軍の宇治川の戦いのように、先駆けが趨勢を左右する例もある。要は過渡期なのである。

故に個の武勇を重んじる者も未だ多く、彼らはそれこそが武士だと信じて止まない。塩屋口に抜け駆けで現れた三騎など、まさしくその権化といえよう。

「ああ……」

「何か」

知盛が気の無い返事をしてしまったことで、知章は訝しそうに首を捻った。

「その者ら、何処から来た」

西の塩屋口に現れたということから、義経軍に属していた者たちと考えてまず間違いない。義経軍も今は二手に分かれている。そのどちらに属していたのかということだ。

「土肥実平のほうでしょう」

知章がそう考えるのも無理はない。義経が率いていると思しき三千は鵯越口にいる。そこから抜け出して、夜更けのうちに塩屋口に到達するのは絶対に無理である。

おのずと土肥実平の七千の内だと予想される。だが知盛は、それも、

——かなり厳しいのではないか。

と、思うのだ。

土肥実平の軍は七千と数が多いこともあり、隘路が多い山ではなく、開けた海沿いの道を取る

だろう。代わりに海沿いを進めば距離が長くなる。熊谷らが抜け出しても夜更けに辿り着くのに間に合うとは思えない。資盛軍の追撃を相当早くに切り上げたか、あるいは三草山を落とした時点で熊谷らが軍を離れて抜け駆けを行ったかのどちらかでないと、あり得ないことなのである。

　前者ならば、そろそろ土肥実平の軍が姿を見せていてもおかしくない。ということは後者となるのだが、今一つ腑に落ちないのだ。

　知盛が思案に耽っていると、外から猛々しい鬨の声が上がった。いよいよ源氏の総攻撃が始まったのである。もはや考えている猶予は無かった。

「知章」

「はっ」

　知盛は知章を伴って帷幕を出た。

　陣内を慌ただしく人が動いている。平家の陣には幾つかの物見櫓が立ち、丸太を組み合わせて作った柵のほか、無骨な板づくりの門があり、その上からは迫る敵を矢で狙うことも出来る。それが二つ、三つと構築されている。陣というよりは砦、城と呼んでも過言ではない。これは己の陣に限ったことでなく、重衡の陣や、西の塩屋口を守る忠度の陣も同様、堅牢な守りで備えている。

「殿」

　知章の介添えも務めている郎党、監物太郎頼賢が駆け寄って来た。その顔は緊張に強張っている。

「始まったか」

「はい。つい先刻、西からも鬨の声が」

「やはり同時に攻めて来たか。二の門まで出る」

知盛の陣には三つの柵、門がある。総大将として流石に最前線となる一の門まで出る訳にはいかぬが、二の門ならば流れ矢も少なく、迅速に指揮を執れるであろう。

二の門に上り、知盛は遠くを見た。すでに一の門の前では無数の矢が飛び交っている。高所から平家の武士が矢を放つと、源氏の侍が次々と倒れていく。が、鬱蒼と生い茂る生田の森から、途切れることなく、わらわらと新手が現れる。

「だが、無駄だ」

味方の矢が頭上から絶え間なく降り注ぎ、悲鳴が起こり続ける。流石に弓馬の扱いに長けた坂東武者だけあり、馬を駆りながら門の上に向けて矢を放つ者もいる。見事に捉えて一人が倒れても、平家はすぐに代わりの兵が立つ。源氏が一人討つ間に、此方は十以上の兵を討ち果たしている。

「無謀な」

知盛は低く呟いた。正面から一の門を破るのは難しいと考えたのだろう。門の脇、やや低くなっている柵を乗り越え、陣の中に敵が入って来た。その数、僅か二人。

「武蔵国の住人、河原太郎私市高直！」

「同次郎盛直、源氏の大手、生田の森の先陣であるぞ！」

中に入った二人が立て続けに叫ぶのがはきと聞こえた。

この二人、もはや生きてここから出られるとは思っていないはずだ。先駆けの名誉を得て、ただ名を馳せることだけが目的であろう。四方八方に矢を射続けながら、

「誰そ。名のある者は進み出よ！」

と、喚き続けている。親子というほど歳は離れていないようである。兄弟、あるいは従兄弟などであろうか。

「誰かあれを討て！」

「のさばらせるな」

「良き首ぞ！」

二の門を守る侍だけでなく、一の門を守る者の中にも、正面の敵を捨て置き、振り返って河原らに矢を射かける者がいる。はっとして知盛は叫んだ。

「あれに捉われるな！　本命が来るぞ！」

門の上の兵たちは、えっとこちらを見る。河原太郎、次郎も声に気付いた。太郎のほうに至っては舌打ちをするのまでが解った。

「平家の男はこの程度のものか‼」

太郎は首を振りつつさらに挑発する。降り注ぐ矢を掻い潜り、払い落し、二人の武者は縦横無尽に陣の中を駆け巡る。

「父上、先ほどのは……」

「森を見よ」

木々の隙間に人影が蠢いているのだ。恐らくこの河原太郎、次郎は囮。何かを企んでいる者がいる。

「名のある大将と見たぁ！」

河原太郎が喚き散らし、こちらに向けて弓矢を構える。屈んで避けようとしたその時、知章が周囲に向けて命じた。

「誰かあれを！」

河原太郎がぎりぎりと弦を引き絞ったその時である。

「この真名辺五郎にお任せを」

という声と共に、風を切るように横から矢が飛び出した。

矢は見事に河原太郎の胸板を貫いた。よろめいた河原太郎が弓を杖にして何とか耐える。そこに次郎が駆け寄って肩を貸すと、逃げ出すつもりか、先ほど二人が乗り越えて入って来た柵に向かう。

「備中国の住人。真名辺四郎の弟、五郎でござる」

己の功を示すため、箙から次の矢を抜き取りつつ真名辺は再び名乗った。これもまた「武士」らしい。

再び放たれた矢は、次郎の草摺の隙間に突き刺さり、縺れるようにして二人ともどっと倒れ込んだ。暫くまだ動いていたものの、指示を受けて真名辺の下人が駆け寄り、両名の首を落とした。

「新中納言様。首を挙げましたるは真名辺……」

「覚えた」

執拗なほど、再三名乗りを繰り返す真名辺に対し、知盛は短く答えた。愛想のない返事だったが、真名辺は一向に気にせず、満足げに周囲に功を誇っている。

その間も知盛は生田の森を凝視し続けていた。

「来る」

知盛が零したその次の瞬間、敵陣から天を衝くような喊声が上がり、森の中から武士が飛び出して来たのである。その数は凡そ五百。全員が馬に跨り、一人とて徒歩の者はいない。前後二騎で一組となり、細身の丸太を構えている者たちもいる。

「あれは……」

知章が息を呑む。馬の扱いに長けた坂東武者の中でも、特にその技に卓越した者たちを集めたのだろう。丸太を支えながらでも、速度は全く落ちず、矢の雨を掻い潜ってこちらへ猛然と向かって来る。

「速い」

「まさかあのまま――」

知章の声は怒号と悲鳴に掻き消された。丸太を携えた騎馬武者はそのまま門に突っ込む。馬の足で加速された丸太の衝撃を受け、門が軋む音がここまで届いた。

第二、第三と立て続けに丸太が撃ち込まれる。丸太を投げるように手放し、上手く馬首を巡らして退避する者もいるが、体勢を崩して馬もろとも転倒する者もいる。だが源氏武者は倒れた仲間に構わず、馬の嘶き(いなな)や怒声の中、何度も突撃を続けた。門の辺りが密集して近づけないと見るや、勢いはそのままに向きを変えて柵に撃ち込む組もいる。

「あれが坂東武者……」

眼前の光景に平家の侍たちはざわめく。先ほどの河原太郎、次郎たちもそうだったが、自らの命を誰一人惜(お)しまない。見方を変えれば、命を粗末にしているとも思えるほどの猛攻である。

「破られたぞ！　防げ――」

一の門を守る侍が叫ぶが、次の瞬間には喉(のど)に矢を受けて絶命する。閂(かんぬき)が圧(へ)し折れ、門が勢いよく開くと、源氏の五百騎が吸い込まれるように突入して来た。

「梶原平次景高(かじわらへいじかげたか)なるぞ‼」

先頭を行く馬上の男が吼えた。源氏武者たちは、陣の中の逆茂木(さかもぎ)を縫(ぬ)うように疾駆し、二の門の眼前にまで迫った。

「まだだ」

鉦(かね)を携えた郎党がこちらに目で訴えるのを、知盛は手で制した。

「平次を討たせるな！」

「続けや者ども！」

太刀を振るいながら、立派な大鎧(おおよろい)に身を固めた二、三騎がさらに飛び込む。一の門、二の門に源氏の兵が充満した頃合いを見て、知盛は掲げていた手を下ろして命じた。

「やれ」

けたたましい鉦の音が陣中に響き渡る。すると一の門の上から次々に逆茂木が投げ落とされた。乱雑に逆茂木が転がり、開きっぱなしになった門を塞(ふさ)ぐ。

「今ぞ。射よ」

知盛の命に応じ、鉦の調子が変わる。一の門、二の門から一斉に矢が降り注いだ。そのあまりの数の多さに視界が暗く煙るほどである。源氏武者は為(な)す術(すべ)なくばたばたと倒れ、悲鳴と馬の嘶きが竜巻の如く立ち上った。

「ひ、退け！」

敵将の合図で撤退しようとするが、逆茂木が邪魔で逃げられない。勇猛で鳴らし、先駆け争いに血眼(ちまなこ)になる源氏武者である。後詰めを付けずに突貫してくるこのような場合を想定し、知盛は策を講じていたのである。

「門を開け」

さらに続けて命を発すると、また鉦の鳴り方が変じる。今度はぴたりと矢が止み、それと同時に二の門が開いて平家武者が飛び出した。すでに地に滑り落ちていた源氏武者を馬脚で蹂躙(じゅうりん)し、駆け抜けざまに太刀で斬(き)り伏せていく。

「逆茂木を取り除(の)けよ！」

敵将と思しき男が叫び、徒歩(かち)の郎党が逆茂木をどけて、源氏軍は退却を始めた。僅かな隙間を抜け、あるいは逆茂木の低くなったところを馬で飛び越える。流石、坂東武者と、舌を巻く馬術である。

「追うな。残る者を討ち果たせ」

逃げた敵は五十騎ほど。今、残って戦っているのも五十騎。つまりすでに四百騎が死に果てたか、傷を負ってもがいていることになる。残った五十騎も満身創痍でみるみる数を減らしていく。

その時である。先ほど逃げたばかりの五十騎が再突入して来た。これにはこちらが驚く番であり、味方は数で勝るにもかかわらず一斉に浮足立った。戻って来た五十騎は一糸乱れぬ鏃の如き陣形で突貫を始める。先頭を駆ける大柄な男は、先ほど撤退を指示した将である。将は太刀を頭上で旋回させつつ、耳を劈くほどの大音声で叫んだ。

「昔、八幡殿が後三年の御戦いにて、出羽国千福の金沢城を攻められた時、齢僅か十六で先駆けをし、左眼を甲の鉢付の板に射られながら、返しの矢を射てその敵を射落とし――」

とても一息とは思えない。将は淀みなく、しかも声をさらに大にして口上を続ける。

「後代に名を馳せた鎌倉権五郎景正の子孫、梶原平三景時、一人当千の兵であるぞ！　我こそはという者は、この景時を討って大将軍のお目に掛けよ‼」

平家軍のあっという声が重なり、続いてあちこちから声が上がる。

「梶原平三だ！」

「一ノ郎党だぞ！」

その呼び名の通り、頼朝第一の郎党と名高き武士である。

景時が率いる五十騎は、縦横、八文字、十文字に駆け巡りながら、平家軍を蹴散らしていく。

梶原が目指すのは、郎党二人を引き連れた源氏武者だと解った。郎党二人と共に、平家五騎に囲まれて劣勢に陥りつつも奮闘している。

「父上！」

囲まれた源氏武者が叫んだことで、景時の子であると判った。景時は息子を助けに二度駆けを行ったらしい。

「まだ討たれずにいたな！　いかに源太、死んでも敵に後ろを見せるな！」

景時はさっと馬から飛び降りると、源太と呼んだ子と共に、瞬く間に平家の武士五人を斬り伏せた。三人は喉を切り裂かれて即死。二人は悶絶しながら地に転がる。

「さあ、来い」

景時は味方の騎馬の後ろに子を押し上げると、再び自らの馬に跨った。平家の武士は景時の剛勇に慄き、囲みをじりじりと狭めるだけで精一杯である。

ふいに見上げた景時と、知盛の視線が宙で交わった。吊り上がった眉、口元の髭が黒々と濃い。頬骨が異様に突き出ている。一目見れば忘れない灰汁の強い相貌である。

「貴様がここの大将か！」

「新中納言だ」

「なっ――」

戦の最中にもかかわらず、時が止まったと錯覚するほどの静寂の中、景時が吃驚の声を上げた。まさかこんなところで平家棟梁の弟が戦を指揮しているとは思わなかったらしい。

狼狽を見せたことに気づいた景時は、敢えて口の端を上げ、不遜な顔で言い放った。

「弓矢取りは攻めるも退くも、その時によるものよ」

「言い訳をするために戻って来たのか。子を救いたかったと素直に言え」

景時が大袈裟に舌打ちをして退却を命じる。すぐに知盛は追わずともよいと下知を出す。

景時の率いた五百のうち、すでに四百五十近くを討ち果たしたのだ。手負いの者を追い詰めれば、こちらも無用な被害を蒙ることになる。

平家軍が囲みを開いた中央を突き抜け、景時ら五十騎は陣の外へと逃げ出していった。多大な損害を出したからであろう。範頼軍からの攻撃は一時止んだ。

それから間もなく、重衡の陣からも源氏の猛攻を凌ぎきったと報告が入った。主力どうしが激突した生田口においては、最後に巻き返しは受けたものの、緒戦は平家軍の圧勝といってもよかろう。これで両軍は暫し膠着することになるに違いない。

一方、西からは未だ喊声が途切れることなく聞こえ続けている。塩屋口の土肥実平が攻撃を続けているのだろう。

海に逃れた資盛軍は、今頃引き返して高砂からの再上陸を目指している頃である。土肥実平の背後を衝けば、平家の勝利が確定する。

――小松殿、そろそろ頃合いだ。

陽が高くなり始め、煌めきを帯びた海を見つめながら、知盛は心中で静かに呼び掛けた。

知盛軍が範頼軍の猛攻、梶原の二度駆けを退けて四半刻（約三〇分）ほど経った時である。西からの喊声が大きくなった。

「これは……」

目を細めて知盛は連なる山々を見た。声だけでは味方のものか、敵のものかはきとしない。ただ奇妙なのは、声の出所が山の手に寄っているように思えたからである。

「間違いない」

知盛は独り言ちた。声が山彦を呼び、山間に鳴り響いているのだ。

「鵯越口は！」

近くの郎党に向け、知盛は鋭く訊いた。

「先刻、能登守様が到着したと伝令が来ました。此方が優勢とのこと」

山の手の陣といえば鵯越口、夢野口の二つ。すでに義経軍に鵯越口を突破され、夢野口まで迫られたのかと思ったのだ。伝わる内容には多少の前後があるとはいえ、教経が着いて、しかも優勢であった鵯越口の戦況がそうすぐに変わるとは思えなかった。

山彦で位置が摑みにくいが、鵯越口よりも西、しかもかなり近くから喊声が聞こえているような気がする。

——何処だ。

知盛は瞑目し、嫌というほど見つめて来たこの辺りの絵図を脳裏に思い描いた。さらに耳を研ぎ澄まして声の元を追う。己の耳だから気付けた。今ならまだ間に合う。あの地は有り得ぬ、あそこも無理、絵図と声を突き合わせて場所の特定を急ぎながらも、ただ一点、これが誰の仕業かということへの疑いはなかった。

――九郎義経、何を仕掛けた。

義経の顔は知らぬ。だが知盛の頭に浮かぶのは、まさしく洛中ですれ違ったあの武者である。

「あり得るのか……」

はっと閃くものがあった。一つだけ、思い当たる場所があった。そこは鵯越口を遥かに超える峻険な地形で、とても兵を通せぬ、通せたとしても数十人で行くのが限度だと思い、守りの対象から除外していたところである。

しかもそこを抜ければ、辿り着くのは平家の陣のど真ん中。数十人で飛び込んだところで、万の兵に包み込まれてあっという間に討ち取られてしまうだろう。そんな自死にも等しいことをするはずがない。

「と……俺が考えていると、奴も考えている……」

知盛はゆっくりと目を開いた。通常ならばわざわざ危険な賭けに出る必要はない。だがもしこちらが鉄壁の構えであることを、時を稼いで資盛軍を戻すことを、全て読み切っているとすればどうか。もし己が義経の立場ならば短期決戦を狙い、乾坤一擲の勝負に出るに違いない。

「父上……」

知章が心配そうに顔を覗き込む。

「誰か！　すぐに忠度殿に伝令を！」

「はっ！　何と⁉」

「鉄拐山から敵が来る！　急ぎ備え――」

知盛が言い掛けたその時である。喊声が一際大きくなった。いや、先ほどまでよりも一段高い。

化鳥の如き声。悲鳴である。

西方から一筋の煙が立ち上るやいなや、それはみるみる膨らみ、やがて赤く揺らめく火焔までがしかと視野に飛び込んできた。

「遅かったか……」

「何が起こったのです！」

狼狽えているのは知章だけではない。皆が西の空に目を奪われており、何が何だか判らぬまま、唖然としている。

「鉄拐山から奇襲をかけられた」

「そんな……鉄拐山の険しさは尋常ではありません。千は疎か、数百でも……」

「恐らく敵は数十騎。まともに戦えば勝ち目はない故、火を放ったのだ」

「しかし、いつの間に」

知章は愕然として、すでに濛々と立ち上っている煙を見た。

それは知盛も考えていたことであった。いつ、兵を鉄拐山に送れたのかということである。

塩屋口を攻める土肥実平が兵を迂回させたのかとも考えたが、そのような時の余裕はないはずである。

「あの先駆けか」

頭を過ったのは、夜更けのうちに塩屋口に現れたという熊谷親子、平山季重のことだった。

土肥実平の率いる軍から抜け駆けしたにしては、早すぎると感じていた。もし奴らが別の軍に属していて、そこから抜け出したのだとすればどうか。すでに夜更けのうちに、その軍は近くまで来ていたことになる。

それが今、鉄拐山から奇襲を掛けた軍だとすれば。

ならば、その軍は何処から出来したというのか。

「さらに軍を……三手に分けたということか……」

まず一万の軍勢で三草山を落とす。そこで七千の軍を土肥実平に与えて追撃させ、義経は三千の兵と共に鵯越口を目指す。その途中、さらに百騎足らずを軍から分離させて鉄拐山を目指す。鵯越口を攻めているのは二千九百となり、こちらからは軍を割いたかどうかは判別できない。

「九郎義経は郎党も少ないはず。しくじれば確実に死ぬ奇襲に、頼朝の郎党が従うでしょうか」

知盛の独り言を受け、知章が疑問を呈した。

「その通りだ」

「では……」

「あれを率いているのは九郎義経だ」

知盛は断言した。

源氏の御曹司自ら死地に入る。知章の言うことは間違っておらず、普通ならばあり得ないことだが、それ以外には考えられないのである。

「知章、ここを任せる」

「はい。父上は……」

「三百騎を率いて混乱を鎮めに向かう。たかが百足らず。落ち着いて相対すれば、確実に討ち取れる」

その時、生田の森から再び喊声が上がった。奇襲が成功したと見て、一気に勝負に出ようというのだろう。

「必ずや防ぎます」

割れんばかりの喊声の中、知章は凛と頷いた。

「頼む」

知盛は軍の中から精兵三百を参集させ、西に向けて発した。

「坂東武者何するものぞ。者ども、平家の男の意気地を見せよ！」

兵を叱咤する知章の声を耳朶で受け、前のめりに手綱を操る知盛の唇に井上黒の鬣が触れた。

四

風を切って塩屋口に向かう途中、知盛は、

「通盛殿には夢野口を引き続き固め、教経は盛俊と共に鵯越口から退けと伝えよ」

と、引き連れた郎党の一人に指示を与えて走らせた。山の手は平家優勢と伝わっていたが、この事態に戦況が変じていることも十分に考えられる。夢野口に兵を結集させ、守りに徹するのが上策と思われた。

知盛はまた新たに指示を飛ばす。今度は帝と共に、海の上にいる平家の棟梁、兄宗盛に向けてである。福原に近い大輪田泊には、平家の軍船が止まっている。それを走らせれば宗盛に伝えられる。

「決して陸に上がることなかれ。万が一の折は、屋島まで退かれるように。私も含め、一門を待とうなどとは露程も思われるなと」

事態がのっぴきならぬところまで来ていると、改めて感じたのだろう。郎党は顔を引き攣らせて応じて去っていった。

――まずい。

北側からの喊声が明らかに近づいている。夢野口に退けと命じるまでもなく、すでに鵯越口は突破されているらしい。

いや、もしかすると異変を察し、盛俊が鵯越口を捨てて夢野口まで退いたのか。

いずれにせよ恐れていたように、山の手の戦況は逆転しているらしい。

夢野口を破られれば、塩屋、生田の東西が分断されることになる。それだけは絶対に避けねばならぬと、さらに命を郎党に伝えた。

「お主は引き返し、重衡に夢野口を――」

振り返って気付いた。すでに山間に向け、一軍が進んでいる。

重衡の軍である。

「流石だ」

知盛は呟いた。日頃は軽口ばかり叩いているが、戦に関しては平家一門でも一、二を争うほどの慧眼を持つ重衡である。己と同じ考えに至り、知章と相談して援護に向かってくれたのだろう。

知盛ら三百余は馬の脚を緩めない。一刻も早く辿り着くべく、旧都福原を駆ける。福原を抜け、高取山の麓まで来たあたりで、馬上の知盛は呻き声を上げた。

「これは……」

折からの強風に煽られ、一の谷の半ばは火の海となっている。平家の武士は我を忘れて逃げ惑い、源氏武者が悪鬼羅刹の如くそれを追っている。

「救え！」

知盛は太刀を抜いて自ら突貫する。擦れ違い様、騎馬の源氏武者を一人斬り、徒歩の者の喉笛を突いた。功に駆られて先走った一団だったに違いない。源氏武者は十数騎しかおらず、その全てを悉く討ち取った。

「塩屋口は⁉」

命拾いし、腰を抜かした兵に向けて知盛は馬上から訊いた。

「さ、薩摩守様と共に逃げたのですが……」

忠度は紺地錦の直垂、黒糸縅の大鎧に身を固め、

「源氏に二度と後れを取るな！」

と、歌詠みに相応しい錆びた声で督戦していたという。その背後が突如として騒がしくなった。鉄拐山からの奇襲だという叫びが耳に届いたが、俄かには信じられず、真偽を確かめさせるために人を走らせた。だが報せを得るより先に、直後に後方から火の手が上がったことで、忠度は真実だと悟る。時を同じくして正面の土肥隊が、これまでに増して烈火の如く攻め立てて来た。ここで退かねば袋の鼠になると麾下が進言する。

「死守するぞ！　新中納言を信じろ」

しかし、忠度はそう叫んだ。仮に知盛が福原を守り切ったとしても、塩屋口に残った己は無事では済まぬと忠度は判っていたはず。倶利伽羅峠での無念を晴らすため、いやその地で死んだ知度の想いを継ぎ、今度は自らが捨て石になろうとしたのだ。

だが土肥隊の猛攻は凄まじく、砦の一部にも火が回り始めたことで、浮足立って退却する者が続出する。砦を守るにはもはや数が足りぬと判断し、忠度は残っていた数十騎と共に、背後の奇襲部隊だけでも除かんと、玉砕覚悟で踏み止まることを決意した。

沃懸地の鞍を置いた黒馬に跨り、忠度は突撃を敢行する。しかし数百はいるだろうと思われた敵は疎らな上、火を放つことに専念して、こちらの姿を見ると戦いを避けて逃げていく。

「奴らは何処にいるのだ!?」

忠度はなおも探したが、纏まった敵は見当たらない。そうこうしているうちに、黒白の煙の中から大軍が現れた。砦を突破した土肥隊である。乱戦の末、忠度たち数騎は百騎に囲まれた。

「名乗れ！」

源氏武者から迫られた忠度は、麾下の者たちだけに聞こえる声で、

「時を稼ぐ。お主らは新中納言にこのことを伝えよ」

と囁いた後、囲む敵に向けて、

「これは味方であるぞ」

と、朗らかな声で呼び掛けた。

忠度はこれで騙し通せるとは思っていない。僅かな隙を探していたのだろう。案の定、源氏武者にはすぐに見抜かれた。忠度が鉄漿を付けていることに気付いた者がいたのだ。これは平家の公達に違いないと、一斉に襲い掛かって来る。

「にくい奴よ。味方だと言ったら、そう言わせておけばよいものを」

忠度は苦笑した。別に己が助かりたい故の負け惜しみではない。わざわざ死出の旅路の供をせずともよいのに、といった意味であった。

一閃、向かって来た敵が騎馬から吹っ飛ぶ。二閃、さらに別の敵の首を掻っ切る。教経などの陰に隠れていることや、歌に造詣が深いことから、荒事が得手と思われてはいないものの、忠度は大力の持ち主であった。

「行け！　何としても駆けろ！」

忠度が叫ぶと同時に、郎党たちが一斉に逃げる。その時には忠度はさらにもう一人、徒歩の侍を突き仕留めていたが、群がった敵に遂に馬上から引きずり落とされる。

次の瞬間、振り返った郎党は見た。忠度の右の腕が根元から切り落とされるのを。それでも忠

度は残る左手一本で敵を投げ飛ばすと、

「暫し退け、十念を唱える」

と言い放ち、地に胡坐を掻いて念仏を唱え始めた。これを待つのが武士の作法。忠度は最後の最後まで時を稼ごうとしたのだ。

「光明遍照十方世界、念仏衆生摂取不捨——」

十念どころか、一度唱えた時、先刻投げ飛ばされた武士が忠度の首を落としたと、郎党は無念に声を震わせながら語った。知盛は細く息を吐くと、厳かに命じた。

「各所の軍に伝えよ。全軍退却。屋島を目指して落ち延びよ」

すかさず数騎の郎党が伝令に駆け出す。

——薩摩守殿。

知盛は心中で礼を述べた。この戦はすでに平家の負け。巻き返しの利かぬところまで来ている。ただ、今ならば退却することも可能である。それも忠度が命を賭して時を稼いでくれたからで、それが無ければ退路は完全に塞がれていただろう。

そして今一つ。忠度が教えてくれたことがある。

「奇襲した源氏軍はやはり百騎足らず。皆が退却するまで踏み止まり全て討ち果たす」

流石に選りすぐりの精兵どもである。知盛がそれを伝えると、臆する色は微塵も見せず、声を揃えて応じた。

軍を率いて駆けまわり、三十騎ほどの小勢を目に捉える。松明を手に持っている者がいることから、味方ではないと断ずる。

「行け！」

知盛の号令と共に味方は突撃を始める。敵もこちらに気付く。

「義経！」

叫んだと同時、はっとこちらを見た武者がいた。間違いない。あの時、洛中で擦れ違った男である。その脇には、これまたあの日に見た荒法師が侍っている。

義経と思しき男は、刀を宙で旋回させて何か合図を出す。すると小勢は一斉に散り散りに逃げ出した。

「あれを追うぞ」

知盛が指差した時、背後から喊声が聞こえた。塩屋口を突破した土肥実平軍が迫ってきたのである。一瞬、そちらに気を取られている間に、義経と思しき男は消えていた。これまで武士が重んじてきた名誉など、やはりさらさら気にしていないのか、逃げ足も異常に速い。

「皆が退き終えるまで支えるぞ！」

もはや義経を追っている時はない。率いる三百の精兵と共に、雲霞の如く迫る土肥軍を迎え撃った。

塩屋口を崩したことで安堵し、油断も生じていたのだろう。土肥軍は反撃に浮足立った。

その中を、知盛軍が縦横無尽に切り裂く。

どれほど戦ったであろう。少なくとも五度は土肥軍を崩したはずだが、それでも敵は諦めず態勢を整えて向かって来る。知盛の軍も百五十騎ほどに減っていた。その時、土煙を上げて一軍が近付いて来た。

「父上！」

「知章！　手伝え！」

「承知！」

これほどまで率直に、子に頼ったのは初めてであった。知章はよほど嬉しかったのか、身を震わせて応じた。

知章が率いてきた手勢の数は約千。

「生田口は⁉」

「叔父上が舞い戻って殿を務めて下さっています。私には父上を救えと！」

「解った。皆が逃げるまで耐えるぞ！」

「はい！」

共に軍を率いるのは初めてのことだが、やはり親子だけあって息は驚くほどに揃う。一時は七倍の数の土肥軍を突き崩し、塩屋口まで押し戻すほどであった。

その間に続々と平家の軍が退却していく。

――皆、遁げろ。

知盛は心中で呼び掛け続けた。

己の全知を注ぎ込み、幾夜にも亘って、練りに練った策であった。だが義経は紙一重でそれを上回って来た。

いや、防ぎうる道もあった。昨夜、熊谷親子、平山ら三騎が突如として塩屋口に現れた時だ。彼らは鉄拐山の裏に来た義経軍の中におり、理由は判らぬが、袂を分かって別行動をしていたのだろう。それを見抜いていれば、鉄拐山の麓に兵を配し、奇襲を防ぐことも出来たはず。

全ては総大将を務める己が至らなかった故である。

「船が足りぬようです！」

郎党の一人が叫んだ。源氏軍は退却の手段を封じるため、目に付いた端から船に火を放っているらしい。

「耐えよ！　やがて戻る船もある！」

知盛はそう応じた。気の利く者がいれば、屋島まで行かず、何処か途中の島で人を下ろして救出に戻るはず。それに賭けるしかない。

「新中納言殿！」

「おお、御無事であったか」

そこに、一軍を率いてまた合流する者があった。

教経の兄、越前三位通盛である。何処で失ったか兜は着けておらず、白い肌は煤と泥に塗れている。

「鵯越口は？」

「盛俊は……討ち死にしたとのことだ」

通盛は苦しげな表情で語った。

鵯越口を守る盛俊は、総退却の命を聞いても慌てることはなく、厳かに軍を退いた。すぐに敵勢三千に追いつかれたが、五倍以上の数をものともせず、三度まで見事に猛攻を跳ね返したという。

四度目の総攻撃の最中、源氏の中から猪俣小平六則綱（いのまたこへいろくのりつな）と名乗る者が一騎打ちを望んだ。聞けば関八州に名を轟（とどろ）かせる剛の者だという。が、平家でも三指に入る盛俊の武が上回った。あっという間に猪俣を組み伏せ、首を落とそうとした時である。猪俣は苦し紛れに呻いた。

「お助け下され。今や平氏の敗色は濃厚。貴殿の一族が幾人いようとも、この則綱の功に代えてお助けする」

これに対して盛俊は憤慨（ふんがい）し、

「この盛俊、取るに足らない者なれども、これでも平家一門の末。源氏に頼ろうなどとは毛頭思わぬ！」

と、山間に響く声で応じ、刀で胸を貫かんとした。猪俣はなおも懸命に訴えた。

「こ、降伏致す。それを討つ卑怯はなさりますまいな」

盛俊は怒りを通り越し呆（あき）れたのだろう。猪俣の刀を茂みに放り投げ解放した。盛俊が先に逃げた軍へ戻ろうとしたところ、もう一騎、源氏軍からこちらに向かって来るのが見えた。

「あれは人見四郎（ひとみしろう）なる者で……拙者（せっしゃ）の馬が潰れた故、迎えに来たのでしょう。見逃して下され」

と、猪俣は手を擦るようにして請（こ）うた。盛俊はもはやこのような男に興味はなく、鼻を鳴らして去ろうとした。その時、どんと背を押され、小さな水田に落ちた。

「人見！　太刀を寄越せ！」

猪俣が叫び、馬上の人見が太刀を投げる。水田に足を取られていた盛俊に向き直ると、猪俣は何かにとり憑かれたかのように幾太刀も、幾太刀も浴びせ、

「鬼神と評判の平盛俊を討ち取ったるは、猪俣の小平六則綱！」

と、高笑いしながら吼えたという。それを見ていた盛俊の郎党が、通盛に一部始終を語った。

「何が卑怯だ……」

知盛は下唇を噛みしめた。結局、武士は餓鬼の如く手柄を欲するもので、その浅ましさを隠すため、正々堂々だの、卑怯はよくないだのと、お題目を唱えているに過ぎないのが、この一事からも明らかであろう。

盛俊は確かに油断した。が、あまりに不憫でならなかった。

「盛俊が討たれたことで鵯越口は総崩れに……今、その者らを逃がすため殿が奮闘しています」

「能登ですな」

「はい」

教経も盛俊の死の顚末を聞いた。これまでならば烈火の如く怒っただろうが、この時の教経の様子はちと違った。

——この能登が殿を務めます。兄上は先に。

凪を彷彿とさせるほど静かな声だった。が、その言葉に有無をいわさぬものを感じ、通盛は夢

野口の大半の兵を率いて落ちたという。教経は今、僅か五百の兵で、追い縋る三千と戦いつつ退いているらしい。

迫る敵軍の多さだけでは、東西の口のほうが大きい。だが退路が完全に塞がれる不安から兵は恐慌に陥りやすく、さらに山間のため足場も頗る悪い。その過酷さは壮絶を極めるに違いない。平家最強の平教経以外では、一縷の望みもない撤退戦だろう。

「頼む」

知盛が山方に向けて呟いた時、数騎の騎馬武者がこちらに駆けて来た。旗指物は赤。味方である。

「新中納言様」

「盛嗣……」

先ほど死んだと聞いたばかりの、盛俊の次男である。父とは離れ、忠度の麾下に入って塩屋口を守っていた。

「大輪田泊に続々と船が戻っております。すでに随時、撤退を始めております」

宗盛の船が戻るにしては早すぎる。まさか撤退を止めたのではないかと知盛が気色ばんだ時、盛嗣は重ねて言った。

「新三位中将様の船です」

「小松殿の……」

当初、資盛は敗走した振りをして舞い戻り、塩屋口を攻める土肥実平の背後を衝く予定であった。だが海からでも平家が総崩れになっているのは見て取れるはず。故に再上陸を諦め、すでに撤収して屋島に向かったものと思っていた。だが今、資盛は危険を顧（かえり）みず、己の判断で、敗走する味方を助けるために大輪田泊を目指したという訳だ。

「ありがたい。これで皆が屋島まで逃げ遂（おお）せる」

「新中納言様も早く」

「いや、私は最後まで踏み止まる。皆を頼む」

「承知致しました」

　盛嗣は頷いて馬首を転じようとする。

「盛嗣」

　知盛が呼び止めようとした時、それより早く盛嗣が答えた。

「先刻、聞きました」

「そうか」

「今、哀（かな）しんでいては父上に叱責（しっせき）されます。御免（ごめん）」

　盛嗣はそう言い残すと、郎党を率いて去っていった。未曾有（みぞう）の大敗による混沌（こんとん）の中、明日を迎えるために皆が懸命に戦っているのだ。

　その時、また一際大きな喊声が上がった。砂煙の中から源氏武者が続々と現れる。これで幾度目かの総攻撃である。一度はあれほどの混乱に陥っていた平家軍が立ち直りつつあることに、土肥実平は焦っているらしい。目と鼻の先に福原があるのだから猶更（なおさら）であろう。

――今は考えるな。

気が付くと、鉄拐山から奇襲を掛けた敵、いや、義経の軍を探してしまっている。だがあれ以降、姿は見えない。土肥軍の突撃に紛れ、すでに退却しているのだろう。全てが義経の思惑通りに進んだことになる。唯一、誤算があるとすれば、平家側が存外しぶとく粘(ねば)っていることであろう。

「功名心に憑かれ、銘々勝手に向かって来るぞ。一騎を三騎で囲んで討ち取れ！」

口が酸っぱくなるほど言い聞かせてきたことを再び繰り返し、知盛は随分と数を減らした軍と共に、幾度目かの源氏の波に立ち向かった。

五

四半刻ほど激戦が続いている。戦況は、ここだけなら五分。

今、踏み止まっているのは、平家敗残の中でも頗る高い士気を保つ者たちだから当然である。知盛も自ら太刀を振るって数騎を討ち取った。傷は殆(ほとん)どない。敵の太刀が掠(かす)って頬が浅く切れたがそれだけである。だが先刻より知盛は自らに向け、

――もってくれ。

と、心中で繰り返していた。鉛(なまり)を呑(の)み込んだかのように胸の辺りが重く、鈍い痛みも出て来ている。知盛は幼い頃から躰(からだ)が弱かった。それは長じてからも変わらない。二十七、八の頃からは、

このような胸の痛み、激しい咳に悩まされてきた。その病が今ここで頭を擡げようとしているのだ。

「父上、顔色が……」

己の異変に気付いたらしく、知章が砂に塗れた顔を曇らせた。

「心配ない」

「しかし……」

「すぐに来るぞ。備えろ」

知盛が厳しい口調で言うと、知章は唇を結んで頷いた。その背後、東から近付いて来る軍勢が見える。その数、十や二十ではない。少なくとも数百、千にも届きそうである。生田口が遂に突破され、範頼軍が迫って来たのだろう。

「これまでか」

もはや踏み止まることも難しく、一縷の望みに賭けて脱出のための血路を開こうとした。その時、知盛は気付いた。迫って来るのは、範頼軍ではない。味方の軍勢である。一人として赤い旗指物を差していないので気が付かなかった。

「兄上！」

先頭から一騎が抜け、向かって来たのは重衡であった。

「無事か！　生田口は？」

「もう限界だった」

せめて山の手の教経が退却を終えるまで、重衡は生田口を支えるつもりだった。だが倒しても、倒しても、範頼軍が尽きることはない。さらに梶原親子が精強な郎党と共に復帰したところで、これ以上留まれば全滅すると判断したという。

重衡は全軍の残る力を結集し、範頼軍に逆に突撃を掛けた。予期せぬ反攻に範頼軍は浮足立ち、態勢を立て直すために一度兵を退いた。それこそが重衡の狙いで、その隙に生田口を捨てて一気に退却。その際、僅かでも時を稼ぐため、呰や門に赤の旗指物を括りつけて、まだ自分たちがそこにいるかのように偽装した。千人ほどもいる軍勢が、誰も旗指物を掲げていないのはそれが理由である。

「いや、よくやってくれた」

「だが、能登は……」

もはや教経を待つ余裕はなかった。己は教経と謂う男を、一門の誰よりも知っている。歴代平家の中でも、あれほどの武を持って生まれた者はいないのではないか。そして、公家のようになり果てたと揶揄される平家の中で、ただ一人、自らの才に驕らず、愚直に武を磨き続けた男でもある。

「信じよう」

知盛は強く言った。教経ならば必ずや道を切り開くと信じる。また教経も、己に構わず先に行けと言うに違いない。

「退くぞ！　大輪田泊を目指せ！」

知盛が命じたことで、平家軍は一斉に退却を始めた。

元々知盛が率いていた三百は百に、後に合流した知章の千も六百ほどまでに減っている。ここに重衡の千が加わり、総勢千七百余。山の手の教経軍を除けば、数万を擁していた平家軍も、今や纏まって抵抗を続けているのはこれだけとなっている。

「追いつかれます！」

退却を始めてからそう時を経ぬうちに、知章が馬上で振り返って叫んだ。

死にもの狂いで抵抗していた己たちが遂に逃げ出したことで、源氏軍は勢いづいて追い縋って来る。東西から挟み撃ちしてきた土肥軍、範頼軍も合流を果たしている。いや、どちらが功を立てるかを争っているらしい。

「一当てして、蹴散らし――」

言い掛けたその時である。胸の辺りから熱いものが込み上げ、激しく咳き込んだ。鬣に顔を突っ伏し、必死に収めようとする。

「父上！」

「兄上！」

近くを駆ける知章、重衡の声が重なった。鼻孔から息を吸い少し落ち着かせた。

「心配……ない」

何とか返すが、二人は愕然としている。今、己の顔は幽鬼の如く白いのであろう。血の気が引いていることは己でも判った。

指で口の辺りを拭う。赤い。

血である。突っ伏して咳き込んだため、乗馬の鬣も血で濡れている。

此度が初めてではない。京を落ち、福原を捨て、屋島に入って数日後に喀血した。何となくではあるが予想していたこともあり、さして驚きはしなかった。今、己が不治の病と知れれば、一門に大きな動揺が走る。故に、希子にすら話してはいなかった。

源氏、奥州藤原、そして我ら一門。三勢力の拮抗による泰平が来るまで。平家が挽回するまで。せめて、源氏を押し返すまで。この躰がもてばよい。そこに己は存在しておらずとも。その一念であった。

「一度……追撃してくる源氏の鼻を圧し折り……逃げる時を……」

指示を出そうとするが、また胸が熱くなり口元を押さえた。歯を食い縛っていた重衡が心を決めたように言った。

「私が食い止めます。知章！」

「はっ」

「兄上から離れるな」

「承知」

二人の会話に、知盛は息も絶え絶えに口を挟んだ。

「重衡……待て……」

「兄上、一つ約束を」

重衡は聞く耳を持たない。さらに馬を寄せてきて続けた。

「最後の時まで指揮を執り続けます。故に討ち死にと相成らず、捕らえられることもありましょう。何のためかお判りですな」

後白河法皇が最も欲しているのは三種の神器。後鳥羽天皇が正式に帝として即位するためには神器が必要なのだ。故に平家一門は出来るだけ殺さずに人質とし、交渉材料として使ってくるだろうことは、すでに一門の中で共通の認識となっている。

「それは……」

動悸が激しく、手綱を握る手にも力が入らない。知盛は弟の名を呼ぶので精一杯であった。

「何があっても渡してはなりませぬ。そうでなければ汚名を着る甲斐がない。渡せば兄上を見損ないます」

幼い頃、父に叱られている間は神妙な顔をしているのに、それが終わった途端、兄弟に心配を掛けぬように、

――ようやく終わった。

と、ちろりと舌を出して戯けていた重衡が思い出された。今、重衡はその時と同じ顔をしている。

「重衡……」

「では。これにて」

と、短く会釈をして結んだ。

重衡は軍勢に向け、高らかに叫ぶ。

「我が手の者に告ぐ。餓鬼の如き源氏を蹴散らす。どうか今一度、力を貸してくれ！」

応と、声が上がり、重衡と共に戦って来た千の兵が続々と反転する。それは瞬く間に鏃のように鋭い陣形となり、追い縋る源氏軍に杭を打つかのように突き刺さった。

背後より、無数の刀と刀が交わる高い音が上がり、怒号、悲鳴も聞こえる。だがそれもやがて離れていく。重衡の足止めが上手くいっているのだ。

「気を確かに」

知章が呼び掛ける。知盛はもう身を起こすのもつらく、馬首にしがみつくような恰好となっていた。

「ああ……」

「井上黒、頼むぞ」

知章が呼び掛けると、井上黒は小さく嘶いて応じた。名を井上黒と謂う。元は院秘蔵の馬で、一の御厩で飼われていた名馬である。宗盛婚礼の折に下賜され、そこから初陣の際に知盛に預けられた。知盛の大切にする想いが通じたのか、今では井上黒は手足の如く動いてくれる。

暫くして、背後から無数の跫音が近付いて来た。重衡が破られたのか。いや、まだ遠くで喊声が聞こえる。重衡はまだ奮戦しているが、率いる兵は千ほど。対する源氏軍は数万。重衡軍の脇を抜け、追って来たらしい。

「新中納言を救え‼」

知章が咆哮する。一人、また一人と、源氏の追撃を足止めしようと、僅かな時でも稼ごうと軍から離れ、追撃する兵の相手をするために引き返していく。

ようやく大輪田泊が見えた。迎えに来た船もすでに大半が出航しており、数隻が残っているのみ。大船は浅瀬には来られないため、浜の近くには幾つかの小舟が浮かんでおり、その上の人影が大きく手招きをしてこちらに呼び掛ける。

だがすでに源氏軍はその息遣いが聞こえるほど背後まで迫っている。

「船に乗れ！　屋島まで逃げるのだ！」

知章は絞るように声を上げた。

「武蔵守殿！」

そう知章を呼んだのは師盛である。資盛が三草山から脱出したことを報せに来て、そのまま行動を共にしていた。知章とは従兄弟の間柄の師盛は、凛とした口調で続けた。

「お任せを」

「頼む」

知章が迷いを振り切るように頷くと、師盛は数騎と共に源氏軍に立ち向かう。

「小松宰相が五男、平侍従師盛であるぞ！　討って手柄とせよ！」

師盛の若く、張りのある雄叫びが聞こえる。

「早く！」

と、知盛の歳の離れた弟の清房は促し、源氏武者に立ち向かう。

「この皇后宮亮経正を討ってみよ！」

そう言って、囮となるため離れるのは、修理殿こと経盛の嫡子経正。

「新中納言様を――」

と、同じく経盛の四男経俊が、喉に矢を受けながら喚く。それに清盛の養子清貞が肩を貸しつつ、二人でなおも源氏に立ち向かう。

「父と兄をお頼み致します」

教経の弟、業盛である。返り血で顔を朱に染めても、常の如き柔和な笑みを零して源氏武者に飛び掛かっていった。

――何を……。

知盛は喉に迫り上がる血と嗚咽を必死に嚙み殺す。霞む目に映る海の蒼さが忌々しかった。若き者たちを死なせてまで、己が生き残る意味があるのか。いっそのこと、ここで果てたほうが良いのではないか。

「余計なことをお考え召されるな。父上には生き残り、全てを見届けて頂く必要があります」

まるでこちらの心を見透かしたかのように、知章が叱咤した。一瞬、その顔が父清盛と重なって見える。この極限の状況で、知章の秘められた将才が、その器の中で暴れ狂い、内側から突き破り竜の如く昇ろうとしている。この長子は必ず己を超える。平家の新時代を創る男になると確信した。

「諦めるものか！」

「その意気ですぞ！」

知盛の丹田からの叫びに、知章は蒼天の如き爽やかな笑みで応じた。

「あそこの舟に！」

齢二十三。知盛付きで究竟の弓上手である郎党、監物太郎頼賢が唾を飛ばして渚を指差す。

「いや、あそこにはいかぬ。危うい」

知章が答えた。同じことを知盛も咄嗟に考えたが、己よりも早い。

監物が指した舟には人が殺到し過ぎており、なかなか乗り込めずにいる。加えて密集していることで、源氏武者の的となり、雨の如く矢が降り注いでいるのだ。

直後、その舟縁に足を掛けた者が背に矢を受け、もんどりうって舟の中に倒れ込む。その勢いで均衡を崩し、天地逆さまに転覆する。

「あちらぞ！」

知章が顎をしゃくる。二町（約二二〇メートル）ほど先の沖に小舟が二艘。これ以上近づいても巻き込まれて沈められるだけと考えているのだろう。大きく手招きをしたり、口に手を添えて懸命に呼び掛けたりしているようだが、まだ味方も気付いていない。

そちらに向けて馬を疾駆させた。知章、監物のほかは誰もいない。三騎である。

「追え！　恐らく名のある大将だ！」

背後から声が聞こえ、首だけで振り返った。源氏武者が十数騎、喊声と砂塵を上げて追い掛けて来る。

「児玉党だな」

知章が海風に溶かすが如く静かな声で呟いた。

何故、判ったのか。

凝視して気付いたが、児玉党の証である「軍配団扇」の旗指物を差していたのだ。敵の旗指物を諳んじていることに加え、一瞬で見極めたことに驚きを隠せない。

「追いつかれる。監物！」

「はっ」

今、弓矢を持つのは監物のみ。知章の呼びかけに応じ、監物は馬上で身を捻ると、箙から素早く抜いた矢を弓に番え、ひょうふっと射る。先頭を駆ける児玉党の喉を見事に捉えた。男は馬から逆さまに転げ落ちる。

が、児玉党は馬の足を止めることなくその両脇を抜き去り、さらに駆り立てて来て、ぐんぐんと距離が縮まっていく。小舟が待つ渚まで一町（約一一〇メートル）を切っているが、このままだと追いつかれる。

「監物‼」

「承知！」

知章の悲痛な声に応じて、監物は矢を放つ。風を切った矢は、また一人、児玉党の額を捉えた。

いよいよ大物だと気付いたのだろう。児玉党はそれでも一向に怯むことなく突き進んで来る。

遂に、一騎に追いつかれた。右側に馬を並べた児玉党は、腰を捻るようにして太刀を突き刺そうとする。

だがその刹那、知盛の太刀が渚の飛沫に濡れて煌(きら)めいた。

息もできぬほど体は重たいが、それでも一撃くらいなら放てる。しかし、首を掻っ切られた児玉党の男の顔に違和感を覚えた。にやりと不敵な笑みを残し、黒々と湿った砂浜に落ちていったのだ。

「なっ――」

左脇にぴたりと馬を並べてくる男がいる。一人目がしくじっても、二人目が仕留める算段だったのだ。新手の児玉党は嬉々(きき)とした表情で、すでに太刀を振りかぶっている。もはや、受けるには間に合わない。それでも諦めず、揺れる太刀を引き寄せようとした瞬間、知盛の前に何かが飛び込んで来て視野を遮った。

「知章!!」

己と児玉党の間に捩(ね)じ入るように、知章が馬で割って入ったのだ。そして太刀を振りかざした児玉党の腕をむんずと摑んだ。

「平家を」

喧騒(けんそう)の中で、知章の言葉が確かに聞こえた。知盛の乗る井上黒の尻を強(したた)かに叩いた直後、知章は気合の声を発し、児玉党と縺(もつ)れるようにして馬の背から落ちていく。

「知章!!」

知盛は再び叫んだ。

「井上黒、止まれぇ！」

力の入らぬ手を何とか引き絞り馬首を転じて戻ろうとするが、知章に尻を叩かれたからか、いや知章の想いを汲んだように、井上黒は脚を緩めない。

知章は共に砂浜に落ちた男を瞬く間に組み伏せ、怒号とともに相手の首を斬った。

「平新中納言が嫡男、武蔵守知章！　討って手柄とせよ‼」

「止めろ！　止めろ！」

前後不覚になって知盛は叫んだ。立ち上がった知章に児玉党が殺到する。時が圧されたかのように、捻じ曲がったかのように、目に映る景色がゆっくりと流れる。

一合、二合、次の敵を斬り伏せたその時、繰り出された太刀が知章の胸元を貫いた。

「止めろ……」

それでも知章は退くことなく、何とさらに前へ踏み出した。その背から切っ先が飛び出すのまで見えた。知章は敵の顔面に鉄拳を二度、三度と浴びせる。

「下郎ども、下がれ！」

いつの間にか、監物も引き返して馬から降りている。知章が殴る児玉党の首目掛け、摑んだ矢を突き刺す。抜くと弓に番え、近づく児玉党に射掛ける。箙には残すところあと二本。監物はこれを鷲摑みにし、同時に番えて放つと、膝を折る知章に駆け寄って支えた。そこに飛んで来た矢が膝に刺さり、監物も立ち上がれなくなる。

重なるようにして支え合う二人に、児玉党が一斉に躍り掛かった。その中心で、高々と太刀が掲げられるのが確かに見えた。この状況でも知章は諦めず、いや一寸でも時を稼ごうとしているのだ。

「井上黒……頼む……止まってくれ……」

鉄塊を呑み込んだかのように息が儘ならぬ。躰が綿のようで風も感じぬ。喊声も怒号も、打ち寄せる波も音を失くしている。ただ己の嗚咽だけが鳴り響いている。

井上黒は波打ち際を駆け抜け、遂にはざぶんと海に分け入り、舟を目指して突き進む。ふと気づいた時には、差し伸べられた無数の手に摑まれ、舟に引き上げられていた。

「井上黒……」

海中から首だけ出す井上黒が、黒曜石の如き瞳で見つめる。この小さな舟では、井上黒を乗せることは出来ない。それを井上黒も悟っているようで、送り届けたことを喜ぶように小さく嘶くと、浜へと引き返していった。

「御馬は敵のものとなるでしょう。今、射殺しましょう」

舟に乗る侍が言った時、脳天を鋭い怒りが駆け抜け、知盛は男の手を思いきり払った。

「誰の物にでもならばなれ。我が命を助けたものを殺すなど……あり得ぬ」

恐らく、血の気のない顔に己の眦は吊り上がっているのだろう。侍は幽鬼を見たかのように、ひっと怯えた声を発して何度も頷いた。

櫓が差し入れられ、舟が動き出す。今ならまだ泳いで戻ることが出来る。知章のもとへ。監物がいるとはいえ、一門一人では哀しかろう。寂しかろう。父が共に行ってやったほうがよいので

はないか。心中で問いかけた時、

――父上には生き残り、全てを見届けて頂く必要があります。

という知章の言葉が脳裏に浮かんだ。

「解っている……解っている……」

知盛は壊れたように何度も呟いた。

方々から立ち上る黒白の煙、未だあちらこちらで激しく人が蠢く浜、真っ直ぐ岸を目指す井上黒。それらがゆっくりと離れていく中、自らが後ろから何かに吸い込まれているように錯覚する。陸の血なまぐさい喧騒が遠く、遠くなると共に、自然と海と空が大きくなっていく。それは忌々しいほど蒼く、知盛は頰を濡らしたまま茫然と舟縁に立ち尽くしていた。

六

屋島まで辿り着いた後、知盛は家に戻ることもなく、そのまま逃れて来る味方の受け入れに当たった。

使命感に衝き動かされている訳ではない。何かをしていないと押し寄せる感情に飲み込まれてしまうからである。それから逃れるように黙々と、魂が飛んだ抜け殻だけを動かしている。

戻って来る者たちに労いの言葉を掛け、怪我を負っている者への手当を申し付ける。どの者も己を責めることはなく、ただ黙礼して引き上げていくのが却ってつらかった。

福原に渡った時には八万を数えていた兵が、一両日待っても戻って来たのは五千ばかり。早々に戦場を離脱した宗盛の手に属する者、船で救出に当たった小松殿の手に属する者、源氏の追撃を防ぐため備前児島に入った者もいるが、それらを含めて三万も残っていれば良いほうだろう。討ち死にした者のほか、源氏方に降った者もいる。戻って来た者の話に拠ると、乗る船が見つからず、一か八かで遠路伊賀の平田入道のもとへ向かう者もいたらしい。当てもなく山中を放浪している武者たちのことを思うと、胸が引き裂かれそうであった。

生き残ったのはこれだけかと諦めかけた翌日の早朝、三艘の船が戻った。教経である。掠り傷は幾つか負っていたものの、大きな怪我は何処にもない。ただ、配下の中には瀕死の者もいるということで、すぐに手当を望んだ。

「今、戻りました」

教経は知盛を見つけると静かに言った。傍らにはあの菊王丸の姿もある。肩に矢を受けたものの命に別条はないとのこと。菊王丸もまた戦の中で急激に大人になったのか、見違えるほどに精悍な顔付きに変わっている。ただ、目の下の濃い隈が、ここに到るまでの途方もない困難を想像させた。

教経は山の手の殿を務め、源氏軍の怒濤の追撃を食い止めつつ下がった。平地まで逃れた時、すでに生田口の味方は敗走しており、そこは範頼軍で満ち溢れていたという。

——真一文字に切り裂き浜を目指す。

教経はそう命じると、自ら先頭に立ち範頼軍に突貫した。大太刀を振るう教経の周りには濛々と血飛沫が舞い上がり、まるで赤い霧が立ち込めたようであったらしい。

途中、範頼軍の中でも最も手ごわいであろう梶原景時の軍とぶつかった。が、教経は難なくそれを撃破して猛進した。

やがて福原の脇を抜け、遂には大輪田泊まで至った。その時には周囲に味方は皆無。範頼軍に加え、土肥軍までが押し寄せていた。四面楚歌の中、教経軍は一歩も退かず、進んだ道の後ろには無数の源氏武者の骸が残された。

そのあたりでようやく源氏軍の攻撃も緩みはじめた。餓鬼の如く功名を欲する武士の心さえ、教経の剛勇が圧し折ったということであろう。

だがその頃になると、迎えに来ていた味方の船も無くなっている。何とかして屋島に渡るため、

——船を奪い返す。

と、教経は決めた。

源氏は深刻な船不足に悩まされているため、平家が残した船を必ず自軍のものとすると見込んだのだ。

教経は皆を鼓舞して最後の力を振り絞らせ、船を岸に繋ごうとしていた源氏の武士たちの群れを蹴散らした。うまく船に乗り込み、途中は潮の流れに乗れず手間取ったものの、何とか屋島に辿り着いたという次第であった。

「聞いた」

知盛に帰還を告げた教経は、乱暴に短く言った。

「ああ……」

「何故だ」

唸るように低い声で訊く。だが知盛は何も答えられずに唇を結ぶのみである。教経は急にかっと目を見開き、天を衝くほどの声で吼えた。

「答えろ！　新中納言‼」

このように官職では勿論、兄者以外の呼び方をされたのは初めてのこと。その意味が、教経の心情が、痛いほど解り、知盛は下唇を噛みしめて項垂れた。

「すまぬ」

「知章は……武の才があった。立派な平家の男になるはずだった……いや、もうなっていた……父を心から慕う……優しい男だった……」

泣いている。源氏の猛撃を振り切り、数万の大軍の真っ只中を貫いて帰還した勇者が。頰を濡らしている。

病を発した己のこと、知章が望んで犠牲となったこと、教経は全てを知っているのだと悟った。知っていてなお、やり切れぬ想いが溢れ出て、どうしようもないのだろう。教経が憚らず涙する姿につられ、周囲の者たちも啜り泣いていた。

「源氏め。頼朝め。範頼め……義経め。鏖にしてやる」

教経は噛みしめた歯の間から息を漏らすように呻くと、一瞥もせずに脇を抜けて去っていった。

その日、全ての務めを終えた後、知盛は屋敷に戻った。郎党、供の者は先に帰るように命じたため独りである。

家の前まで来たが、そこから地に根を張ったように足が動かない。何とか戸に手を掛けたものの、やはり氷漬けになったが如く固まってしまった。

希子にもすでに伝わっていると聞いた。屋島に戻り、真っ先に傍に駆け付けようと思ったところ、

　――まずは皆様を。

と、侍女を介して伝えて来た。故にこうして平家軍の収容に当たることが出来た。

どれほど時が経っただろう。一度は戸に掛けた手も知らぬうちに落ち、知盛はただ地を見つめて項垂れていた。

内側から戸が開き、はっと顔を上げた。そこに立っていたのは、希子である。その顔を見た瞬間、情けなくも堪えていた嗚咽が込み上げて口から零れた。

「おかえりなさいませ」

希子は常と変わらぬ調子で迎えた。それがまた知盛の咽(むせ)びを大きくする。泣きたいのは希子であるのに。己はこれほど情けない男であったか。悲哀に嫌悪が加わり、知盛の脆(もろ)い膝を折った。

「すまない……すまない……すまない……」

幼子の如く泣き、壊れたかのように繰り返す。

「もう俺は……」

駄目だ。平家のことなどどうでもよい。そう言い掛けるのを希子が制する。

「それ以上は」

言ってはならない。知章も望んではいない。そう言いたいのだと伝わり、知盛は地に突いた膝の横で両の拳を強く握りしめた。

その時、知盛の躰に軽い衝撃が走った。希子が自らも地に座り込むようにして、ひしと抱きしめたのだ。

背に回した希子の手が震えている。肩に温かいものを感じた。気丈さをかなぐり捨てて希子も泣いている。

「うう……」

「はい……」

知盛の呻きに、希子が何度も頷きながら応じる。もう言葉は何もいらなかった。

もしこの光景を知章が見たら何と言うだろう。日頃から人目を憚らない両親に少し恥ずかしさは感じていたようだが、好ましげに見つめていたことも知っている。仲のよろしいことで、などと言って、きっと優しげにはにかむのではないか。知章のそのような顔を想像すると、また涙が溢れて来て、知盛は声を上げて咽び泣いた。

第十章

家の名は屋島

*

新中納言知盛卿は、生田の森の大将軍にておはしけるが、その勢みな落ち失せて、今は御子、武蔵守知章、侍に監物太郎頼賢、ただ主従三騎になつて、助け舟に乗らんと汀の方へ落ち給ふ。

ここに児玉党とおぼしくて、団扇の旗さしたる者ども十騎ばかり、をめいて追つかけ奉る。その中の大将とおぼしき者、新中納言に組み奉らんと馳せ並べけるを、御子、武蔵守知章、中に隔たり、押し並べてむんずと組んでどうと落ち、取つて押さへて首をかき、立ち上がらんとし給ふところに、敵が童、落ち合ふて、武蔵守の首を打つ。

夕刻より降り始めた雨は、今なお止まずに夜を濡らしている。雨音が部屋に満ちる中、そっと琵琶に手を触れた。抱えていた人の熱はすっかり失っており、木の冷たさだけが指に伝わって来る。

眼前に座する西仏は瞑目して黙っている。掛ける言葉も見つからないのであろう。

「これが私の知る一の谷です」

と結ぶと、

「つらい話をさせてしまい申し訳ございません」

と、西仏もようやく重々しく口を開いた。

あの日、平家は未曾有の大敗を喫した。平家一門の多くが討ち死にをした。時の覇者が一度の戦でこれほどの将を失うのは、歴史の中でも極めて珍しく、今後もなかなか起こらぬことであろう。

「あまりに多くの方が亡くなったせいで、生きているのに死んだと噂が流布される人までいた始末。能登守様もその一人です」

一の谷の戦い後、平能登守教経が死んだという噂が源氏の中で流れた。あの絶望的な状況から帰還出来るはずがないと考えたか、あるいは教経の剛勇を見て、討ち取ったことにすれば屍が無くとも手柄にできると企てた者がいたのかもしれない。だが教経は生き残った。それはその後も言葉を交わした己が知っている。

「私も故郷では兄と共に死に果てたと噂になっていたらしく、戻った時には物の怪が出たと驚かれたものです」

「はい。それこそがこの物語を紡ぐことを決めた訳です」

戦いの中で散った者たちは、何のために、何を想って死んでいったのか。そして生き残った者は如何なる運命を辿ったのか。これらのことを全て消し去り、書き換えようとしている者がいる。この物語を引き継ぐことを決めた最大の理由がそれで、そうさせてはならないと考えたからである。

「それも、いよいよ……」

「終わりに近付いてきました」

西仏の言葉を引き取り、静かに応じた。平家が立ち向かった大きな戦は残すところ二つ。この物語も終盤に差し掛かっている。

「寂しく思います」

真に哀しげな目で、西仏は囁くように言った。物語の伝授を終えれば、もう二度と二人が会うことはないだろう。それは他人の目を憚るというより、

――その時、私はもう生きていないかもしれない。

からである。それを西仏も重々判っているのである。

「心配は無用です」

とはいえ、まだ伝授は残っている。西仏に心配を掛けぬよう、努めて明るく答えた。

「では、また二日後に」

「はい。弦を用意しておきます」

今日の伝授の最後の最後で、西仏の琵琶の弦が切れた。感情が乗り、強く掻き鳴らしたせいであろう。絹糸を縒って作る弦は高価で、西仏がすぐに用意するのも難しく、またこちらが頼んだ身なのだから購わせるべきではないと考えた。

「お手間を掛けます。それにしても……よく十年でここまで上達されたものですな。改めて驚かされています」

西仏の父である海野幸親は信濃の国人にしては珍しく琵琶を嗜んだ。このような世でなくば、日がな一日琵琶を奏でて老いていきたいと常々語っていたという。その影響を受けた兄の幸長、弟の西仏も、幼い頃から琵琶に触れていたらしい。さらに琵琶の修練に没頭したのは、その後、仏門に入ってからのことだが、すでに素地はあったということだろう。

一方、己が琵琶を奏で始めてまだ十年。平家滅亡、知盛が死んでからである。伝授の初めの頃より、西仏は、

——私などよりも余程上手い。

と、手放しで褒めてくれていた。

「そればかりの日々を過ごしてきましたので」

「それにしても……やはり想いの強さでしょう」

「ここまで弾けるようになってようやく解りましたが、新中納言様は私など足下にも及ばぬほどの達者でした」

「それは聴いてみとうございました」

そのような会話をしていると、廊下を踏む跫音が聞こえた。こちらから呼ばぬ限り、誰も近づかぬように命じてある。それに従わずに向かって来る理由は一つだけである。

「西仏様」

「はい」

一瞬にして西仏が顔を強張らせた。すでに腰を浮かしている。その直後、家人が御免と言って

襖を開ける。

「外に人の群れが。踏み込んで来るつもりと見ました」

家人は顔を青くしながら報じた。

「鎌倉殿の」

「間違いないかと」

短く問うと、家人は頷いた。鎌倉殿。つまり源頼朝である。

頼朝は己が何を企んでいるのかは判っていないだろう。ただ頗る勘の良い男である。

――何かをしている。

とは感じたらしい。その程度の理由で、見張りを付けるようになった。臆病な性質なのだ。だがその臆病さ故に、頼朝は今の地位を築き上げ、守り抜いてきたともいえる。

故に西仏には夜更けに、ひっそりと訪ねて来て貰っていたのだ。それが露見したとしても、即座に罪に問われることはない。何故僧が出入りしているのかと、まず詰問されるものと考えていた。だが想像していたよりも早く、手順を一段飛ばして屋敷に踏み込もうとしているらしい。

「私が出て時を稼ぎます。その隙に西仏様を裏口から」

「はい」

立ち上がる西仏に向け、さらに続けた。

「二日後は一度取り止めに。追って繋ぎの者を送ります」

「承知致しました」

西仏は頷くと、家人に誘われて足早に去っていった。

一瞬、部屋に一人となった。小さく息を吐くと、

「今、門に」

先ほどとは別の家人が報せに来た。

「私が話を」

短く応え、すうと立ち上がると門へと向かった。

門の外が茫と明るくなっている。大勢が押し寄せ、松明が掲げられているのだ。門を開けるように命じると、そこには数十の男たちが立っている。淡い驚きがあった。群れの中より踏み出して来た者の顔に、見覚えがあったのだ。

「一条様、お久しゅうございます」

平時と変わらぬ、穏やかな調子で挨拶をした。

男の名を一条能保と謂う。藤原北家中御門流、藤原通重の長男として生まれ、一条室町邸を譲り受けたことでそのように名乗るようになった。

木曾義仲が入洛した頃、一条は難を逃れて鎌倉へ奔った。そこで頼朝と懇意になり、同母妹の坊門姫を妻に娶るほどとなった。

平家滅亡の後、京に戻った一条は頼朝の威光で出世を続け、洛中を取り締まる京都守護に任じられた。後に、頼朝と対立した義経を探索して追い詰めたのもこの男である。

もっと小物が様子を窺いに来ると思っていたが、端から鎌倉方の京における最大の大物が現れ

たことになる。それはつまり、己が余程警戒されているということに他ならない。

「中を検めさせて貰う」

四角い顔に眉をいからせ、一条は傲岸不遜な口調で言い放った。

「何故でしょう」

「平家の残党を匿っておられるという由々しき噂が流れている」

屋敷に踏み込むためには何か理由が必要で、そのために嘘の理由をでっち上げたのだ。あるいは己の近しい者が考えているある計画が露見しており、それに己も与しているかもしれないと考えたのか。

裏を返せば、『平家物語』のことは、

――まだ知られてはいないらしい。

と、見てよい。

「どうぞ」

身を引いて、門の内側に向けて手を宙に滑らせた。それが何か小癪に思えたらしく、一条は不快さを隠そうともせずに舌打ちをくれ、配下の者たちに入るよう命じた。

公家の生まれにもかかわらず、武家に揉まれる時が長かったせいか、一条の所作からは品というものが感じられない。これならば余程、知盛のほうが公家らしい。あの立ち居振る舞い――。

配下に向けてやかましく吼え立てる一条の背を見て、そのような揶揄が心の内にちくりと浮かんだ。

一

教経が戻って三日後、平家一門の評定が開かれた。

まず行われたのは、討ち死にした一門が誰かを確かめること。生き残った者たちが目にした光景を語り、擦り合わせていく。誰も思い出したくはない。だが今後のためにどうしても必要なことで、やらざるを得ない。

一門の名が挙げられるのを、知盛は瞑目したまま耳を傾けていた。針の筵に座る心地ではあるが、それは甘んじて受ける。全ての責は総大将として指揮を執った己にあるのだから、全身全霊を懸けて受け止めるべきだと考えている。

「よろしいか」

討ち死にしたことが判っている者の名を挙げた後、静かに口を開いたのは経盛である。一の谷の戦いで、経盛はすでに経正、経俊の二人の子を失ったことが判明している。

「敦盛のことが知れました」

皆が静まり返る中、経盛は続けた。

敦盛は齢十六の経盛の末子である。歳が近いこともあり知章と敦盛は親しくしていたらしいが、知盛が二人の親交を知ったのはつい最近のことである。

知盛と経盛が対立していたため、互いの父のことを慮り、敢えて表向きにはしなかったらしい。京から落ちた後の評定で、敦盛に続いて知章が意見を述べ、今後の平家の行く先を頼もしく感じたのを思い出した。

その敦盛、今日まで消息が知れず、伊賀に向けて逃れたのではないかと一縷の望みが持たれていた。

「深手を負って眠っていた郎党が目を覚ましました。その者は敦盛の側にいたようです。やはり……」

経盛がそこで言葉を詰まらせたことで、一座の全ての者が悟った。

敦盛は福原の西、塩屋口を守る忠度の軍の中にいた。背後から奇襲を受けて大混乱の中で撤退。忠度が時を稼いでくれているうちに、何とか後ろには退けたらしい。ただ源氏武者が次々に襲って来たことで、そこで足が止まった。むしろ味方を逃がすため、源氏へ反撃するような局面でもあったという。知盛の軍とは出逢わずに、合流することもなかったが、敦盛もまた別所で奮戦していたのだ。

敦盛は手勢を減らしながらも、遂に浜にまで到達した。沖の船に向かって、馬を海に乗り入れようとしたその時、

――あなたは立派な武者とお見受けしました。敵に背を向けて逃げるのは見苦しくはありませんか。引き返してくだされ。

と、背後から叫ぶ声が聞こえたという。恐らく敦盛は、そこまで言われて逃げれば平家の恥と思ったのだろう。

「これに敦盛は馬を返したとのこと……」

蜘蛛の糸の如き細い息を吐いた後、経盛は言葉を継いだ。

馬同士がすれ違う刹那、源氏武者は敦盛を摑み、二人は絡み合うようにして地に落ちた。敦盛は組み伏せようとしたが、源氏武者はかなりの達者だったらしく相手が悪かった。

やがて抵抗虚しく組み伏せられ、源氏武者は敦盛の首を落とさんと兜を押し上げた。そこで源氏武者ははっとして手を止めたという。これも推測に過ぎないが、敦盛が思っていた以上に若かったためであろう。

――あなたはどのようなご身分の方でしょうか。お名乗り下され。お助け申そう。

と、源氏武者が放った一言にもその気持ちが滲み出ている。

これに対し敦盛は鋭く問い返した。

――お前は誰か。

源氏武者は先に名乗った。武蔵国の住人、熊谷次郎直実。先駆けを競って、塩屋口に僅か三騎で攻めて来たうちの一人である。

――それでは、お前に対しては名乗らぬぞ。ただ、討ち取るにはよい相手だ。私の首を取って人に尋ねてみよ。見知っている者があろう。

敦盛は怯むことも、媚びることもなく、凛然と言い返したらしい。

熊谷はその堂々たる態度に感嘆し、首を落とすことを明らかに躊躇っていた。だが振り返ると、他の源氏武者の群れが迫って来ている。せめて自分の手で討ち取って後に供養しようと、悲痛な声を発し、敦盛の首に刃を突き立てたという。

この一部始終を、全身に矢を受けて地に倒れ、朦朧としていた郎党が見ていたということであった。その郎党は味方に救われて船に引き上げられ、屋島に戻ってから昏倒していた。そして己が見たものを語った昨日、静かに息を引き取った。

「と、いう次第です」

経盛は嗄れた声で結んだ。

場は静寂に包まれ、やがて啜り泣く声が聞こえた。これまで一門の死の報告を次々と受けて心が痛んでいるところに、僅か十六歳の敦盛の最期は追い打ちを掛けるに十分である。

さらに、これで経盛は一の谷の戦いで三人の子息を亡くしたこととなった。経盛の気持ちを思えば、同情に涙してしまうのも無理はない。

詫びて死んだ者が帰って来る訳ではない。だが申し訳なさが知盛の胸を突き上げ、思わず言葉が口を衝いて出た。

「修理殿、誠に――」

「新中納言殿」

経盛はぴしゃりと遮った。知盛は唇を巻き込んで拳を強く握る。その知盛に向け、経盛ははきとした口調で続けた。

「詫びる必要はない。此度の戦、誰が指揮を執ったとて敗れていたことでしょう。責は、其方にだけあるのではない」

「しかし……」

「何処に子をわざと死なせたい親がおりましょうや」

「修理殿……」

経盛は、知盛も子の知章を失ったことを言っている。

己は確かに勝つつもりであった。今となっては保身など露ほども考えていないが、皮肉なことに知章の死がその証となっている。近しい家族を失った者は多いが、誰一人として知盛を責めなかったのはそのためでもある。決して意図した訳ではないだろうが、そういった意味では、知章の死が一門の瓦解を防いだといっても過言ではない。

——いや……。

知盛は思い直した。あの日、敗れることが決してからの知章は神懸かりめいていた。最後の命を燃やし、一生分の成長を遂げたようにも思えた。無論、進んで死に向かったわけではあるまいが、自分が生き残ってしまえば、一門の瓦解に繋がるとさえ読んでいたのかもしれぬ。そうだとすれば、己は子に二度も救われたことになる。

「むしろ新中納言殿が大将でなければ、我らの被害はさらに甚大なものとなり、再起の芽は完全に摘まれていたと儂は思うが……皆は如何か」

経盛は話を転じて周囲を眺め渡した。一門の皆が銘々に頷くのを見届けると、経盛はこちらを真っすぐに見据えた。

「ここで逃げることは許さん。戦え、知盛」

経盛の乾いた唇が震えている。甥として、かつての政敵として、そして平家の武の総大将に向けて。叔父の振り絞るような一言には、様々な、全ての感情が籠っていると感じた。

「あり難き幸せ」

知盛は深々と頭を下げた。皆の心の澱が全て消えた訳ではないだろう。ただそれでも平家は進まねばならない。己がやるしかない。それを己も含めて、誰もが理解している。

「それにしても……鉄拐山を越えて来るとは」

口惜しそうに言ったのは、小松新三位中将資盛であった。

途中まで、知盛の描いた策に源氏は完璧に嵌っていた。鉄拐山の奇襲さえなければ、反対に壊滅していたのが源氏軍だったのは間違いない。

「新中納言殿、あの策を如何に見られる」

経盛が静かに訊いた。これまで、敵のことを語るのは、言い訳になると避けて来た。だが経盛がこう水を向けてくれた今、本心を打ち明けるべきだと感じた。

大きく息を吸い、一同を見渡す。

「九郎義経は尋常なる男ではないと」

知盛は、鉄拐山からの奇襲を考え付いたのも、実際に百騎足らずで仕掛けたのも、源九郎義経であると見ている。

ただ自軍の大半を土肥実平に預け、鵯越口へ向かったことから、資盛がわざと敗走したことまでは見抜けていなかったはず。当初は鉄拐山からの奇襲を考えていた訳ではなく、三草山を陥落させ、鵯越口に向かう間の何処かで、戦術を切り替えたと考えるのが自然である。

では、何処で切り替えたか。知盛は義経になり切って幾度となく考えて来て、あくまでも推測に過ぎないものの、ある結論を導き出していた。

考え得る理由は二つ。一つ目は鵯越口、夢野口の守りの堅牢さである。

義経が奇襲を掛けるつもりでいたのは、鉄拐山ではなく、鵯越口だったのではないか。しかし鵯越口に近付いてみると、平家の中でも指折りの猛者である平盛俊がそこを守っていた。平家側が義経の奇襲を読んでいることに驚き、焦りも覚えたはずである。

ただその際、同時に、夢野口に教経がいることまで知ったとしたらどうか。平家も隠してはいないことだ。近くに住まう民から聞くのもそう難しくはない。教経、盛俊という平家でも一、二の猛将をこの道に配していることに、

——何故、そこまでして守りに徹するのか。

と、義経は感じた。確かに鵯越口、夢野口を越えた先はすぐ福原という、重要な地である。とはいえ生田口も、塩屋口も重要なことに変わりはない。兵数では源氏と同等でありながら、あまりに守りに寄った平家の構えを奇異に感じ、何かあると気付いたのではないか。

そこまでの考えに到った時、己ならば盤面にない軍勢のことを考える。真っ先に思い付くのが棟梁宗盛の軍。だがこれは帝をお守りしているため、ここで動くことはまずあり得ない。

次に伊賀の平田入道が東から範頼軍の背後を衝くということ。ただこれには源氏も十分な備えを残しているし、この合戦場にまで軍勢を送れるとは考えにくい。

通常ならば、ここで思い過ごしだと考えを止めるのだが、義経はさらに思考を続け、

——退いたに見えた小松新三位が奥の手か。

と、閃(ひらめ)いたのではないか。

このままでは土肥実平隊が、戻って来た資盛軍に挟み撃ちされる。土肥実平が敗れれば、平家は西側の脅威がなくなる。やがて東に兵を増派し、間もなく範頼軍も崩れるだろう。

ここまで見えた時、義経は賭(か)けに出た。それが鉄拐山からの奇襲という訳である。

これは唐突に閃いたものというより、事前に考えた策の一つでもあったのではないか。ただあまりに峻険(しゅんけん)であるため、危険も大きく戦術から外した。だがこうなっては背に腹は替えられず、半(なか)ば賭けにも近いこの策を採(と)った。

知盛は義経の思考をそう検証した。

全てが合っているか判らない。ただ実際に矛(ほこ)を交(まじ)えた己だからこそ、大きくは間違っていないという確信があった。

ここから見える九郎の人物像は、戦の機を見るに敏(びん)で、常道に縛(しば)られない奇抜な思考の持ち主。そして、ここぞという時に身命を賭(と)す胆力のある男。即(すなわ)ち名将にして、

「源氏で最も恐るべきは、この男だと存ずる」

知盛はそう断じた。

「それほどの男か」

上座から宗盛が嘆息を漏らした。

「はい。ただし……」

「何か打つ手があるか」

　宗盛が前のめりになって訊いた。

「義経の弱みも見つけました」

　知盛は断じた。負け惜しみを言うような己ではないことを一門の誰もが知っており、皆が食い入るように耳を傾けた。

「たとえば兵糧のことです」

　源氏は慢性的な兵糧不足に陥っている。一の谷に向けて出陣した時も、決して余裕がたっぷりあったという訳ではない。故に短期決戦に持ち込みたいと考え、積極的に奇襲策を採ったと推し量ることが出来る。

　ただ此度、己も痛感したように、戦は相手の出方次第。平家側に隙が無ければ長期戦も考えねばならない。なのに、それに対して手を打った形跡は微塵もない。

　もっともこれは義経だけでなく、範頼や、軍監として派されている梶原ら御家人が行うべきことでもある。しかしこれほどまで神懸かりのような指揮を執る義経が、そこに言及しないはずはないのだ。だが義経が出陣を止めた様子はなく、放った間者の報告に拠れば、むしろ急かしていたようだという。

　当初予定していた鵯越口への攻撃が難しく、奇襲が不可能となれば、決着まではかなりの時を要していたはず。そうなれば源氏は兵糧不足で撤退し、平家が追撃する側になっていただろう。

義経は戦の只中で、奇襲を鉄拐山からに変更している。つまり、状況が変われば必ずや打開策が閃くはずという、己への自信があったのかもしれない。だが、世に絶対など無い以上、やはり無謀さを感じずにはいられなかった。

「事実、源氏軍の大半は一度、関東へ引き揚げるようです」

知盛はそう付け加えた。

平家を追撃するどころか、京に軍勢を留め置くための兵糧すら無い有様。大部分の兵を関東に返し、兵糧を蓄えるという方針らしい。

「あとは船です」

知盛はなおも続けた。

一の谷で勝利したのだから、状況次第では屋島まで一気に追撃を掛けるというのも一手であった。しかし源氏は浜辺までしか追って来られず、平家は辛くも撤退出来た。あれほどの大敗を喫し、追撃を掛けられれば滅亡の恐れもあったので、正直なところ救われた。源氏は今なお船を調達しようとしているが、一向に捗っていない。

「最後に……自ら鉄拐山の奇襲を行ったこと」

「それは勇敢ゆえ長所ではないのか……？」

宗盛が恐る恐るといったように尋ねた。棟梁の座に就いたこの兄は、自身が臆病な性質であることにかなりの引け目を感じている。事実、清盛が健在だった頃などは、陰でそのことを揶揄する一門もいた。此度の戦でも果敢な義経と引き比べて、自身を嫌悪していたのが窺える。

「いえ、とても大将の振る舞いとは思えません」

結果として上手くいったからよいものの、しくじれば真っ先に討ち死にしていた。だが成功したとしても、内部にかなりの不和を生む行いだと知盛は思っている。

「麾下の武勲を見届けるのも大将の務め。それを横取りするような振る舞いに、義経に率いられた武士どもは必ずや不満を抱いておりましょう」

「確かに」

宗盛に続き、他の一門たちも口々に得心の言葉を漏らす。

「さらに……頼朝も義経に対し、含むところがあると考えます」

「頼朝が？　何故だ？」

これには宗盛だけでなく、大半の者が首を捻った。これこそ知盛が評するところの、「大きな家族」である平家の在り方を見事に表している。血を分けた弟の義経が活躍すれば、頼朝は喜ぶはずと信じて疑わないのである。

「頼朝は賢しい男です。そして勘所を押さえるのが頗るうまい」

そもそも何故、頼朝は富士川の合戦の後、自身は鎌倉から動かずに二人の弟を京に派遣したのか。

関東の地盤をより強固にするためということもある。だが朝廷や院の干渉を嫌い、距離を取って交渉を進めたかったというのが最大の理由ではないだろうか。故に二人の弟はあくまで軍事の代行者であり、政に関する権限は与えられていないと考えて良いだろう。

しかし義経がここまで華々しく活躍するのは、頼朝にとって大きな誤算であったはず。きっと朝廷や院は、いや後白河法皇は義経に急接近する。これを払い除けられるならばよいが、まず難しいのではないか。兵糧や船のことからも、義経がその辺りに目が届きにくい種の男であることは推測できる。それ以上に後白河法皇の手練手管に掛かれば、大概の者は懐に取り込まれてしまう。現に木曾義仲などは、法皇の思惑に大いに翻弄されて身を滅ぼした。

「今後、頼朝と義経の関係は微妙なものになると思います」

「つまり新中納言から見た九郎は……」

「戦そのものには滅法強いが、それ以外はむしろ鈍」

知盛は言い切った。何度思い描いても、そのようにしか考えられないのである。

「しかし軍勢は関東に引き揚げるとのこと。義経も共に戻るのではないか？」

宗盛は素朴な疑問を呈した。

「義経、範頼、いずれかは京に残すでしょう」

「ならば残るのは範頼か」

人々の耳目を集める義経を後白河法皇が丸め込もうとすることは、頼朝も予想しているだろう。ならば義経を手元に戻し、杞憂を取り除くと考えるのが普通である。

「いえ……義経ではないかと」

「何故だ」

「一つは義経以外には、我らを脅かすことが出来ぬと頼朝も解っているということ」

範頼の戦振りは、知盛の予想の範疇を出なかった。平家得意の海を用いた戦いならば、十度戦って十度勝つ自信がある。それを頼朝が解っているなら、義経を残さざるを得ない。

「もう一つは……頼朝はそのような男かと」

義経という弟を見極めようとするのではないかということである。義経が後白河法皇に籠絡されようものなら、平家を滅ぼさせた後、

――始末する。

ことも考えの中にあるように思う。それほど頼朝は賢く、冷徹で、狡猾な男。亡き清盛も警戒していたほどである。

「ともかく守りに徹して時を稼ぐのが上策。いずれ源氏はおのずと内輪もめを発すると見ます」

瀬戸内の制海権は未だ平家が完全に握っている。ここ屋島や、長門の彦島を拠点に、源氏のこれ以上の西進を食い止める。さすれば光明は必ず見えて来ると、知盛は考えている。

皆の同意を得たところで、宗盛が衆を見渡して厳かに言った。

「皆の者……力を貸して欲しい。一門の仇を討とうぞ」

一同の低く応じる声が評定の間に響き渡った。一の谷の一戦以前のような軒昂たる様は失われている。だが決して士気が低い訳ではない。むしろ皆の目には異様なほどの闘志が宿っている。窮地に陥るほど、昔の結束を取り戻していく。

それに一抹の哀しさと美しさを感じながら、知盛は心中で必勝を誓った。

評定の後、宗盛から残るように命じられた。先ほどまで人が犇めきあっていた評定の場はがらんとしている。二人は手が届くほど近くに座った。

「知盛……」

ただ名を呼ばれただけであるが、宗盛が何を考えているのかは伝わってきた。

まだ皆には告げていないが、昨日、重衡の安否が知れた。

討ち死にも十分に覚悟していたが、戦いの最中に源氏側が重衡だと気付いたようで、四方八方から襲い掛かって生け捕りにしたという。それに対し、重衡も無暗に抵抗をしなかったらしい。

あの折は、味方の撤退のために一刻でも長く稼ぎたいところであった。

生け捕りとなれば、初めに触れた者か、縄を掛けた者か、あるいは上に一番に報じた者か、手柄の所在が曖昧になる。源氏武者の間で諍いでも起これば、中には追撃を止めて上に報じようとする者も必ず出て来るはずだ。そうなれば華々しく討ち死にするより、遥かに時を稼ぐことが出来る。重衡はそのように考えたと確信している。

重衡は捕まった後、京に引き立てられたが、怪我の具合もよく達者で過ごしているらしい。源氏は早くも、重衡と三種の神器を交換したいと打診してきたのである。これも重衡の予想通りの展開であった。

「昨日も申し上げた通り、それが重衡の望みです」

知盛はしかと言い切った。宗盛も一度は得心したものの、やはり迷いがあるらしい。

「それでは重衡は……」

宗盛は言葉を詰まらせた。

源氏側は交渉で粘るに違いなく、その間は重衡も無事であろう。だが、いずれ死ぬことになる。

「私が重衡の境遇であったとしても、同じことを申します」

「そうか……解った。なあ、知盛」

「はい」

「何故、我らは戦うのだろうな」

宗盛は真に哀しげに零した。

己も同じことを考えたことがある。この一連の戦は平家と源氏の戦いとは言い切れない。源氏でもこちらに味方する者もいるし、平家でも鎌倉に与する者もいる。戦が起きた原因は、もっと別なところにあるのではないかと思う。

いつのことか解らない。遥か昔であるのは確かであろう。人は争うことを知った。争いには得体の知れぬ魔力が宿っており、二度と手放すことは出来ないらしい。平家が、源氏が、武士が、この世から消滅しても、また誰かと誰かが争いを始めるのだろう。

故に争うという行為そのものを消し去るのではなく、力を拮抗させることで衝突の発生を最小限に抑える、三勢力の分立を考えたのである。ただ、それが根本的な解決になるとは思っていなかった。

「このことは兄上だけの心に留めて頂きたい……」

知盛は静寂に溶かすように言った。

これを聞けば、戦に勝つ気が無いのかと思う者も出てくるだろう。そのような気は毛頭なく、知盛は死んでいった者たちのため、己の理想のためにも勝つつもりでいる。ただ義経という男に勝つのは容易ではなく、些細な過ちや運の巡りのせいで敗れることはあるだろう。その時のことも考え、己がすべきことは何なのか。そう問い続けて出した答えがある。

「仮に平家が滅亡しようとも……我らが抗い続けた美しさを、愚かしさを、生きた証を残しましょう。後の者がそれに学び、いつの日か人が争いを捨てることを信じて」

知盛は静かに、それでいて凜と言い切った。

日記のつもりで紡いできた唄と琵琶の調べ。これを後の世に託す。その結末を己が編むことはない。平家滅亡の折には、己もまた物語の中の一人になるのだから。

「よき弟たちを持った」

宗盛は目に涙を浮かべながら、二度、三度頷いた。

何処か遠くにいる重衡にもきっとこの想いは届いているはず。そう信じ、知盛もまた首を縦に振った。

重衡が捕らえられたこと。頼朝が重衡の身柄と交換に三種の神器を渡すよう言ってきていること。それを宗盛が一蹴したこと。三日後、評定の場を持たずしてこれら全てが一門に伝えられた。

評定を開かなかったのは、重衡の件に正しい答えなどなく、意見を求めても必ずや割れるであろうからだった。この沙汰で宗盛の棟梁としての覚悟は十分に示される。あと一つは、宗盛自身が改まった場で平静に話す自信が無かったのだ。それは知盛もまた同じである。いくら頭では得心していても、幼子であった頃から青年になるまでの重衡の姿が脳裏に浮かべば、嗚咽が込み上げてしまうかもしれない。

異論を唱える者は、一門から誰一人として出なかった。それが答えである。

二

一の谷の敗北から一月ほど経ち、屋島にも春がやってきた。風は暖かに、海は穏やかに、山では桜が蕾を綻ばせている。

自室の戸、襖、障子に到るまで開け放ち、知盛は文机に向かっていた。一の谷の戦いから、いや京を落ちた折から、知盛は一日たりとも休んでいない。

今は各地の武士に書状を認めている。中国、四国、九州には未だ平家に味方する武士が多い。彼らの心を繋ぎ止めるのが目的である。然程効果があるとは思えないが、それでも何もせぬよりはましだと考えている。

また一度は源氏方に奔った武士にも書状を送った。これとて千通送って、たった一人でも再び変心してくれれば御の字というものであろう。

郎党が一人、庭に回って来た。

「来たか。構わぬ、通せ」

知盛が言うと、郎党は頷いて姿を消し、やがて一人の若者が現れた。教経の童(わらわ)、菊王丸(きくおうまる)である。昨日、知盛が宗盛のもとに行っている時、知盛の屋敷の近くを菊王丸がうろついていた。それを郎党が見つけ、怪しんで声を掛けたところ、

――新中納言様にお目通りしたく参上いたしました。

と、口にしたという。

新中納言様は多忙で、お主の如(ごと)き小者に会う時はないと郎党は追い返した。そして知盛の帰宅後、源氏に通じて何かよからぬことを企んでいるかもしれないと、郎党は伝えて来たのである。

この童と時を共にしたのは僅かな間であったが、菊王丸がそのような邪(よこしま)なことを考えるはずはないと、知盛は知っている。恐らく教経のことで、何か秘密に話したいことがあって訪れたのだろうと察し、改めてこちらから菊王丸を呼ばせたのである。

「この度は……」

顔を強張らせる菊王丸に向け、知盛は穏やかに言った。

「畏(かしこ)まらずともよい。こちらへ来るがよい」

「はっ」

「腰を掛けるがいい」

軒先(のきさき)を指差すが、菊王丸は首を横に振る。

「なりません……」

「よいではないか。俺も座る」

知盛が立ち上がって優しく微笑みかけると、菊王丸は戸惑いつつも頷いた。

二人して縁に腰を掛けた。麗らかな陽射しに顔を埋めながら、知盛は微かに白の滲んだ青空を見上げた。

「私は何か企んでいる訳ではありません。ましてや源氏に奔るなど……」

教経の家の者ということもあり、郎党は問い詰めなかったと言っていたが、菊王丸は怪しまれたことを察していたらしい。

「解っている。何か話があったのだろう?」

「はい」

「能登のことだな」

この言葉は核心を突いたらしい。菊王丸はぎゅっと唇を結んで俯いた。

帰還してきた教経と知盛は、あれ以来一言も言葉を交わしていない。評定で顔は見かけたものの、教経は終わるなりさっと席を立って去った。

菊王丸は息を整えると、震える声で話し始めた。

「能登守様は、新中納言様のことを嫌っておられる訳でも……腹を立てておられる訳でもありません」

「何故、そのことを話しに来た」

「差し出がましいことを……」

さっと尻を浮かせ、眼前に跪きそうになる菊王丸を知盛は制した。

「止めよ。何故かと訊きたいだけだ」

「お二人がずっとこのままなのかと思うと……居ても立ってもおられず……」

菊王丸は苦悶の色を浮かべて項垂れた。

教経は常日頃より、知盛の話ばかりしている。如何に凄い男か、平家のみならず天下に二人といない人物だと、誰彼構わずに、まるで己のことのように知盛を自慢していたという。だが一の谷の戦いの後、帰還して怒号を放ったあの日以来、教経はぴたりと知盛のことを話さなくなった。そして時折、教経は未だ見せたことがないほど哀しげな顔をするようになった。このことに菊王丸は言い知れぬ不安を感じ、気が付いた時には知盛の屋敷へと足を向けてしまっていたという。

「そうか」

「能登守様は……きっと新中納言様に謝って欲しかった訳では無いのであろうと思い……愚考します」

菊王丸は言葉を選びながら、たどたどしく話した。

「ああ、解っている」

「では」

菊王丸がさっと顔を上げる。

「能登とはいずれ話すつもりであった」

「良かった……」

菊王丸は文字通り胸を撫で下ろすようにした。

「お主にまで気を揉ませてすまない」

「そ、そんな。滅相もないことです！」

菊王丸は首を横にぶんぶんと振る。

「そうだ」

ふっとあることを思い出し、知盛は腰を上げた。怪訝そうに見つめる菊王丸に向け、

「少し待っておれ」

と、言葉を添えて奥へと向かった。

「それは……」

戻って来た知盛を見て、菊王丸は目をしばたたいた。知盛が携えていたのは一面の琵琶である。

「前に話していただろう」

菊王丸は元孤児で、三つ年上の兄と共に盗みをして暮らしていた。やがて兄は病になり、碌に食うことも出来ずに亡くなり、その後、菊王丸は縁あって教経に拾われたのである。

兄がまだ健在だった頃、とある屋敷の前を通り掛かった折、琵琶の音が聴こえて来た。後に判ったことだが、それは知盛の従兄弟で、琵琶の名手である平但馬守経正の屋敷であった。

菊王丸の兄はあまりに美しい音色に惹かれ、度々その屋敷の前を通るようになった。そして、あり得ぬと解っていると前置きをしながらも、いつか弾いてみたいと望んでいたという。死んだ兄の代わりに、その夢をいつか叶えたいと、少し恥ずかしそうに菊王丸が語っていたのを知盛は覚えていたのだ。

「私が習い始めの頃に使っていたものだ。これをお主にやろう」

「そんな――」

「よいのだ。うちには他に弾く者もいない」

以前はいたが、今はいなくなったというのが正しい。賢しい菊王丸はその意味を察したようで、唇をぎゅっと噛みしめた。

「よろしいのですか……？」

「ああ、持ってみるがいい」

知盛は菊王丸にそっと琵琶を手渡した。受け取った菊王丸は、目を輝かせて頸から胴までをまじまじと見つめた。

「しかし、私のような者が持っていても弾けるようにはなりません。お気持ちだけで十分でございます」

菊王丸は寂しげに微笑んだ。

――私が教えてやろう。

知盛はそう言い掛けた言葉を呑み込んだ。そのような穏やかな日々が、果たして己に再び訪れるのか。

「琵琶を弾ける寺僧は多い。知った者もいる。戦が終われば私から頼んでやろう」

知盛が言うと、菊王丸の顔は明るいものとなった。

「真に」

「ああ、必ず。私が驚くほど上手くなってみろ」

「はい！」

菊王丸は弾んだ声で答えると、再び琵琶をじっくりと眺めた。泰平の世になれば、このような美しい眼差しを持った者たちが溢れるのだろう。そのためにも諦める訳にはいかないと、知盛は穏やかに微笑みながらも改めて決意を胸に刻んだ。


菊王丸が訪ねて来てから、五日後のことである。二つの事件が同時に起こった。

一つは伊予の豪族が平家に反旗を翻したこと。伊予だけでなく瀬戸内の国々は、未だに平家に従う者が多い。だが一の谷の敗戦後、ぽつぽつと叛く者も出てきている。これまでは百とか、二百の小さな反乱であったが、此度は今少し規模が大きい。三百の兵と共に砦に籠り、そこに加わろうとする動きを見せ始めた周辺の豪族もいるらしい。

「私が自ら行きます」

反乱の動きを長く放置すれば、伊予全体に波及する恐れがあり、迅速に潰したほうが良い。そう考えた知盛は宗盛にそう進言した。

「能登を伴います」

「頼む」

宗盛は頬を引き締めて頷いた。己が自ら出て、しかも教経を連れて行くほどだから、大事なのだと改めて感じたらしい。

出立の支度を大急ぎで整える中、もう一つの事件が起こった。

「希子が……」

郎党の連絡を受け、知盛はすぐに屋敷へと戻った。多くの女たちが屋敷の中を駆け回っており、それとは対照的に男たちはおろおろと立ち尽くしている。

希子はといえば、床に寝かされており、その周りを年嵩の侍女たちが取り囲んでいた。

「殿……」

額から滝のように汗を流しながらも、希子は懸命に笑みを作る。

「生まれるのか」

「はい」

すでに臨月を迎えており、いつ産気づいてもおかしくはなかった。知盛にとっても此度の子ですでに五人目。初めての時ほどではないものの、いつまでも慣れずやはり狼狽してしまう。それに何度も見てきたからこそ、希子がこれまでになく苦しそうなことも判った。

「行って来て下さい」

それでも、息は荒くとも、希子の声は力強かった。

本日の昼前に教経と合流し、伊予まで船で向かう予定である。それを取りやめることは出来ずとも、指揮を他の一門に任せてはどうかという考えが一瞬頭を過っていた。それを希子は見通している。

「解った。必ず帰る」

「はい」

苦しいだろうに、希子は笑みを浮かべて頷いた。それを見るや否や知盛は身を翻し、屋敷から飛び出した。


知盛が湊に戻るとすでに出航の支度は整っており、教経の手の者たちも到着していた。周囲より教経は頭二つほど背が高く、遠目にもよく見える。

「能登……」

教経がこちらに向けて歩を進めてくる。知盛は潮風を全身に受けながらそれを待ち構えた。

「話がある」

眼前まで来た教経に、知盛は声を掛けた。

「ああ」

「俺が知章を見殺しにした」

頭ではずっと解っていたことを初めて口にした。己がはきと認めたことが意外だったのだろう。教経は口をぎゅっと結んで何も答えない。

「身を挺してでも子を守るのが親というものだ。それなのに……俺は俺が許せぬ」

爪が掌に食い込むほど拳を握り、知盛はなおも続けた。

「知章は平家一門のため、戦をせずにすむ世のため、俺が必要だと信じ、命を賭して守ってくれたのだと思う」

知章の微笑む顔が今も眼前を過る。消そうとしても消せるはずがない。己の自慢の、大切な子なのだ。細く息を吐いて嗚咽を堪（こら）えると、知盛は凛乎（りんこ）として言い切った。

「知章のためにも、俺は最後まで生き抜く」

それを聞いた教経は、自らに言い聞かせるように二度三度、ゆっくりと頷いた。知章の想いも、己の想いも、全て教経は解っている。だがそれでも、いやだからこそ、どうしてもやり切れなかったのだろう。

「一つ訊きたい」

教経は真っすぐ見つめて来た。

「何だ」

「義経は真に強いのか」

一門の結束をより強めるため、あるいは危機感を持って貰うため、己が義経のことを過剰に語っているのではないか。教経には一筋の疑いがあるらしい。

「ああ、恐ろしいほどに」

「そうか。兄者は……」

常のような口調に戻り、教経は心配げに言った。

「あの男は俺以外には止められぬ」

知盛が毅然（きぜん）と言い放つと、教経は下唇を噛みしめて頷く。

「俺を使ってくれ」

「そのつもりだ」

言うや否や、教経は周囲に向けて高らかに叫んだ。

「皆の者、平家に仇なす輩を平らげに行くぞ！」

「応‼」

皆の顔がたちまち引き締まり、船に向けて一糸乱れずに動き出す。

「戦が嫌いになってきた」

続々と船に乗り込む麾下の者たちを見ながら、教経はぽつりと言った。ずっと戦に出たいと繰り返してきた教経からそんな言葉が出るほど、己たちは哀しい戦を繰り広げているのだろう。

「早く終わらせよう」

零れた髪を風に撫でられながら知盛が告げた相手は教経か。はたまた海の向こう、京にいるはずの義経か。


疾風迅雷――。

一言で表すならば、それが相応しかろう。最も速く船を動かすため、風と波を読み、この午後の出航と決めていた。海を割るように猛進して伊予に辿り着くと、すかさず陸に降り立つ。

「疾く駆けよ」

すでに夕刻。日が長くなりつつあるとはいえ、西の空は赤く滲んでいる。その夕陽を貫かんばかりの勢いで、知盛が率いる四百の軍勢は離反した豪族の領地へと攻め入った。

敵は軍勢の出現を全く予期していなかったらしく、城に籠っている者も僅か。防ごうとする者も少しはいたが、二、三人ずつで応戦し、軍勢の体を成しておらずどうにもならない。

城に入ったところで、数十の軍勢が立ち塞(ふさ)がった。物頭(ものがしら)であろう。身丈(みたけ)六尺（約一八〇センチメートル）を超えている武士が大薙刀(おおなぎなた)を構えて、名乗りを上げようとする。

「伊予に聞こえし豪の武士、岡本(おかもと)ひょろぶっ――」

最後まで言い切ることは出来なかった。先頭を疾駆する教経が馬上から放った矢が、喉(のど)に喰(く)らいついたのである。

「能登守だ」

地鳴りの如く低いが、よく通る声で教経がそう名乗ると、奇声のような悲鳴を上げて敵兵は逃げ散る。そのまま奥へ、上へと進み、僅か四半刻（約三〇分）も掛からずに城は陥落した。

城に火を放つと、知盛らは時を置かずに屋島へ引き返した。すでに辺りは暗くなっている。夜間の航行は難しいが、熟練の水夫(かこ)を連れてきており、しかも平家の庭の如き瀬戸内の海ならばさしたる問題はない。夜明けを待たずに屋島へと舞い戻った船団を、湊を見張る者たちが歓声を上げて出迎えた。

「希子！」

知盛は具足(ぐそく)のまま屋敷へと駆け込んだ。

部屋の中の光景を見て、知盛は感嘆の声を漏らした。安堵からその場に座り込みそうになるのをぐっと堪え、一歩、一歩と床板の上を歩む。

「おかえりなさいませ」

「ああ……今、帰った」

希子の横に、珠の如き赤子が寝ている。俄かに屋敷が騒がしくなったのが煩わしいのか、じたばたと小さな手足を動かしていた。

「男の子です」

知盛は口をぎゅっと結んで頷いた。己にとっては五人目の子である。内、娘は一人だけであった。

「四男だな」

「はい」

周囲の者には判らずとも、互いの想いは伝わっている。きっと今、二人が考えているのは同じことである。

知盛はそっと屈んで、赤子の手に向けて指を出した。その指をぎゅっと握りしめたので、思わず口が緩み、同時に涙が頬を伝った。ふと声が聞こえたような気がし、知盛は天井を見上げながら、何度も、何度も、何度も頷いた。

名は鬼王丸。あらゆる魔を払い除けて欲しいと願いを込めて名付けた。この子が元服の頃、己がどうなっているか全く予想が付かぬので、同時に諱も決めた。これには兄、宗盛が是非ともと声を上げてくれたこともあり、一字をいただき、

――平知宗。

と、名付けられた。

寿永三年（一一八四年）、花の香りが際立ち始める春のことである。

三

平家が瞬く間に伊予を鎮圧したことが伝わり、ひとまず反乱の気運は治まった。しかしそれで完全に絶えさせるに至ったとは思えず、未だに燻り続けていると見てよい。そのような中、

——義経が西征に乗り出す。

との報が西国を駆け巡った。

知盛はこれに違和感を抱いた。こちらに動きを察知させず、神速を尊ぶ戦術を多用してきた、これまでの義経らしくなかったからである。

「頼朝の命だろう」

知盛はそう予想した。大軍を送るという報を敢えて流し、平家に叛くか迷っている者の背を押そうという腹積もりに違いない。

そしてこれは、平家にとって痛いところを衝かれる形となる。

実際、源氏は兵糧、船もまだ整っておらず、それほどの大軍を送ることは出来ないと見ている。だが数千でも西国に進めば、この機に次々と寝返る者が出るだろう。

これを防ぐためには、前回と同様に寝返った者を瞬く間に鎮圧するか、海を渡って義経を撃破

するほかない。だが平家もまた、そのような余力はないのだ。

——如何にする。

知盛は策を練ったが、これという妙案は浮かんでこない。唯一考え得るのは、全軍を幾つかに分け、反乱を同時に鎮圧するという方法だけ。ただこれをやると、屋島の守りが薄くなるという欠点がある。それでもこの他にはないと覚悟を決めた時、また新たな報が飛び込んで来た。

「平田入道が」

自室で軍の分け方を模索していた知盛は、驚きのあまり立ち上がった。

平家一門が京から落ちた時、平田入道は伊賀に残った。いつか来る反攻の時、源氏の背後を脅かす存在がいるのと、いないのとでは大きな違いが出るからである。

平田入道は源氏が少数の兵を送って来れば蹴散らし、大軍を送ってくれば山野に逃げ込むという老練な戦振りを見せ、遠くから援護を続けてくれていた。

対立する勢力に対してこれまでは受けに徹していた平田入道が、ここに来て伊賀、伊勢の兵を糾合して挙兵し、京を窺う構えを見せたというのである。これは事前に打ち合わせた筋書きにはない動きであった。

一門に緊急の評定を呼び掛けた時、屋島に一艘の小舟が向かって来た。すわ敵の計略かとざわつく中、小舟からは一条の赤旗が掲げられた。

乗っていたのは、平田入道の郎党二人である。決起の前日、平田入道に呼び寄せられ、

——新中納言様にこれを。

と、書状を託されたという。

知盛は書状を受け取ると即座に開いた。

「やはり……」

何故、勝ち目がないにもかかわらず、平田入道が起(た)ったのか。その意図は知盛が考えた通りであった。

平田入道の書状には平家の窮状を慮(おもんぱか)っていること。今、義経に動かれれば一気に負けに傾くかもしれぬこと。己が時を稼ぐから、その間に立て直しを急いで欲しいこと。さらには伊賀に難を避けさせた知盛の次男知忠(ともただ)は、乳母子(めのとご)の橘為教(たちばなのためのり)のもとへ預けて身を潜(ひそ)ませたことにも言及されていた。そして最後に、

——我らが生きたこの家をお頼み申す。

という一文で締めくくられていたのである。

「申し訳ございません……」

呻(うめ)くように知盛は声を絞り出した。

平田入道は老いた躰(からだ)に鞭(むち)を打ち、すでに伊賀の山野を駆け抜けているに違いない。この言葉が届くはずはないが、届いたとしても、きっと呵々(かか)と笑い飛ばすのみであろう。平田入道の豪快な笑い声が聞こえてくるような気がして、海の、山の向こうに向けて知盛は深々と頭を下げた。


——平田入道。本名は平家継(いえつぐ)。

平家随一の忠臣として、豪勇の士として名を轟かせる。近江源氏の反乱に臨みては手嶋冠者を討ち取り、甲賀入道柏木義兼の城を落としめる。木曾義仲と共に入洛を企てる源行家との合戦でも、相手を完膚なきまでに叩きのめした。

寿永三年七月、平田入道は同じく平家家人の平信兼、伊藤忠清らと共に、伊賀、伊勢の平家方を率いて起つ。

伊賀守護の大内惟義の館を襲いて破り、さらに近江国甲賀郡に軍を進めて京を脅かす。これには頼朝も驚いたらしく、義経に西進を中止し、京の守りを固めるようにと指示を飛ばした。

平田入道軍は、源氏が派した佐々木秀義率いる軍と激突。寡勢であったにもかかわらず、怒濤の攻撃を敢行し、大将佐々木秀義を討ち取った。だがその奮戦も大局の変化には繋がらず、次々に送り込まれる源氏軍との戦いに次第に疲弊し、結局全軍が瓦解して鎮圧された。最後まで抗った平田入道も遂には討ち取られ、京で梟首されたという――。

だが、平田入道の死後も残党が抵抗を続けており、義経は対応に追われているということも伝わって来た。

その義経が後白河法皇より左衛門尉、検非違使に任じられたのは、まさに討伐の最中、八月六日のことである。

時を同じくして、頼朝は鎌倉に戻っていた範頼に九州へ進軍するよう命じていた。義経が残党討伐に掛かりきりで身動きが取れないということもあろう。

だが知盛は、これに頼朝の怒りを感じていた。恐らく義経の補任は、頼朝も寝耳に水だったと見てよかろう。予想通り後白河法皇は義経を取り込もうと動き出しているのだ。それに気付かぬ義経に怒り、さらにこれ以上の大功を立てさせることを危惧し、範頼を大将軍にして九州へ送ったのだ。

とはいえ、頼朝はすぐに義経を切り捨てるような愚を犯さない。翌九月、頼朝は義経に強く働きかけて河越重頼の娘を正室に迎えさせた。

この流れを見ても、知盛が予想したように、義経を巡って、後白河法皇と頼朝が綱を引き合い、牽制しあっていることが明白であった。

源氏が内に目を向けている間に、知盛としては陣容を整えることこそが肝要であった。

ともかく平家にとって、まずは範頼である。

範頼は平家方の武士を味方に誘いつつ、九州を目指して進軍するだろう。それに応じる武士が出てくることも予測出来る。

とはいえ、仮に調略が上手くいったとしても、平家と源氏の水軍の力の比は九対一、かなり縮まっても八対二というところ。源氏が瀬戸内を制圧することは出来ない。

となれば範頼は陸路を西に進み、長門から九州に渡ろうとするに違いない。平家はこれを、敢えて見逃すつもりである。

すると九州での趨勢は五分と五分。そのままいけば範頼軍が九州の平家方の武士に勝利することもあろう。

——だがそこまでだ。

それこそが知盛の目論見である。

平家は大船団を出して範頼軍を、

——九州に封じ込める。

つもりなのだ。九州には範頼の率いる大軍を支えるだけの米の余剰はなく、必ず深刻な兵糧不足に陥る。そうなれば兵の士気も下がり、九州の平家方の武士も息を吹き返す。範頼軍を戦わずして瓦解させることができる。

ただしこれを成し遂げるためには二つ条件がある。一つは平家方の拠点の一つ、彦島を敵に奪われてはならぬということ。

本州と九州の間、最も海の狭いところに浮かぶ島である。知盛は今後の平家の生命線になると考え、特に守りを固くし、十分な数の船を配備してある。源氏方にとっては海の死路であり、範頼軍もここを避けて九州に上陸するはずだ。上陸後、速やかに九州封鎖に向けて水軍を展開するにあたり、中継の陣所の働きをする彦島の存在は大きい。

もう一つの条件は、屋島をより一層固く守るということである。

範頼軍が九州で孤立し、兵糧不足に陥れば、頼朝は渋々ながらも義経に救援を命じるはず。通常の将ならば、陸路を西へと走り、退路確保のために彦島を落とそうとするに違いない。だが義経はきっと、

——屋島を狙って来る。

と、知盛は見ていた。

屋島を落とされれば、平家は四国での足場を失い、さらに西へと退く必要がある。その時に平家が向かうのは、件の彦島。すると九州から四国を伝って畿内に退く道筋が自然と開いてしまう。何より源氏の圧倒的優勢と見て、それまで去就を明らかにしていなかった武士たちが靡き、九州を完全に制圧されてしまうかもしれない。そうなれば範頼軍の兵糧不足も自ずと解消していくだろう。つまり平家として最も避けねばならないのは、範頼軍の九州上陸ではなく、屋島の陥落なのだった。


「遂に動いたか」

知盛は自室で報を受けると、縁側に出て、濃い秋草の香りに包まれながら呟いた。

寿永三年九月一日、源範頼率いる平氏追討軍は京を発した。麾下の武士で主だった者の名は、北条義時、足利義兼、和田義盛、三浦義澄、千葉常胤、葛西清重、八田知家、工藤祐経、小山朝光、天野遠景、比企能員など。戦巧者の評判高く、頼朝の信任も篤い、主力といえる者たちである。

それとほぼ時を同じくして、伊予国で新たに橘公業が挙兵した。かねてより怪しい動きをしており、平家への不満が燻っていると知盛が目していた者である。

続いて九月十九日、讃岐国の武士が蜂起し、橘と連携、合流する構えを見せた。恐らくは範頼軍の出撃に合わせて挙兵するように、かねてより鎌倉から頼朝が呼び掛けていたのだろう。だが知盛はこのような事態になるであろうと評定で伝えていたため、一門の中に動揺する者は皆無であった。

頼朝も兵糧、船が明らかに足りないことは解っているらしく、武蔵国の御家人豊島有経を紀伊国の守護に任じて調達に当たらせているが、一向に解消される兆しはない。それもそのはず、平家はまだ木曾義仲と攻防をしていた頃から、瀬戸内の船を悉く徴発していたからである。梶原景時を差し向け、淡路の水軍の懐柔を行わせているとの報も入って来ていたが、こちらも空振りに終わっている。

その間も、範頼軍は西へと軍を進め、十月には安芸国に入った。

源氏が慌ただしく動いていたその頃、知盛は一門の平行盛を呼んだ。行盛は二十四歳で早世した兄、基盛の子。知盛から見れば甥である。その行盛に対して知盛は、

「頃合いだ」

と、短く告げた。

「行って参ります」

歌人として知られる行盛は、よく通る力強い声で応えた。

かねてからの打ち合わせ通り、行盛は二千の大船団を率いて屋島から出撃し、備前児島、備中藤戸辺りまで進出した。木曾義仲と攻防を繰り広げた一帯である。

安芸に入った範頼軍は、背後に船団が現れたことで糧道を断たれたことを察し、おおいに狼狽しているらしい。だが行盛の率いる軍はそれ以上動かない。知盛がそのように命じていたからで

ある。

行盛軍が背後から追撃する構えを見せれば、範頼軍も反転して決死の戦いを挑んで来るだろう。だがこちらから仕掛けなければ、安芸国で立ち往生するよりも、兵糧を求めて九州に進軍を続けるかという考えも浮かんで来よう。知盛としては時を掛け、迷わせ、時を潰し、立ち枯れさせるのが上策であろうと考えている。


――範頼はやはり後ろが気になるか。

十一月になり、進軍を止めていた範頼軍が反転し始めた。背後の藤戸に陣取る行盛軍を追い散らそうというのだ。

しかし行盛が五百余騎と共に籠る備前児島までは、たった三町（約三三〇メートル）といえど海によって隔てられており、船を持たない範頼軍はなかなか攻め掛かることが出来ない。

だが十二月七日、範頼軍が児島に上陸した。

後に判ったことだが、範頼軍の武士、佐々木盛綱が、地元の漁師より島まで続く浅瀬の場所を聞いたという。そこから僅か六騎で海を渡ったのだ。

その際、浅瀬の場所が他の武士に漏れ、先駆けを奪われないようにするため、佐々木盛綱は口封じに漁師を殺したらしい。源氏にとって、武士にとって、手柄がいかなる重さを持つものか、改めて解る話である。

佐々木盛綱が海を渡ったことで、他の武士たちも挙って同じ浅瀬を辿って追い掛けた。児島の

篝地蔵に城を構えていた行盛は、暫し戦った後、

——ここまでだ。退くぞ。

と船に乗り込み、屋島まで退却した。

これも知盛との打ち合わせ通りである。

平家の庭ともいうべき島である。浅瀬が存在することも知っていたし、それを渡ってくること、あるいは範頼軍が何とか船を手に入れて攻め掛かってくる線も推測していた。その時は一当てし、無理をせぬうちに撤退するように命じていたのだ。

この藤戸の戦いは範頼軍の勝利に終わった。だが、相変わらず兵糧も船も一切手に入らず、ただ時だけを徒に費やすこととなり、いよいよ範頼軍に厭戦の気分が流れた。有力武士の和田義盛までもが密かに東国に帰ろうとする始末で、他にも軍を抜けようとする武士が後を絶たない有様だという話が知盛の耳には届いていた。

年が明けて寿永四年（一一八五年）。範頼は、今度は軍を九州に向けてさらに進めた。進まねば軍が崩壊する恐れがあると考えたのだろう。豊後国の豪族から八十二艘の船を、周防国の豪族から兵糧を、巻き上げるような恰好で集め、範頼軍の一部は何とか豊後国へと渡った。

二月一日、範頼軍は筑前国葦屋浦で平氏方の原田種直、その子の賀摩種益らの軍勢と衝突。範頼軍はこれに辛勝し、九州に足掛かりを得るという念願をようやく叶えた。

その報を受けた知盛は、平家の船の大半を動員した。彦島に停めてある船と合流し、九州を封鎖しようとしたのである。

だがこれは上手く行かなかった。こちらが態勢を整えるより早く、範頼軍が周防に撤退してしまったのである。範頼は九州封鎖を危惧した訳ではない。何も気付いていなかっただろう。ただ九州に入っても思っていた以上に兵糧が集まらず、麾下の武士の不満が最高潮となり、周防へ退かざるを得なかったのだ。

しかし結果として、それが範頼にとっての僥倖となった。

一方、知盛からすれば肩透かしを食らったようなもので、範頼の九州再上陸を待たねばならなくなった。

「船出は取りやめる」

今まさに出撃しようという湊で範頼撤退の報に触れ、知盛はそう決断を下した。

何事も上手く行っている時は負も正に転じ、反対に上手く行っていない時は正も負に変わる。今ならば前者が源氏、後者が平家。

荷下ろしの作業が進められる中、知盛は行くはずだった西の海を未練がましくずっと見つめていた。沈んでゆく陽が、落魄の平家と重なって見え、知盛はぎゅっと口を結んだ。

四

知盛は決心した。屋島を離れ、彦島に身を置くということをである。

九州より撤退した範頼軍だが、兵糧を集めて再び上陸する動きを見せている。九州から遠い屋島にいるより、程近い彦島にひっそりと軍船を集めたほうが良い。さらに己が陣頭指揮を執ったほうが早い。次こそは必ず九州に範頼を閉じ込め、頼朝の主力を壊滅させるつもりである。それを宗盛に告げると、

「心配だ」

宗盛は隠すことなく不安を吐露(とろ)した。これまで知盛は常に、棟梁であり兄である宗盛と共にいた。義経が表舞台に出てきてからは押され続けているのに、それでも己を頼りにしてくれていることは素直に嬉(うれ)しかった。

「屋島が安泰と申し上げるつもりはありません」

知盛は正直な思いを口にした。

義経は未だ京(みやこ)にいる。仮に京から出撃したとしても船が無い。四国に渡って来ることは難しい。これまでもそうであったように、そう容易(たやす)く調達出来るものではない。よしんば船を調達出来たとしても、大した数を用意出来るはずもなく、大きな戦力になるとも思えなかった。これが大方の見立てではある。

だが、そのような推測を幾ら並べようとも、それらは必ずしも義経には当て嵌(は)まらない。義経は常識を大きく覆(くつがえ)す戦いを仕掛けて来る。そのために危険を冒(おか)すことも、常軌(じょうき)を逸(いっ)した動きすらもしてのける男だと痛感している。

「戦になるのならば……猶更(なおさら)、お主が屋島にいてくれたほうがよい」

「あの男は戦への考え方が違います」

意味を解しかねたようで、訝しそうに口を突き出す宗盛に向け、知盛は言葉を継いだ。

「九郎は屋島だけを見てはおりませぬ」

一の谷の戦いでも、逃げた小松新三位資盛が戻ることを読んだ。己がそのような策を講じているかもしれないと、その僅かな見立てを捨てなかった。これは眼前の敵を追っているだけの並の将では絶対に気付かぬ。

「今、九郎は彦島、九州も睨んでいる……つまり次の戦は、西国全てを戦場と捉えているものと考えます」

並の者なら、屋島の攻防が、彦島の有無が、九州での合戦がと、一つ一つを「戦」として捉える。功名を立てようとする武士などはさらに視野が狭く、高名な者の首級を挙げることにしか興味がないであろう。だが義経はそれらの点を線で結び、さらには面として戦を捉えている節がある。それは己の考え方と酷似していた。

「西国全てが戦場……」

宗盛は言葉を反芻して喉を鳴らした。

「はい。故に私も『戦』に赴くのです。さぞや九郎は苛立っていることでしょう」

本来、義経はもっと早くに出陣したかっただろう。しかし後白河法皇と頼朝の綱引き、加えて平田入道の挙兵があり、どうしても動けなかった。

だが今動かねば、源氏は後におおいに不利益を蒙ることを義経も解っているはず。もし己が義経だとすれば、苛立ちを隠せないだろう。

「頼朝もまた、痺れを切らす頃と見ます」

頼朝は義経と違い、戦術的な見方はしていないと思われる。ただ頼朝は政も含めた大局を見ている。九州への上陸が存外上手く行かぬこと、三種の神器を一向に取り返せぬこと、また後白河法皇が義経を籠絡しようとしていることに焦りを覚えているはず。

結果的に頼朝、義経の思惑が合致するようになってきており、動くのは間もなくだと知盛は見た。

「この戦は、屋島を取られる前に、範頼軍を滅せば我らの勝ち。反対に先に屋島を落とされれば負けとお考え下さい」

「解った。誰に戦の指揮を任せればよい。修理か」

宗盛は叔父、経盛の名をまず挙げた。

「いえ」

知盛は首を横に振る。経盛を推したとしても、若い者にすべきと断られるだろう。実際、知盛が考えている者は、それよりも相応しいと思う。

「では門脇」

次に宗盛が出した名は、これも叔父である教盛。知盛は静かに首を横に振った。

「ならば小松。あるいは播磨か」

一の谷で危険を冒して味方を救いに戻り、臆病者との揶揄を跳ね返した資盛。あるは先の藤戸の戦いで見事な撤退を見せた行盛。三、四と名を挙げ続けるが、知盛はどれにも首を縦に振ることはなく、ようやく存念の者の名を告げた。

「能登を」

「何……」

宗盛は言葉を失ったが、すぐに我に返って続けた。

「能登は確かに万夫不当（ばんぷふとう）の武士。しかし、兵を率いて戦うことと訳が違うのではないか……？」

「己でも気付いていないでしょうが、能登は凄（すさ）まじき速さで用兵をものにしつつあります」

このところ、ずっと感じていたことである。もともと一騎当千の猛者（もさ）故に気付きにくいが、教経は近江での初陣以降、真綿が水を吸う如く兵法を身に付けていっている。つい先日の伊予の鎮圧の時などは、

――東を攻めると見せて、敵を引き付ければ楽だろうな。

などと、攻める前にぽつりと口にした。なるほど、砦の東側は守りが薄く、奇襲を受ければ敵もそこで凌（しの）がねばと焦る。そのように見せておいて、反対側から一気に攻めるのが上策であった。教経としては進言したつもりなどなく、兄者ならば当然そのように考えているだろうといった風であるが、それを見抜いていたことに、おおいに成長を感じて密かに舌を巻いたのだ。

「今、屋島で最も大将軍に相応しいのは能登です」

未だ当惑の表情を隠せない宗盛に向け、知盛は重ねてはきと断言した。

宗盛と話した翌々日、知盛は彦島に向かう船上にいた。半信半疑だった宗盛も、知盛がそこま

で言うのならばと得心した。その宗盛以上に困惑したのが、当の教経であった。

「ば、馬鹿を言わないでくれ」

と、顔の前で両の手を慌ただしく振りながら、柄ではないと辞退をする。それに自分は知盛を守ると決めたのだから、離れる訳にはいかないとも付け加える。

「これは西国全てを巻き込んだ戦なのだ」

知盛が滔々と述べると、教経は一転して聞き入る。そして大した時も要せず理解した。そのことに改めて、教経の内に用兵の才が芽吹いていると確信する。

「屋島を守り切れねば……どうする」

教経は聞いたことがないような細い声で問うた。

「正直、九郎は確実に今のお主より格上」

何かを言い掛けた教経を押し止め、知盛は続ける。

「俺ですら手を焼く相手だ。何を仕掛けてくるか想像もつかず、負けることも十分に考えられる」

「ならば――」

「時を稼いでくれ。そして万が一の折には、皆を守りながら彦島へ落ちろ。出来るな」

暫し無言でいた教経だが、二度、三度自身に言い聞かせるように頷いてから答えた。

「解った」

「出来るだけ早く範頼を潰す。それで我らの勝ちだ」

知盛はそう言い残し、屋島を発ったのである。

そうして知盛が彦島に入ったのは、範頼が周防に撤退してから三日後の二月十七日のことであった。

義経はきっと動く。早ければ十日後、遅くとも一月後と見ている。

義経が動くと聞けば、功を独占させぬために範頼も焦って動くだろう。仮に範頼がそうでなくとも、手柄に貪欲な麾下の関東武士たちは、義経軍に功を奪われることを心底嫌うはず。義経が四国の平家と交戦している間に、自分たちは九州に上陸しておくべきだと、範頼を激しく突き上げ、兵糧不足ならばたとえ半数であろうとも進軍するべきだと訴えるだろう。それを搦め捕って壊滅させるのが、知盛の狙いである。

つまり義経が京を動き、屋島に攻め込む支度をする僅かな間。これが平家にとって、

——存亡を懸けた数日間。

になると知盛は見ていた。

「兵糧をくれてやろう」

彦島に入った知盛が初めに出した指示がそれであった。

船を周防の湊に寄せ、さも兵糧を積み込んでいるかのように見せかける。だが実際は、すでに船には兵糧が満載されている。これを範頼軍に敢えて奪わせ、兵糧不足を緩和させてやり、九州に再上陸できるよう、態勢を整えさせてやろうという腹である。

範頼が訝しんだとしても無駄である。やはり関東武士が意気揚々と、九州への上陸を訴えるはず。断ろうものならば、不甲斐なしと騒ぐに違いない。つい数日前まで鎌倉に帰りたいと愚痴を零していたにもかかわらず、手柄を奪われるとなれば騒ぎ立てる。これが武士の本質だと重々判っている。

翌十八日、早朝の出発を考えていたが、昨日からの強い雨風のため、船を出すことは止めた。ただ一刻も早く範頼には「餌」を与えたい。昼過ぎには雨が止み、風も弱くなったことで、知盛は出航を決めた。船戦に慣れた平家の中でも、特に熟練の者たちを選抜したからこそ、その決断を下すことが出来たのである。

薄雲の向こうに茫と輝く陽が傾き始めた午の下刻（午後一時）、兵糧を積み込んだ船と、空の船の二艘が周防へ向かった。一刻（約二時間）後には周防の湊に入り、今日中に範頼軍の知るところとなるだろう。範頼は明日にはこれを奪わんとするはず。兵糧の船を範頼軍に奪わせ、空の船に乗って逃げ帰るという算段である。

二月十九日。知盛の目論見通り、範頼軍は動いた。陸から湊に攻め寄せたのである。予め言い含めておいたため、範頼軍の土煙が見えた時には船に乗り込み、怪我人の一人も出さずに逃げ遂せた。

「これで範頼は動かざるを得ない」

知盛は成功の報を聞いて呟いた。

後は義経が動き、それを受けて範頼が再び豊後に渡るのを待つのみ。その瞬間を今か、今かと待っていた知盛が絶句したのは、二十日の払暁のことであった。

一艘の船が彦島に辿り着いた。船は屋島から来たものだった。そしてそこに乗っていた者が、

――昨日、屋島が陥落。

と、報じたのである。

「どういうことだ……」

茫然自失としたのも束の間、知盛はすぐに我に返って状況を詳しく訊いた。

昨十九日、屋島は源氏軍の攻撃を受けた。源氏軍は海から船団で攻め寄せた訳ではない。背後の陸から現れたという。その直前、周辺の民家から火の手が上がり、平家軍はすわ奇襲と浮足立った。

火の広がりが速いことから、火付けをしている者の多さがうかがえた。少なくとも数千だろうと言う者もあれば、いや一万を超えているのではないかと狼狽する者もいたという。だが大将軍教経は沈着で、

――大軍ならば火を放たずに向かって来るはず。数百、いやもっと少ないと見た。

と言い、皆を落ち着かせて戦いに備えさせた。

「そうだ」

報せを聞きながら、その時の屋島に、まるで己が居合わせたかのように知盛は頷いた。

教経の判断は何ら間違っていない。大軍を擁しているならば、わざわざ火を放って気付かせるような真似はせず、一気呵成に攻め掛かってくるはず。それをしないのは数が少ないからで、火

を放ったのはむしろ数を多く見せるためと見るのが自然である。それにこの短期間で、万の兵を乗せる船を用意出来るとは到底思えない。

「そもそも九郎は何時京を出た……」

知盛はそこに思案を巡らせた。すでにこの奇襲が義経によるものであることに一切の疑いを持っていない。

屋島に南から到達したということは、義経は讃岐か阿波に上陸したことになる。屋島のある讃岐ならば気付く公算が高いため、恐らくは阿波ではなかろうか。阿波ならば屋島まで丸一日は掛かる。つまり十九日に屋島に攻め掛かったということは、最低でも十八日には阿波に辿り着いていなければならない。

「何時、渡ったというのだ」

眉間に皺を寄せ、知盛は零した。

十七日から十八日の払暁に掛け、彦島は暴風雨に見舞われていた。雨を招く雲も風も凡そ西から東へ動く。瀬戸内の海運を重要視し、研究を重ねた平家故の知識である。つまり十八日の日中は、讃岐、阿波、淡路辺りが暴風雨に晒されていたはずなのだ。

十七日以前に阿波に上陸していたというのは考えにくい。十七日に阿波にいるためには、十六日には船に乗り込まねばならない。

知盛が屋島を発ったのはその十六日。出立の直前まで義経の動向を探っており、少なくとも十四日の昼過ぎまでは義経は京にいると、間者からの報を受けていたのである。出陣に向け、軍勢を整えている様子がなかったことも聞いている。それを確かめた後、知盛は船に乗り込んだのだ。

つまり考え得る唯一の手段は、

「あの風雨を突っ切って来た……」

知盛は喉を鳴らした。

十五日に京を発ち、知盛が出立した十六日に対岸の湊へ。知盛が彦島に着いた十七日、渡海を始める。こちらが範頼に餌を撒(ま)くための船を出した十八日、義経は暴風雨を押して阿波に上陸。範頼が餌に食いついた十九日、疾風迅雷の如き速さで屋島を衝いた。と、いうことになる。

そして屋島は落ち、こちらは範頼軍を封鎖壊滅させるどころか、まだ九州に再上陸さえさせていない。一の谷の戦いに続き、平家の完敗といってよい。

「帝は」

知盛が慮ったのはそのことであった。

「まだ戦も半(なか)ばの頃、能登守様が」

——今はまだ五分。だが相手はあの義経で、負けることも十分に考えられる。そうなってからの脱出は困難を極める。故に今のうちに帝を連れて彦島まで逃げるように。

と、教経は棟梁の宗盛に進言したのだという。

では最も早くに離脱したにもかかわらず、何故、まだ宗盛らはこの彦島に着いていないのか。

それにも教経の進言が大きく関わっている。先に暴風雨が来たように、ここのところ天候は大いに荒れている。晴れ間が覗(のぞ)いたとしても半日で、またすぐに雲行きが怪しくなるようなことを繰り返している。逃げる途中で天候が変わって難破せぬように、遠回りだが流れの比較的緩やかな伊予近くの海を行くようにあわせて提言したらしい。

一方、一番に辿り着いたこの使者は、瀬戸内の真ん中を最短で突っ切って来たということであった。

「解った。屋島でのことは後だ。まずは逃れて来る味方を受け入れる」

知盛はすぐに一門や郎党を集め、ことの次第を話した。源氏は船の調達が儘ならぬこと、屋島が堅牢であることを信じていただけに、この双方を容易く崩してみせた義経に、流石に皆が唖然としていた。だが現実に起きたことなのだ。

「まずは逃れて来る者を」

知盛は再度、努めて冷静に言った。激しく動揺しているのは己も同じ。希子や娘、生まれたばかりの知宗も屋島にいるのだ。

皆が受け入れに奔走する中、一隻、また一隻と船が彦島に入って来た。その中に一際大きな唐船があった。帝、そして宗盛が乗る船である。

「ご無事で」

奇襲を受けた衝撃に加え、比較的波の緩やかなところを通ったとはいえ船酔いもあり、幼い帝は激しく憔悴していた。先に設けてあった仮の内裏でお休み頂くように導いた後、知盛は宗盛と面会した。

「新中納言……すまぬ」

宗盛の声は激しく震えていた。

「何を。むしろ私のほうこそ……」

今、考え得る最高の策を講じたつもりであった。義経を甘く見たつもりもなかった。それでもこの結果なのだ。憎さよりも、むしろ知盛は初めて義経に恐怖を抱いた。

「いつの間にか現れたのだ」

宗盛は己が知ることを全て語った。

まず突然、屋島の南側に火の手が上がった。海側からの攻撃を想定していたため、味方は大いに浮足立ったが、教経が一喝して皆を落ち着かせたという。

屋島は独立した島である。そう簡単には渡って来られないため、態勢を立て直す時は十分にあると皆は一応安堵した。だがここでも教経は、

——すぐに来るぞ。各々、備えよ。

と、活を入れたらしい。そしてその言葉は真になった。渦巻く業火の中から夥しい数の義経軍が現れ、そのまま突貫して来たというのだ。

「潮が引く時……」

「まさしく」

宗盛は口を結んで頷いた。

屋島南側の海は対岸の陸地からそれほど遠くない。大きな川よりも幅は狭いほどで、干潮時ならば徒歩で渡ることが出来るのだ。義経は近くまで来てこれを知ったのか。いや、あの男ならば

それさえもあらかじめ策の中に含んでいたのかもしれない。

　先に聞いたように、敵はそれほど多くないと教経は読んでいた。だがそれが正しいかは判らないし、義経のことだから第二、第三の策を用意しているかもしれない。その中に、海からも同時に屋島に攻め掛かるというものが織り込まれていてもおかしくはない。そのような船があるのかは甚だ疑問だが、少なくとも義経たちが船で何処かに渡ってきたのは事実。義経らを下ろした後、その船がここまで回って来ることは十分にあり得る。そうなれば屋島は完全に包囲されることになってしまう。帝や棟梁宗盛を脱出させるならば、今をおいて他にない。教経は捲し立てるように自身の考えを説き、宗盛らを屋島から逃がしたという。

「よくやった」

　思わず声が出た。改めてこれも間違っていないと思えた。己でもそうしていたであろう。血気に逸って眼前の敵に挑むだけでなく、最悪の場合を予測して見事に指図している。

　ただ、ここまで頭が回る教経が、自身が残るという選択をしたことの意味はなにか。

「能登は死ぬ気かもしれぬ……」

　宗盛が消え入るような声で言った。今、まさに己もそう考えていた。

　無論、義経が屋島包囲の策を用意していないということもあり得る。だが戦いの中で、瞬時に策を生み出して来る男である。勝てぬと思えば逃げろとは言ったが、教経は命に代えても屋島を死守するつもりなのかもしれない。そういう男だ。

　それから間もなく、希子や知宗の乗った船も彦島に辿り着いた。身内は後回しにし、まずは他の者たちの受け入れをと思ったが、希子が教経からの伝言を預かっているという。知盛が湊に駆け付けると、希子が丁度船から降り立ったところであった。

「無事だったか。子どもたちは」

「船に疲れたようですが、怪我一つなく」

希子は着物の裾を直しつつ気丈に答えた。

「能登からなにか言伝てがあるとか」

「はい」

帝と宗盛が脱出してすぐ、源平両軍の矢戦が始まった。矢は豊富にある。とにかく射返し続けるように指示した後、教経は女子どもを彦島に向けて発たせるように命じた。船に乗り込もうとする希子は、その途中で教経とすれ違ったという。教経は会釈して通り過ぎようとしたが、はっとした様子で希子を引き留め、己への言伝てを頼んだ。

「急いで彦島の守りを固めて欲しい。これで判ると」

「そうか」

知盛は小さく頷いた。義経軍が屋島を落とした勢いを駆り、彦島にまで攻め込むこともあり得ると見たということだ。教経の考えがそこまで及んでいることに舌を巻きつつも、いよいよ胸に渦巻く不安は大きくなる。

「心配ありません」

こちらの懸念を察したかのように、希子は力強く言い切った。根拠は何もない。ただ別れ際の教経の目には、悲愴(ひそう)な色が一切滲んでいなかった。それだけの理由らしい。

「ああ」

教経を信じながら、知盛は彦島の守りを厚くすると共に、逃げてくる味方の受け入れに駆け回った。早い段階で辿りついた船はほぼ無傷だったが、時を追うごとに損傷している船が増えていく。やがて来着する船も途絶え、もはやここまでかと思った翌朝。

朝日を背負い、一艘の船が水平線から姿を現した。近付くにつれ、船には針山の如く無数の矢が突き刺さっているのが判った。舳先(へさき)に立つ大男が見えた。教経である。煌(きら)めく陽を一身に受けるその姿は、金剛力士像の如き神々しささえ感じさせた。

陸に降り立ち、己の前まで来ると、

「今、戻りました。我らが最後です」

と、教経は錆(さ)びた声で報じた。

「よくやってくれた」

知盛は唇を噛みしめて頷く。慰(なぐさ)めのつもりではなかった。損傷したものはあれども、屋島に停泊していた全ての船が彦島に辿り着いた。それは屋島にいた大半の者が逃れてこられたということを意味する。並大抵の手腕では成し遂げられないことであった。

「後ほど屋島のことを」

「解った」

頷いた教経に、すでに彦島の守りを固めたことを告げ、先に矢傷の手当をするよう命じた。

およそ一刻後、教経は知盛の屋敷に姿を見せた。もっとも彦島のものは、それなりの広さがあるだけで造りは至極簡素だった。屋敷と呼べるほどの代物(しろもの)ではない。

宗盛が脱出するまでのことは聞いたと前置きし、知盛は静かに尋ねた。

「何があった」

「兄者が言うように、尋常な男ではなかった」

教経はこれまでも義経と戦って来た。だが大将として相対したことで、感じるものがあったのだろう。言葉からも声音からもそれが窺えた。

教経にも、何時、義経が海を渡って来たのかは皆目(かいもく)解らないという。着いたのは恐らく阿波ではないかという見解は、知盛と同じであった。そこから夜を徹して駆けて来たことも驚きであるが、やはり特筆されるべきは、あの暴風雨の中を渡ったことであろう。操舵(そうだ)が上手いとか、下手(へた)とか、そのような問題ではない。幾ら船の扱いに長(た)けた者でも、あれほど海が荒れていれば難破することは十分あり得る。運頼みという要素が強い。

それを知っていたのか。知らずとも、側近の誰かが押し止めたはずだ。それでもなお義経は船を出した。豪胆というよりも、無謀と評したほうが適当であろう。だが、義経はその「賭け」に勝った。

「源氏は屋島ノ御所に攻め掛かって来た」

まず義経軍は近隣の村々に火を放った。こちらの動揺を誘うためと、寡兵(かへい)であることを隠すためであろうと教経は看破した。

それでも万が一に備える必要がある。帝、宗盛を海へ逃がした後、続けて女官たちを避難させた。屋島ノ御所の下は磯になっている。そこに続く斜面には行列が出来、船着場の渡し板も人で埋め尽くされるほどであった。

混乱の中、教経は指示を出し終えると、源氏と戦う味方のもとへと走った。屋島ノ御所、砦には牟礼の総門などと呼ぶ、大きな門がある。その前では、源平入り混じってすでに戦いが始まっていた。

——開けろ。

総門に辿り着くと、教経はそこを守る者どもに向けて命じた。だが兵たちはすぐに動こうとしなかった。外に陣を展開して迎え撃とうとしたが、義経軍はあまりに速く、整う前に攻め掛かってきたという。そのせいで慌てて総門を閉じて守りを固めたという次第。つまり外に残された平家の者たちに、逃げ場所はなかった。数では特段劣っているという訳ではないが、義経軍の大半が騎馬武者なのに対し、馬に乗る平家軍の者は僅か。やがて殲滅されるのは火を見るよりも明らかであった。

兵たちは、門を開けては敵が雪崩れ込んできてしまうと訴えるが、教経は早くも馬に跨り、

——二度は申さぬ。開けよ!

大音声で一喝した。

威厳に打たれ、兵たちは慌てて総門を開く。半ばまで開いた時、教経はすでに外に向けて突出していた。

──義経！　能登だ‼

雷鳴の如く吠え、教経は単騎で駆ける。

止めようとする騎馬武者を正面から斬り、返す刀で胸元を貫いた。源氏武者は太刀に刺さったまま一瞬、宙に浮き、手足をばたつかせたが、すぐにするりと抜けてどっと地に落ちる。

一騎当千の源氏武者も、教経の剛力には肝を潰し、義経が討たれてはかなわぬとでも思ったか、敵兵は口々に下がれ、下がれと連呼した。教経は馬の足を緩めて止めると、

──今のうちに退け。

と、味方に命じた。

その間、教経は退がる義経軍から一時も目を離さず、きっと睨みつけていた。

「敵の攻めが緩んだ隙に、一人残らず船に乗るようにと命じた」

教経は己の判断が間違ってはいないかと、少し不安げに語った。

まず敵軍の全容が判らない。屋島を攻める船があるのか否かも不明である。ここまで深く攻め込まれてしまえば、幾ら屋島が峻険といえども、いつかは陥落する。援軍があれば別だが、その当ても無かった。

ならば、次の一戦に向けて兵を温存すること、そして平家の虎の子である船団を守ることこそが最優先。さらに船に乗り込んでしまえば、源氏は海までは追って来られない。敵の陣容次第では、再上陸して逆襲することも出来ると考えたらしい。

「間違っていない。それが最善よ」

知盛はすぐに応じた。己が大将でも教経と同じことをしただろう。

教経に命じられた皆は、すぐさま順に船に乗り込んでいった。

「俺が、まず船に乗った」

教経がそう言うので、知盛は訝しんだ。教経の性格ならば、まず他の者を行かせ、自らは殿を買って出ると思ったのだ。

その真意は、次の教経の言葉で明らかとなった。

「源氏の船が何処かに潜んでいるかもしれぬからな」

てんやわんやで船に乗り込んだところに、別動の兵たちが船で急襲を仕掛けて来ることも考えられる。そうでなくても帝や、宗盛がすでに船で発ったと知れば、たとえ小舟だとしても近くから徴発し、追撃して来ることもあり得る。その追撃を防ぐため、教経は最初の船に乗り込み、海からの襲撃に備える壁の役目を務めようとしたのだ。

実際、義経軍は平家の撤退を察してすぐに引き返して来た。そして彦島に向かおうとする平家の船団に向け、激しく矢を射掛けて来たのである。

「そこで矢戦になった」

教経の声の調子が一段下がった。

これに応じたのは、教経の乗った船のほか数隻。海と陸、双方からの矢が嵐の如く飛び交い、蒼天が黒く翳ったかのようであったという。

やはり義経軍はさほど多くはない。このような無謀ともいえる奇襲が義経の指示であることはもはや疑いようがないが、そもそも陸の軍に義経本人はいるのかどうか。次の策に向けて、何処か別の地でじっと息を潜めているのではないか。

いや、今は眼前の敵に集中しろ。ともかく眼前の敵どもは、矢だけで屠ることが出来そうだ。教経はそう思考を引き戻し、自身も弓を手に取って散々に射掛けた。

その最中、敵軍の中に、赤地の錦の直垂、紫裾濃の鎧の武者を見た。馬上にあるが、その体軀は小さい。矢の届く距離の外で太刀を振るって何やら兵を鼓舞していた。顔まではきとは見えぬものの、

――これは。

と、閃くものがあったという。かつて、京の大路で擦れ違った武者。あれが義経であったとしたら、よく似ている――。

その刹那、教経は陸に最も近い船首へと駆け出した。敵軍からの矢が絶え間なく降って来るが、恐れることはなかった。仮に己が死んだとしても、あの男を討ち取りさえすれば、あとは知盛が何とかしてくれると信じていたという。

教経は箙からさっと矢を取って弓に番え、その武者に狙いを絞った。王城一の強弓は比喩ではない。教経の弓の弦はまさに大人三人掛かりでも引くのが難しいほど張りが強い。この距離ならば、己であれば当てられる。

肩を、腕を、頬を矢が掠めていく中、教経は静かに息を吐いて弓を引き、右手を離した。放たれた矢は宙を切り裂くように、真っすぐ武者の元へ飛んで行った。

武者は、いや義経は、別のところを見ていてまだ気付いていない。

——捉えた。

教経が確信した次の瞬間、一人の鎧武者が間に割って入った。義経を庇ったのである。矢は鎧武者の左肩に突き刺さった。鏃は右脇にまで達したのだろう。どっと頭から倒れ込んだ。

「後に判ったが、それが佐藤三郎兵衛なるものだったらしい」

義経は奥州藤原氏に匿われていた。頼朝の元に馳せ参じる際、藤原秀衡より付けられた股肱の臣の一人である。

外してしまったことで、教経はさらに続けて矢を射かけるが、義経を守ろうとして立ちはだかる武者が次々と現れ、遂には義経を後ろへと押し下げた。

だが教経は、船首に長居し過ぎた。その頃には義経軍も、出で立ちから平家の名だたる大将だと察したらしい。あまりの強弓を披露したことで、教経だと露見していたかもしれない。

百数十騎が一斉に己に狙いを定めて矢を放った。宙に浮かんだ無数の点は徐々に大きくなってくる。

太刀で払う。屈んで当たる場所を最小限に食い止める。海に飛び込む。

様々な挙動が一瞬のうちに頭を過ったが、どれも上手くいきそうにない。教経とて人である。これほどの矢を全身に浴びればただでは済まない。

——兄者、すまない。

心中で詫びて死を覚悟したその時である。脇を擦り抜けた影があった。それは船首に立つ教経のさらに前に出て諸手を広げる。

萌黄縅の腹巻、三枚甲。その恰好に見覚えがあった。教経の童、菊王丸である。

「菊王丸が……」

知盛が絶句する中、教経は口を真一文字に結んで首を横に振った。

腹巻の合わせ目を矢に貫かれ、菊王丸は四つん這いになるように前に倒れ込んだ。が、そこには手を突く場所がない。頭から真っ逆さまに海に落ちていこうとする。その刹那、教経は左手に弓を持ちながら、右手一本で菊王丸の腰紐を摑むと、

――受けとめよ！

と郎党に命じて、背後にむけて躰をふわりと投げた。まだ矢は降り注いでおり、そうするしかなかった。

それでも大分少なくなった矢を太刀で払い、教経は岸に目を遣る。

菊王丸を射た武者が誰かはすぐに判った。自身の手柄だとすかさず吹聴しているのだろう。小躍りしながら周囲に話し掛けている者がいたからである。

教経は箙からまた矢を抜いて番えると、すかさず放った。矢はびょうと風を貫き、嬉々として飛び跳ねる武者の首を穿った。

その後、教経はすぐに後ろに送られた菊王丸のもとへ向かった。急所に命中したのだろう。介抱を受ける菊王丸の息は荒く、もはや余命幾許もないと悟った。

それは菊王丸も感じたらしい。教経が何も喋るなと命じるが、菊王丸は紫色に変じた唇を動か

し続ける。

ご無事で良かった。これで死んだ兄にも面目が立つ。十八年という短い一生であったが思えば幸せであったなどということ。そしてその中に、

――新中納言様に……折角、琵琶を頂いたのに……申し訳ございませんと。

と、いうものもあったという。

知盛は込み上げる嗚咽を必死に堪えながら訊いた。

「最後は……？」

「俺に……感謝の言葉を」

菊王丸は蒼白の頬を微かに緩め、

――能登様にお仕え出来て幸せ者でした。

と言い残し、息を引き取ったという。

これまで教経は感情の赴くまま怒ったり、哀しんだりしていた。だが今の教経が纏う雰囲気は違って見える。かといって怒りも哀しみも無い訳ではない。ただ爆ぜるように発散させていた思いを、ぎゅっと心に押し込め、それを紙縒りのようにぎりぎりときつく捻り上げている。そのように感じたのである。

「菊王丸には悪いが悲しむのは後にし……そこからはただ、時を稼ぐことのみを考えた」

教経は取り乱すことなく続けた。

義経軍が徐々に増え出した。遅れて渡海して来た者もいるだろうし、平家の敗色が濃厚となっ

たことで、源氏に馳せ参じようと決めた四国の武士もいたのだろう。

ともかく数が増え、未だに女子どもの全てが船に乗り込めてはいないのに、船着き場を狙う者も現れた。

教経は何とか自分たちに敵を引き付けるため、ありとあらゆる手を講じた。船を岸ぎりぎりまで寄せて矢を射掛けたり、浜に上がる構えを見せたりしたが、それでもやはり全てを引き付けることは難しい。

何か他に手はないかと考えた時、船の端で固まって小さくなっている三人の女房が目に入った。教経が船に乗った時には、すでに乗り込んでいたという。降ろすゆとりも無かったので、船の端で身を低くさせていた。

――力を貸してくれ。

苦渋の決断であったが、教経は女房たちに頼んだ。二人は悲鳴と共に首を横に振るのみであったが、残る一人はすっくと立ちあがった。門脇家の者で、教経とも長い付き合いであったらしい。その門脇家の女房は、己で役に立つならばと即答した。

――見よ‼

教経は岸の義経軍に向けて吼えた。

女房は柳の五衣に紅の袴といういでたち。紅の地に金色の日を描いた扇を船棚に挟み、岸に向けて手招きをさせる。

義経軍がざわめく。これを射られる者がいるならば射てみよというこちらの意図が伝わったらしい。義経軍の中で誰かいないかと話しているのが聞き取れ、これでまず暫しの時を稼げた。

少し経つと、一人の武者が進み出た。褐に赤地の錦で、衽と袖の端を飾った直垂。その上に萌黄の鎧を着け、足金を銀で作った太刀を佩いている。遠目にも若いことが見て取れる。

その武者は馬に跨り、海に少し乗り入れて弓に鏑矢を番えた。放たれた鏑矢の甲高い音が汀に響き渡った。そして扇の要の際、一寸のところを射切った。鏑矢はそのまま海へ没し、扇は頭上を吹き抜ける春の風に揉まれるようにして舞い、やがてそれも海に落ちた。

すでに日暮れ時。赤地に金の日の丸の扇が、仄かに赤く染まった白波に漂う。平家のうちにも感嘆する者があり、源氏の者どもは箙を叩いて歓声を上げた。

「これが最も良いと考えた」

己の武に誇りを抱く坂東武者ならば、絶対に乗って来ると教経は踏んだ。そしてそれは見事に成功した訳である。

「俺ならば考えもしなかっただろう」

知盛が正直な気持ちを口にした。教経もまた自身の武勇に絶大な誇りを抱いている。故に咄嗟にこれを考え付いたのだろうか。

だが特筆すべきは別にある。このような趣向を持ち出すなど、平家もすっかり武の気風が削げ落ち、公家のようになったなどと揶揄する者もいるだろう。それを甘んじて受ける覚悟で、武勇を重んじる教経が、皆を逃がすためにこの策を講じたのだ。屋島の一戦が教経を大きく変えたのは、もはや疑いようがなかった。

一段落つき、義経軍が再び攻撃に動き出そうとした時、黒革縅(くろかわおどし)の鎧を着て、片手に白柄の薙刀(なぎなた)を持った五十絡みの年嵩(としかさ)の郎党が進み出て、扇の立ててあったところで舞い踊り始めた。

「それも俺の郎党だ」

教経は静かに言った。

生まれる前から門脇家に仕えていた者である。教経が何を考え、扇を射させるような芝居じみたことをしたのか、この年嵩の郎党はすぐに解ったのだ。今の知盛の如く、教経の成長を喜んだのかもしれない。そしてすぐにでも戦が再開されそうな気配を感じ取り、時を稼ぐために、虚(うつ)け者を演じたのだ。

これを挑発と取ったのか。敵陣からまた矢が放たれ、郎党の首筋に突き刺さった。海に真っ逆さまに落ちる間際、郎党は確かに教経に向けて笑みを残していた。

――卑怯者(ひきょうもの)め！　情けなし！

教経は雷鳴の如く咆哮(ほうこう)した。

これがことのほか効いた。義経軍の中にも、卑怯な振舞いだと思う者がいたのだろう。先ほどまでの威勢は嘘のように衰(おとろ)え、目に見えて士気が減じた。義経もこれは戦にならぬと感じたようで、軍勢を下げ、その日はもう二度と攻め寄せて来ることはなかった。

その日のうちに平家一門、女房、郎党の大半が屋島を脱して彦島に向かった。教経だけは一艘の船で二十一日まで近辺に留まり、志度浦(しどうら)に再上陸の構えを見せるなどして義経軍を引きつけ、追撃を防いだ上で退却して今に至った訳である。

「新中納言様……ご期待に沿えず面目次第もございません」

教経は全てを語り終えた後、深々と頭を下げた。

「よくやってくれた。慰(なぐさ)めではない」

再びそう言うと、知盛は首を横に振った。これもまた紛(まが)うかたなき本心。教経の話を聞いた限り、

——己が指揮をしたとしてもまた敗れていた。

と、感じている。

義経は類(たぐい)まれなる軍才を有している。だがそれだけではない。幾ら綿密に策を練ろうとも、些(さ)細(さい)な運の巡りによって勝敗は左右される。義経は強運を持ち合わせている。それは同時に、落魄(らくはく)の平家が運に見放されているということを示しているのかもしれない。

「兄者……」

教経は官職ではなく常のように呼び、唇をぎゅっと結んだ。

「ああ」

「いいか」

「泣け」

教経の頬にはすでに一筋の涙が伝っていた。

己の前では外聞など気にする必要はない。知盛が言うと、教経は太い腕を目に当て、憚(はばか)ることなくおいおいと泣き始めた。

大将の重責は己が最も知っている。そして戦で大切な者の命を失う苦しみも。大人であろうとも、豪傑(ごうけつ)であろうとも、その痛みは同じである。情に深い教経ならば猶更(なおさら)だ。

「菊王丸を……」

「解っている」

教経の巌(いわお)の如き肩が震えている。知盛の脳裏にも菊王丸の無邪気な笑顔が浮かぶ中、教経の肩にそっと手を添え、何度も同じ言葉を繰り返した。

第十一章

九郎義経

＊

さる程に、屋島に残り留まつたりける二百余騎の兵者共、後れ馳せに馳せ来る。平家これを見て、

「すはや源氏の大勢の続くは。何十万騎かあるらん。取り籠められては叶ふまじ」

とて、又、舟に取乗つて、潮に引かれ、風に従つて、いづくをさすともなく落ち行きぬ。四国はみな大夫判官に追ひ落とされぬ。九国へは入れられず。ただ中有の衆生とぞ見えし。

＊

一

即座に一門の評定が開かれた。屋島を失ったが、皆の顔は一見して沈んではいない。落ち込んでいても始まらぬと空元気を振り絞る者、すでに最悪の事態を覚悟する者、そしてここから一気

に挽回することを信じ抜いている者。それぞれの想いは微妙に違うだろうが、図らずも皆同じような顔つきで居並んでいる。

「まだこの彦島がある」

と、一門の一人が声を上げると、それに続く者も現れた。

確かにまだ彦島がある。だが裏を返せば、

――もう彦島しかない。

ともいえるのだ。

屋島の陥落は、ただ屋島を失ったにあらず。これで四国の武士の多くも源氏に靡くのは明白。さらに九州でも同じ。範頼は悠々と上陸し、九州を掌中に収めていくに違いない。

「だが、どちらにせよ源氏はすぐには動けますまい」

知盛はそう皆に告げた。

義経軍が四国に渡ることが出来たのは、熊野別当の湛増が源氏に味方し、熊野水軍を動かしたからという。熊野別当家は当初は平家の味方であったが、内部でも様々な派閥がありそもそも一枚岩ではなく、途中から源氏に加勢することもあった。が、ここに来て完全に源氏に味方したという訳である。

義経の側近に弁慶という者がいる。恐らく洛中で義経らしき男とすれ違った際、横に侍っていた荒法師であろう。これが湛増の実子だという噂もあり、それが真実ならば、このあたりも熊野別当が進退を決める一因になったのかもしれない。

さらに長年、平家に刃向かっていた河野一族も源氏に味方して船を出したという話が伝わってきている。

「それでも、その程度の数の船では、彦島を攻めることは出来ませぬ」

知盛は衆を見回して続けた。

負け惜しみではなかった。まだ平家の有する船の数とは絶対的な差がある。熊野水軍と河野水軍が加わったことで確かに差は縮まった。だが、源氏を一とするならば、平家は六ほど。以前は一対十ほども離れており、話にもならなかったが、今とて脅威となるようなものではない。

こう考えると、屋島の船団を全て無事に引き揚げさせた教経の功績は、改めて大きい。

「私に考えがあります。ただ、今少し綿密に策を練り上げたく思っておりますので、暫しの時を頂きたい」

知盛は出来るだけ皆を動揺させぬように言った。しかし、そもそも誰も反論しようとは思っていなかったようだ。

皆が解っている。もはや平家が取れる道は大きく二つ。一つは彦島を徹底的に守って、源氏に反発する者が現れるのを待つというもの。もう一つの道は全船団を投じて、

――一大海戦で源氏を壊滅させる。

と、いうもの。

後者を選んで敗れた時、平家の滅亡は必至。源氏が動き出すまでに猶予のある今、慎重に策を

練りたいという知盛の気持ちは、当然だと思っているのだろう。

だが知盛には、第三の道が見えていた。それは義経と戦えば戦うほど、鮮明になってきている。

短い評定が終わり、皆が退席するのを見送った後、知盛は宗盛のもとに行き、その第三の道を提示した。

宗盛は吃驚のあまり声を失い、次いで猛反対をした。これが常人の反応である。

だが他の二つの道はいつでも歩めるのに対し、この第三の道を選ぶには今、この時をおいてない。

加えて、第三の道を辿る過程で己が死んだとしても、それまでに最善の策を講じておき、もはや誰が指揮を執っても同じというところにまでしておくこと。

知盛が滔々と説明すると、

「ここまで来たのだ。お主を信じよう」

と、宗盛はようやく承諾してくれた。知盛は細く息を吐くと、決意を固めるように改めて口にした。

「数日のうちに発ちます……九郎に会いに」

評定の翌日から、彦島には滅びへの戦の只中とは思えぬ、平穏な日々が流れていた。万が一の時を考え、皆が大切な人との日々を今のうちに噛みしめているかのようであった。

「教経」

知盛は呼んだ。

「うん？」

教経は怪訝な顔で振り向く。

教経は新たに生まれた鬼王丸に会うため、知盛の屋敷を訪ねて来ていた。戦場で見せる不動明王の如き顔と打って変わり、教経は頬を緩めっぱなしで、

「鬼王丸、鬼王丸、能登守だぞ。教経だぞ」

などと、言葉もまだ判らぬ鬼王丸に話し掛けていた。

「少しよいか」

希子にも目配せをし、知盛は教経と共に自室に移った。理解出来ぬとは知りながらも、鬼王丸の前で、戦に纏わる話はしたくなかった。

「一つ、頼みがある」

知盛は改まった口調で言った。滅多にないことなので、教経の顔も引き締まる。

「何だ」

「俺は九郎に会いに行く」

「それは……」

流石の教経も絶句した。大軍の激突する戦場で、大将同士が会うなど、ましてや話をすることなどは有り得ない。

つまり京にいる義経の元を訪ねて行くのだ。

だが平田入道が散った今、京だけでなく、畿内はほぼ源氏の掌中にある。そこに潜り込むなど、自ら死に向かうようなものである。

「会ってどうする。まさか降るというのでは……」

「違う」

知盛は首を横に振った。

「九郎を救う」

「何……」

教経が驚きのあまり絶句する中、知盛は己の胸の内を語った。

「まずその前に……戦とは何か。それを考えた」

平家が次第に追い詰められていく中でも、知盛はそのこととずっと向き合って来た。そして、戦は大、中、小の三つに分けることが出来ると思い至った。

「まず小の戦。これは軍勢と軍勢の激突」

兵の多寡の問題ではない。数百同士の戦いでも、数万同士の戦いでも同じである。限られた地の中で、互いに戦術を駆使しての戦。局地戦と言い換えられるかもしれない。

木曾義仲と戦った水島の戦い、そして義経に大敗を喫した一の谷の戦いも、幾ら互いの兵数は多くともこれに当て嵌まる。世の武士のほとんどが思う戦とは、この「小の戦」になる。

「次に中の戦だ」

知盛が言葉を継ぐ中、教経は静かに耳を傾ける。

これは互いの陣営がどれほど軍勢を持っているか。味方する者はどれほどいるか。道、天候を考慮し、軍勢を動かすに如何ほどの時を要するか。それに伴って兵糧は如何ほど必要なのか。それら全てを包括して考える戦である。

木曾を敢えて京に招き入れて兵糧の枯渇を狙った策や、平田入道との連携などもこれに当て嵌まる。此度の屋島の戦いもそうである。屋島での戦いそのものは「小の戦」だが、それは西国全てを睨んでの「中の戦」の内での話である。

「では、大の戦は？」

話に惹き込まれたように、教経は身を乗り出した。

「朝廷を、院を、武士を……日ノ本全てを見据えた戦だ」

そもそも戦とは何か。突き詰めれば、己の意志を通すための手段の一つであると知盛は考えている。一向に交わらぬ意志を互いに押し通さんとして、戦という手段を取るのだ。そういった意味では、戦とは政の延長とも、選択肢の一つともいえるかもしれない。

平家の意志は何かというと政権、あるいは京の再奪取であるが、それは後のこと。まず一点のみに絞るならば、

——滅ぶことへの拒絶。

であろう。己のため、そして己の大切な者のため、一門を滅ぼさんとする源氏を拒み続けている。

では源氏の意志は、いや頼朝の意志は何か。表向きには父の仇討だの、源氏の再興だのと宣っ

ているが、これは麾下の者たちへの方便。実際のところは、

――権力の掌握。

であることは明らかである。

ここまでは己だけでなく、源氏の中にも見抜いている者がいるだろう。彼らはそれを知りながら、頼朝の方便に敢えて乗って、権力を掌握した後のおこぼれに与ろうとしている。

だが権力の掌握といっても、頼朝の描いている形と、世の武士たちが思っている形には、大きな差異があると知盛は考えている。

世の武士たちは、平家から権力を奪い取ることが終着だと思っているだろう。だが恐らく頼朝は、

――朝廷や院をも凌ぐ。

と、考えている。

頼朝が二人の弟を派し、自身は鎌倉に在り続けるのがその証左。朝廷、院のしがらみに縛られず、鎌倉で東国に確固たる地盤を築く。そして平家を滅ぼした後、次には朝廷や院と対峙し、武士による、武士のための、武士だけの政権を築こうとしているのだ。

実際に朝廷を滅ぼすことは難しいだろうが、その力を削ぎ落とし、形骸化させることは出来るかもしれない。

「少し待ってくれ。それらを考えながら戦うのが、兄者の言う『大の戦』ということか？」

教経は懸命に話について来ていたが、ここで一度整理するように尋ねた。

「そうだ」

「しかし、それが何故、九郎を救うことになる」

教経は眉間の皺を深くして疑問を呈した。まだ結論には早い。

知盛は、次に義経について語った。

「九郎は戦に強い。鬼才といえるだろう」

正々堂々であることを重んじ、卑怯を嫌うという武士の概念に、義経は全く縛られていない。そんなことは、むしろ考えたことすら無いかもしれない。ただ如何にすれば戦に勝てるか。それだけを考え、これまでの戦の常を悉く覆して来た。

「それは『小の戦』でということか……」

「その通り。それに関しては無類の強さを誇る」

「では『中の戦』では？」

「恐らくは五分。負け惜しみのようになるが、屋島の一件は九郎の運が勝った」

まず西国全てを巻き込んだ戦であることは、己と同様、義経も見抜いていたと考えている。そうなると互いに決め手がなく、相手の綻びを待ち、そこを衝いてゆくしかない。

だが義経は、暴風雨の中を突っ切って無理やり戦局を動かし、綻びを作った。勝ってしまえばそれも策だったと言い張れるが、やはりあれは無謀というほかない。船が転覆して義経が死ねば、これまでの苦労は全て水泡に帰してしまう。策ではなくただの博打。十度やって一、二度しか成功せぬような博打に、義経は賭けたのだ。

この心の動きだけは、今なお知盛も理解出来ずにいる。ただ少なくとも、義経は「中の戦」も見通す才があるのは確かである。

「だが義経も万能ではない。『大の戦』への考えが、嘘のようにごっそり抜け落ちている」

己が如何なる立場にあるのか。己の戦が天下にどのような影響を及ぼすのか。その辺りのことを全く考えていないとしか思えない。

件の武蔵坊弁慶など、義経にも多くの郎党がいるはず。その者たちも判っていないのか。それとも諫言しても義経が聞く耳を持たないのか。

どちらにせよ、義経は大胆な行動に出られる一方で、勝てば勝つほど己の立場を悪くしているのは揺るぎない事実である。何故、それが解らないのか。不思議でならない。

「頼朝が……？」

教経は低く訊いた。

「ああ。平家が滅したならば、必ずや義経を殺す」

義経に天賦の軍才があることはもはや明白。後白河法皇もそれに気付いているからこそ、後に頼朝に対抗する駒にするため懐に取り込もうとしている。頼朝としてはそのような不穏な芽は一刻も早く始末したいが、平家を討つためにはどうしても義経の力が必要。こうした微妙な均衡によって義経の命は保たれているが、平家という敵を滅ぼしてしまえば、頼朝にとって義経はもはや用済み。追放しても後白河法皇の手駒になるだけならば、十中八九、

――殺す。

と、いう決断を下すと知盛は見ている。狡兎死して走狗烹らるということだ。

「義経がそれに気付いているのか否か。それを確かめにゆく。そして……義経に独立を促す」

知盛が言い切ると、教経は喉を鳴らした。

源氏が勝とうとも、平家が巻き返そうとも、また必ずや何者かが体制を覆すために戦を起こす。泰平とは戦の終わりではなく、次の戦の始まりに過ぎないのかもしれない。

大きな勢力が三つ巴になり、互いに牽制し合う静かなる戦こそもっとも血が流れない。それは人の追い求める理想の姿ではないとしても、限りなく泰平に近いと知盛は考えている。

知盛は当初、平家、木曾義仲、奥州藤原氏で天下を三分し、頼朝を滅ぼそうとした。だがその構想は、頼朝の派した義経に、義仲が倒されたことによって瓦解した。今、その義経を、新たな三番目の勢力に出来ないかと思うのである。

義経はあくまで頼朝の名代であり、仮に独立したとしても、それに付き従う武者はほとんどいないだろう。

だが決してこの構想は画餅ではない。奥州藤原氏の当主、藤原秀衡は義経のことを実の子の如く可愛がっており、頼朝のもとに向かう義経を、いつでも帰って来いといって送り出したという話である。

十七万騎を有するともいわれる奥州藤原氏に義経の天才的な軍略が加われば、それは平家、源氏にも劣らぬ一大勢力に成り得るだろう。

「九郎は今、屋島に？」

知盛が考えの全てを述べ終えると、教経は静かに尋ねた。己と共に行く。その覚悟を決めてくれたのだ。

「周防に向かうため、屋島から児島に移ったようだ。だが、そこで消息を絶った」

「もう周防に入ったか」

「いや」

知盛は頭を振った。

義経軍の一部は確かに周防、あるいは安芸に動いている。だが児島を発った義経の船だけが無い。それなのに義経軍に動揺の色が一切ないのは、義経が別の場所に向かったと知っているからだと予想した。

では、義経はどこに向かったのか。はるばる鎌倉まで戻るとは思えない。頼朝もいよいよ大詰めという今の段で、手元に呼び戻すことはしないだろう。

伊予、讃岐、淡路、和泉、あるいは紀伊などに船の調達に向かったのかとも考えたが、それもほぼあり得ない。屋島の合戦の後、すでに源氏に付く者は付いた。今なお旗幟を鮮明にしていない者は、新たに決断し得る何かがあるまで動かないだろう。

また義経は、平家が反撃に出てくることも恐れているはずだ。そのため、時を掛け過ぎることは避けるだろう。十や二十の船を有する豪族を義経が一つ一つ訪ねている余裕はない。かといって決戦のためには船が必要である。つまり船を集めるために最も効果的で、なおかつ頼朝が附した郎党をも納得させる行動といえばただ一つ。

「改めて平家追討の宣旨を得るため、恐らく義経は秘密裏に京に戻ったと見る」

「外れたら？」

「これは賭けだ」

義経は暴風雨の中、讃岐に渡るという賭けに出た。今は己が賭けに出る時だと知盛は思い定めていた。

「京か……」

教経は天井を仰いで細く息を吐いた。

この国の都であるが、己たちにとっては、生まれ、育った故郷でもある。それを追われ、いや、捨てて早二年。今、身を潜めてではあるものの、そこに戻ることに感慨を覚えたのだろう。己もまた同じである。

「行こう」

浮かんでは消える思いの全てを掻き集め、知盛は力強く言い切った。

二

翌日、知盛は彦島を発った。

従うのは教経のみで他に従者も付けていない。装いも商人風にしてある。

乗り込んだ船は平家が有する中でも小ぶりなものとはいえ、二人だけで動かすことは出来ないため水夫がいる。が、二人を目的の場所に運ぶだけで、水夫が一緒に上陸することはない。

「露見せねばよいが」

知盛は教経の姿をちらりと見た。

このような堂々とした体軀の商人はまずいないだろう。少なくとも知盛は見たことがなかった。

「黙っているさ」

行くと決めたからには腹を括ったのか、教経はけろりとして言った。

知盛は土佐から来た商人の銀太郎と名乗る。土佐は良質な材木がよく採れる。大量の材木を売るような大商いは出来ないが、工芸に使えるような良い木材を選別して売りに来た。連れている大柄な男は鉄吉。生まれつき口がきけぬため村で爪弾きにされていたが、躰が丈夫であるため引き取った。このような筋書きである。

——やはり動く気配はない。

瀬戸内の海を行く中で改めてそう思った。厳密にはまだ動けないといったほうがよい。源氏が十分な船を有しているならば、各小島にも警戒のため配してあるはず。屋島、児島、あるいは伊予や安芸の湊に停泊させている分だけで今は精一杯なのだろう。

それでも万が一、源氏が動いて彦島に攻め寄せた時の対応策も、宗盛には念入りに伝えてある。

やはり宗盛は不安なようで、

——無理をするな。

と、繰り返し言っていた。

知盛は評定で、これからについて考えるため、暫しの猶予が欲しいと言った。今は自宅でその必勝の策を練っており、一切の面会は受け付けていないことにしてもらい、彦島を抜けたことは一門に伝えていない。

希子には話した。夫が敵地の真ん中に乗り込むのだから、不安でないはずはない。だが希子は、やはり気丈に振舞い、

——ご武運をお祈りしています。

と、声に熱を込めた。

これは調略でも、外交でもなく、己にとっては「戦」なのだと解ってくれている証である。

瀬戸内の海を警戒する源氏の船は皆無で、数日のうちに河内国へ着いた。木津川の河口まで行き、そこからは知盛と教経の二人となった。予め用意していた材木の積まれた荷車を馬に曳かせ、川沿いを上って行く。

少しでも人目に付くことを避けるため、途中は野宿である。頼朝も、義経も、まさか敵の帥を預かる平家の大将が畿内におり、しかも焚火に枯れ枝を挿し入れているなどとは夢にも思わないだろう。

河内から山城に入りさらに北上する。巨椋池の脇を抜け、いよいよ洛中へと入った。ここまで、そもそも武士の姿をほとんど見ておらず、一度も怪しまれることがなかったので、肩透かしを食ったような気持ちである。今、源氏に与する武士の大半は西国におり、畿内に残っている者はほとんどいないのだから、当然といえば当然であったが、それでも実際に来てみなければわからな

いという不安はあった。

　一先ず第一関門を抜けたようで、ほっと息をついた。

「兄者……」

　周囲に誰もいないことを確かめ、教経が呼んだのは、洛中に入って間もなくのこと。父清盛の邸宅があった西八条殿の跡地の前である。

　壮大な屋敷の面影は今や微塵も無い。焼け落ちて炭となった柱や棟は、片づけられることもなく、雨風に晒されてそのまま積み重なっている。

「ああ」

　かつて己はここにいた。知章が生まれてすぐ、ここで慶びあった。清盛も、重衡も、知度も、皆の顔に笑みが溢れていた。

　そして西八条からほど近い、己の屋敷の跡地の前も通った。ここもまたすでに全てが無くなっている。瓦礫の集積地にされているのだろう。焼けた木とは別に、大小の石が積まれているのみである。

「いよいよだ」

　思い出に浸るために来たのではない。平家の行く末を紡ぐために来たのだ。知盛はそう自らに言い聞かせた。

　まず義経は、真に京にいるのか。いるならば何処で寝起きしているのか。それが判ったところで、どう接触するか。ある程度の予測は立てられるが、こればかりはここに着いてから考える他なかった。

　ただ全く腹案が無かった訳ではない。

「通子殿を頼ろうと思う」

「通子？」

　教経は思い出せぬようで、眉間に深い皺を寄せた。

「思い出さぬか。昔、二人で石山寺に……」

「ああ、あの丸い御方か」

「これ」

　知盛は苦笑して窘めた。

　六条摂政とも呼ばれた近衛基実の娘である。知盛の姉・盛子と基実は夫婦。つまり基実は義兄に当たるが、すでに二十年近く前に世を去っている。

　その娘の通子が石山寺に参詣している途中、近江源氏の蜂起に巻き込まれて囚われの身となった。通子と仲の良い妹の完子に懇願され、知盛は教経と共に密かに石山寺に向かって救い出した過去がある。丸々とした肉置きの豊かな女であったことを、教経も思い出したのであろう。

「しかし……」

　教経は顔を曇らせた。

「ああ、前内大臣殿だな」

　基実の息子で通子の兄、近衛基通のことである。近衛家は婚姻を結ぶほどに平家と近しかった。

故に都落ちの折、宗盛は共に行かんと誘った。それに対して基通は、

――暫し時を。

と迷ったようであるが、結局は断って京に残ったという経緯がある。

その後、基通は後白河法皇の傍近くに仕えて出世を重ね、内大臣、藤原長者にして摂政にまで昇った。昨年、病のために一度は辞したが、療養した今、再び摂政に任じられるだろうというのが大方の見通しである。つまり憚らずに言うならば、

――とっくに平家を見限った。

ともいえるのである。

「通子殿に九郎の動向を?」

教経は歩を進めながら小声で訊いた。

「通子殿には解るまい」

「では」

「俺が動かしたいのは、かの御方よ」

「なっ――」

流石に教経も吃驚している。

知盛が自ら義経の動きを探るつもりはない。確実に逢うためには、義経を目当てのところに誘き出すつもりでいる。そのために通子を頼り、次いで基通に、さらには後白河法皇に接触するのだ。

「賭けと申しただろう」

知盛が続けると、教経は呆れたように零した。

「賭けの連続だな。仮に通子殿、前内大臣殿が頼みを聞いてくれたとしても、果たして……」

「乗って来る」

知盛は断言した。そこまで辿り着けば、後白河法皇は乗ってくると確信している。源氏が平家を滅ぼした後、かの御方は朝廷が、院が、そして己が如何なる立場になるかを考え、様々な道を模索しているはずなのだ。その構想に義経は含まれているが、同時に、かなりの不安を抱いているのも確かであろう。

知盛らは近衛家に向かった。材木売りという態で屋敷近くを流す。石山寺に向かった時と同じ。ふと、あの頃を思い出し、笑みが零れた。平家の元公達が洛中に、それもこのようなみすぼらしい恰好でいると思う者などいない。行き交う者たちがこちらを疑う様子は一切なかった。

「待つしかない」

知盛は教経だけでなく、逸る己を鎮めるように言った。まず通子に接触する。今日出てこなければ明日。明日出てこなければ明後日。だが、幾らでも時がある訳ではない。義経が動けばそれで終わりである。ただ昔、完子に聞いたところによると、通子は三日に一度は家を出るほど外出が多いという。もっとも平家が去った今もそうであるかどうかは判らないが、変わっていないことを祈った。

「来た」

近衛家の周りを流して二刻（約四時間）。牛車が出てきた。簾が上がっていれば中の者は男、下がっていれば女。簾は下がっている。供として女が二人、男が二人。男たちは護衛のために太刀を佩いている。

「頼む」

流石に荷車を曳きながら牛車を追う訳にはいかず、知盛は教経に荷を託して一人で歩み出した。今の己は庶民の恰好である。直に簾の奥に声を掛けたならば、無礼を咎められて捕らえられる恐れもある。

「もし」

知盛は追いつくと、従者に向けて呼び掛けた。振り返った従者は怪訝そうな顔である。

「落とされたのでは？」

知盛が取り出したのは、食事の時などに前髪を止める釵子である。予め希子のものを持ってきていた。流石に親切からの行動ならば従者も無下には出来ないし、庶民が釵子など持っているはずがないので、真に落としたのではないかと考えるだろうという算段だ。

「何……」

案の定、従者は牛車を止めて近づいて来た。そして供の女房と何やら話す。女房は簾の中に向けてひそひそと語り掛けた。

「もしや近衛様の姫様では」

「無礼だぞ」

知盛が言うと、従者が一歩前に出て凄む。

「申し訳ございません。昔、石山寺で背にお乗せ申し上げた夢を見たことがございます」

「何を……」

何を意味が解らぬことを言っているといった顔で従者は舌打ちをした。その時である。簾の中から白いふくよかな手が出て、女房から釵子を受け取った。そして何やら女房に向けて言っているのも微かに聞こえる。

「姫様が直にお礼を申し上げたいと」

従者二人は吃驚して顔を見合わせる。そういう女房の顔にもまた驚きの色が浮かんでいた。

「近くへ寄れ」

「は……」

従者に促されるまま、知盛は牛車に近付いた。

「皆、車から離れるように」

簾の中から声がした。間違いない。通子のものである。

「しかし――」

「離れるように」

先ほどよりも威厳が籠った声で命じると、従者と女房は狼狽えながらも車から暫し距離を置いた。

「新中納言様」

通子は囁（ささや）くように呼んだ。

「通子殿……判って下さったのですね」

「殿方に背負って頂いたのは、あれが最初で最後。忘れるものですか」

「驚かせて申し訳ない」

「私は何をすれば？」

通子は己が思っている以上に賢（さか）しい。何か意図があって京に潜入したこと、己に頼りたいことがあると瞬時に悟（さと）っている。

「兄上にお繋（つな）ぎ頂きたい」

「解りました。文（ふみ）を私宛にお届け下さい。受け取れるようにしておきます。それを兄上に渡すということでは？」

「十分です。かたじけない」

話が早すぎて拍子（ひょうし）抜けする思いである。

言わずともよいことと判りながら、知盛は困惑しつつ尋ねた。

「しかし、そのようにすぐに決断なさってよろしいのでしょうか？」

「命の恩人ですから。それに……」

通子は少し間を空（あ）けて続けた。

「新中納言様のような兄上がいて、完子様をずっと羨（うらや）ましく思っていました。あの日、一時でも、妹になったような気がして嬉（うれ）しかったのです。あっ、何も兄上が嫌という訳では……」

「解っています」

知盛は微笑(ほほえ)みながら応じた。

「また京で会えることを楽しみにしております」

「必ず帰ります」

簾の中、通子が頷(うなず)くのが判り、知盛は会釈(えしゃく)をして牛車から離れた。

夜は洛中を出て野宿である。京で懇意(こんい)にしていた公家(くげ)、僧などの顔も頭を過(よぎ)ったが、しくじりが許されぬ今、頼るのは危ない。また迷惑を掛けたくもなかった。

焚火の前に座り、隠し持っていた筆と紙でもって文を書く。翌日、菜を売り歩く初老の男を捕まえ、銭を渡して近衛家に文を届けて貰(もら)った。受け取った家人は、明日もう一度来て欲しいと、通子の言葉を伝えた。菜売(なうり)は銭を渡すことを約束すると受け取りも快諾(かいだく)した。

翌日、再び近衛家を訪ねて貰った。材木を売り流すふりをしながら様子を窺(うかが)っていると、菜売は一通の文を託されていた。知盛はそれを受け取り、教経と二人きりとなったところで開いた。

「どうだ……」

教経は不安げに文を覗(のぞ)き込む。

知盛が近衛基通に宛てた文の内容は、故あって京の近くに潜伏している。単刀直入に言えば後白河法皇に拝謁(はいえつ)したい。基通の一存では決められないだろうから、この願いを伝えるだけでよい。後白河法皇は必ずや逢うと答えるはず。かつての誼(よしみ)でお聞き届け頂きたい。纏(まと)めると、このようなものである。それに対し、基通の返答は、

——明日の払暁(ふつぎょう)、六条殿の西門に。

という短いものであった。

六条殿。

木曾義仲との争いで法住寺殿(ほうじゅうじどの)が焼けたことで、後白河法皇が移った六条の北、西洞院(にしのとういん)の西にある仙洞御所(せんとうごしょ)である。基通が精一杯のことをやってくれたのか。あるいは罠(わな)か。疑いたくはないが五分五分といったところであろう。

「いざという時は頼む」

知盛が低く言うと、教経は口を結んで頷いた。罠であった場合、これで終わり。二人で彦島までの道を切り開いて逃げねばならない。

払暁といっても幅がある。まだ辺りが暗いうちから、二人は近くに身を潜めた。荷は置いてきている。得物は短刀を隠し持つのみである。

門が静かに開き、影が現れた。周囲を窺っている様子である。

「もし」

知盛が声を掛けると、

「おお……」

と、影は驚嘆の声を漏(も)らした。近侍(きんじ)の者らしい。後白河法皇から全てを聞かされているとは思えない。大方、夜明けに西門を開いて待っていれば、声を掛けて来る者がいるとでも聞かされていたのだろう。このように驚きを見せたのは、半信半疑だったからということか。

「中へ」

雉鳩が鳴く中、男は囁くように言った。身形を訝しんでいるようだが、これも、どのような恰好でも通してよいと言い含められているに違いない。こちらが変装しているくらいのことは難なく予見する賢い御方なのだ。

ちょっとした庭がある。そこにまた一人。こちらの人影には見覚えがあった。薄っすらと白む東の空を眺めているようであった。

「来たか……下がれ」

振り返りもせず、甲高い声で案内の近侍に命じる。近侍は躊躇いを見せたが、

「この者は朕に手を出すような愚か者ではない」

と付け加えると、近侍は頭を下げて去って行った。

「源氏ばかりの京に飛び込んでくる愚か者ではあるが……な」

ゆっくりと振り返る。

後白河法皇である。先に見た時より些か老けた。肉付きはさほど変わっていないが、口元の皺が深くなっているのが薄暗い中でも判った。

「お久しぶりでございます」

知盛は頭を下げた。一方、数歩後ろで待つ教経は、これまで後白河法皇に対面したことはない。平家を苦しめた一人とはいえ、やはり尊い血筋の御方。いつにもまして緊張しているように見える。

「互いに憎み合う間柄。儀礼は無用だ。端的に申せ」

「平家が滅んだ後、頼朝は朝廷をも牛耳るつもりかと」

「だろうな。故に平家を救ってくれと？」

「いえ、それは己たちで」

「可愛げのないことよ」

後白河法皇は苦い溜息を零した。

「相も変わりませず」

「憎まれ口を叩くために、わざわざ京に戻った訳ではあるまい」

後白河法皇は小癪とでも言いたげに舌打ちをした。

「九郎義経に逢いとうございます」

この段において余計な策を弄するつもりはない。知盛は単刀直入に切り出した。

「起つように仕向けるか」

やはりこの御方は優れた智能を有している。平家が追い詰められているこの時、義経に逢いたいなどと言えば、凡人ならば真っ先に暗殺の企てかと身構えるはずだ。しかし己に限ってそれはないと判っているどころか、凡その魂胆まで見抜いている。

「左様。それが三方にとって最も良き道かと」

平家、後白河法皇、そして義経の三方である。

「確かにそうだ」

後白河法皇は素直に頷く。

「では」

「だが、難しいだろう。九郎は乗らぬ」

後白河法皇は忌々しげに言った。後白河法皇もすでに義経の独立を画策し、そのように働きかけてきたという。しかし、義経に乗る気配は微塵も無いらしい。

「頼朝を信じていると？」

「いや……何と言えばよいか。お主も逢えば解る」

歯切れが悪いのは、別に語りたくない訳ではないらしい。どちらかというと、後白河法皇ほどの眼を以てしても、少なからぬ関わりをもったはずなのに、義経を評する言葉が出てこないといった様子である。

「お力添え頂けるということですね。ありがとうございます」

文脈からそう受け取った。後白河法皇も義経を籠絡出来ていない。義経という男に困惑しつつ、焦りさえ感じる。むしろ知盛が逢うことで、義経の心に独立の芽を吹かせることができるならば、それに越したことはないとさえ思っていると見た。

「ただ九郎には僅かな郎党のほか、従う者はおるまい」

それも己と同じ見解であった。だが後白河法皇の口から聞くことで、もう一つ解ったことがある。

もし義経が起つとなれば、後白河法皇は院宣を出して、これに従う武士を集めようとするだろう。だがその成就を危ぶむほどに、頼朝が武士たちを掌握しつつあると後白河法皇は見ている。つまり後白河法皇も頼朝に追い詰められているのだ。

「九郎は奥州がよいかと」

「それが出来ぬことは、お主ならば判るであろう」

藤原秀衡のもとに奔らせ、その助力を以て独立を果たさせる。これならば新たに義経のもとに、今頼朝を支持している武士を集める必要はない。勿論、後白河法皇もその道があることは理解している。しているが、それを選ぶ訳にはいかない。義経が奥州に去ってしまえば、後白河法皇を庇護する勢力はなくなる。そうなってしまえば、誰が最後の勝者になろうとも、自身は危うい立場になってしまうのだ。

以前ならば命まで奪われることは無いと考えていただろうが、木曾義仲が法住寺殿に攻め込んだことで、その危険も十分にあり得ると気付いたのだろう。

「我らがお守り致します」

「何……」

その時には平家が朝廷を、院を、後白河法皇を守護する。知盛はその腹積もりである。後白河法皇は平家を散々に苦しめた。平家もまた後白河法皇を恨んでおり、京を奪還されれば自身に累が及ぶと考えていても無理はない。

「御誓い致します」

「信じろと？」

後白河法皇は嘲笑(あざわら)うかのように乾いた頬を緩めた。

「今は互いにそれしか道は残されておらぬかと」

「ふむ。だが仮にそれが成れば、また足を引っ張るかもしれぬぞ？」

後白河法皇は嘲(あざけ)りの表情のまま続けた。ただそれは先ほどとは意味が少し異なり、こちらではなく自らに向けたものに見える。己は元来そのような性質であり、衝動を抑えきれぬという諦(あきら)めのように。

「望むところ。受けて立ちましょう」

知盛が微笑むと、後白河法皇は暫しの間じっと見つめ、やがて小さく鼻を鳴らした。

「鵺(ぬえ)が出る」

「鵺……ですか？」

知盛はそのまま問い返した。

鵺とは猿(さる)の顔、狸(たぬき)の胴体、虎(とら)の手足、尾は蛇(へび)という化物(ばけもの)である。約三十年前、まだ知盛が子どもの頃、後白河法皇の祖父である近衛(このえ)天皇(てんのう)の住む御所、清涼殿(せいりょうでん)に毎晩のように現れたとされる。これを退治したのは、かつて以仁王(もちひとおう)を担(かつ)いで平家に弓を引いた源三位(げんざんみ)こと源頼政(よりまさ)であった。

正直、鵺など信じていない。だが後白河法皇がこの話をするのには、何か意味がある。

「鵺は敵が多勢なれば黒煙を吐く。これを吸った者は皆、病に罹(かか)って死に果てる。故に少ない数にて退治せねばならぬ」

「なるほど」

ようやく考えが読め、知盛は相槌を打った。

「九郎に退治させよう」

後白河法皇は不敵に片笑んだ。

「私が鵺ということですな」

「左様」

密談の場を持つためには、義経を大勢から引き離さねばならない。鵺退治をそれに利用しようとしているのだ。

「三日後。所は……五条の橋とするか」

何処かの屋敷では、万が一の時に己たちが逃げられない。そこに配慮してくれたというより、後白河法皇もこの邂逅に期するところがあり、罠ではないことをできるだけ示したいというところか。

「承知致しました。……もしや前の鵺も」

三十年前の鵺騒動も、何者かの思惑で作られたものではないか。ふとそのようなことが頭を過って声が漏れた。

「そうかもしれぬし、そうでないかもしれぬ。如何なる場所にも陽と陰がある。陽が強いところでは、その陰もまた濃いものよ」

後白河法皇が真実を知っているのかどうかも、また判らない。

ただ朝廷には魑魅魍魎が跋扈する。そしてその中で育った己は、それ以外の生き方を知らぬ。

後白河法皇の顔はかつてないほど哀しげで、そう語っているように知盛には思えた。

「励め」

後白河法皇は軽くあしらうように手を払うと、六条殿に差し込み始めた朝陽を見つめた。その足元から伸びる影は濃く、長く、微かに揺れているように見えた。

三

後白河法皇の謁見から二日後の夜更け。教経は一人で再び六条殿へと向かった。後白河法皇からの返事が来ることになっていたのである。共に行くと言ったが、やはり罠もあり得る以上、教経はどうしても一人で行くと言い張り、知盛がこれを受け入れたのだった。

「兄者、戻った」

教経が戻ったのは、透き通った青が満ち始める夜明けの頃であった。

京に来てから野宿する場は転々と変えていたが、この日は伏見の山中を塒としていた。そこに夜半、再び六条殿の西門が開いて一人の男が姿を見せた。こちらから声を掛けてもさして驚かなかったのは、前回と同じ男だったからである。

教経は書状を受け取って身を翻すと、ここまで一度も足を止めぬまま戻ってきたという。

「どうだ」

教経は中を確かめていない。ぐいと身を乗り出したその頬を、すでに小さくなった焚火の灯りが薄っすらと染めている。

「来る」

知盛は虫のすだきの如く静かに答えた。

後白河法皇は義経を呼んで、五条大橋に出るという「鵺退治」を命じた。義経は些か渋ったらしい。鵺など存在しないと思っている。それに今、義経の頭の中は、一刻も早く船を調達し、平家を攻めることで一杯だという。

一方、義経の一の郎党、弁慶はこの話に乗り気であった。普段はどちらかというと、無謀な義経に対し、弁慶は止める役に回ることが多いらしい。だが此度の弁慶は、

——たった一夜のことです。

と、むしろ強く勧める立場を取った。

恐らく弁慶は、源氏の中における今の義経の微妙な立場を理解している。個の武芸を重んじる武士たちの中にあって、鵺退治をしたという風聞は悪いようには働かないと考えたと見える。

加えて、噂によると義経と弁慶は五条大橋で出逢ったという。先の見通しも判らぬ今、平家討伐の前に、邂逅の地に二人で足を運んでみたい。そんな感傷的な思いも少しはあったのかもしれない。

そこまでを見通して、後白河法皇は五条大橋を選んだのではないか。凡人なら気付かぬような、ほんの些細なことでも利用する。やはり人を操るという一点において、あの御方の右に出るものはいないといえよう。

鵺は丑の刻（午前二時）に出る。

日が暮れると、知盛と教経は五条大橋を目指した。橋に辿り着いた後はただ立ち尽くし、茫と滲む月を見上げていた。

橋の向こう側に人影が見えた。大と小、影は二つ。真っすぐこちらに近付いて来る。歩みに怯えの色は一切見えない。彼らもすでに、こちらに気付いている。

鵺は人の形をして現れるのかと訝しんでいるのか。いや、すでに後白河法皇の何かの策謀を疑っているだろう。

教経の肩が微かに動く。ここに来るまで白布で包んでいた太刀は、すでに布を解かれ教経の腰に佩かれている。それは知盛も同じである。義経と戦うためではない。事を仕損じた時、逆に罠に嵌められた時、虎口を脱するための唯一の拠り所だ。

二つの影が橋の上に差し掛かる。やがて頼りない月明かりではあるが、その相貌もはきと見えて来た。

間違いない。あの日、京で擦れ違った男。一の谷の合戦の最中に遠目で見た男。義経である。

「鵺か」

両者の距離が五間（約九メートル）ほどまで近付いた時、義経が口を開いた。

声は想像していたより高く、童子のようだ。叫べば金切り声になるような色をしている。

一方、弁慶は近くに人を伏せているのではないかと警戒するように、周囲を、橋の下をゆっくりと見渡す。が、気配もないため、それはそれで奇妙だと思っているらしく、薄暗くとも判るほどの影を眉間に作っていた。

「鵺のようなものだ」

知盛はふわりと答えた。いるはずのない者がいる。似たようなものであろう。

「かの御方の命を受けて討ちに来たか」

「いや、語らいに来た」

この答えは考えていなかったようで、義経、弁慶が共に困惑の色を浮かべ、顔をちょっと見合わせた。

夜風が両者の間を抜ける。雲が流されて月が露わになり、じわりと闇が引き下がった。

「知盛だ」

「なっ……」

絶句したのは弁慶。義経の顔には、何故か喜色が浮かぶ。

「新中納言殿か」

思わずといったように、一歩、二歩と近づく足取りも軽い。弁慶がさっと胸の辺りに手を伸ばして止めねば、義経はここまで駆け寄ってきたのではないか。同時に教経もずいと前に踏み出して太刀に手を掛けている。

「真かそれは」

と、弁慶が訊く。その手には大薙刀が握られており、先ほどよりもやや身に引き寄せている。郎党如きと兄者は口は利かぬとばかり、教経がこれに応じる。

「真よ」

「ならば、まさかお主は」

「能登」

「王城一の強弓精兵……」

弁慶の大きな喉仏が上下する。

「弁慶」

義経が弁慶の手をはたき落とした。こちらが争う気が無いことを、義経は感じ取っているらしい。

「近付いても？」

「構わない」

義経の問いに、知盛は即座に答える。さらに縮まり三間（約五・四メートル）。互いに得物を抜けば触れ合うほどの距離である。やはり、何故か義経は相好を崩している。

「逢いたかった」

あまりに意外な一言が義経の口から飛び出し、今度は知盛が驚きの声を上げる番であった。

「それは……」

「一の谷の布陣、真に見事でした。小松新三位にわざと三草山を捨てさせ、後に背後を衝こうとするなど、危うくこちらが敗れるところでした。いや、そもそもあれに気付いたのは偶然によるところも大きく……」

義経は滔々と語る。己だけでなく、教経もまた、

——九郎とはこのような男か。

と衝撃を受けているようであるが、弁慶に驚いている様子は無い。ということは、これが義経の常の姿なのであろう。加えて、かねてより己のことを語っていたのかもしれない。

「そして屋島の一戦。上手く渡れるかどうかは十のうち三か四と見立てていましたが、賭けに出なければ蒲殿は今頃この世におられなかったでしょう。いや、薄氷を踏むが如き戦でした」

と、義経はさらに話を続けて、今度は教経のほうを向く。

「能登殿もなかなかのお手並でしたぞ。出来れば船の半数は焼いておきたかったが、まんまと全て逃げられてしまいました。勇猛だが戦の仕様を知らぬなどと言う者ばかりで些か油断しておりました。その目は節穴か！　と、きつく叱っておきました」

義経は身振りを挟みつつ、へらへらと笑いながら語る。その様に教経は怒りが抑えきれなくなったようで、歯を食い縛り、唸り声を上げた。

「貴様のせいで一の谷、屋島で多くの一門、郎党が死んだ……」

「それはこちらも同じこと。それに人は皆、いつかは死ぬるものだろう？」

義経は首をひょいと捻る。その瞬間、教経の全身から怒りが迸るのを感じた。

「能登！」

知盛は教経の手を押さえる。太刀は鞘口が切られたところで止まっている。すでにその時、弁慶は俊敏に薙刀を構えている。義経はというと、何が教経の気に障ったのか皆目解らぬといった

様子で、ただただ顔を強張(こわば)らせていた。

「兄者……」

「散った一門、郎党のためにも」

知盛が低く言うと、教経は気を鎮めようとするように鼻から息を吐いた。

「兄者、すまない」

「俺も驚いている」

知盛は苦々しく頬を歪(ゆが)めた。常人ではないと薄々感じていた。だが今、眼前に立ってみると、義経は己の想像の遥(はる)か上をいっている。天から軍才を授かるのと引き換えに、何か大切なものを失ったかとさえ思えてしまう。

「新中納言殿……」

弁慶がふいに呼んだ。その呼び掛けには、義経とはこのような人であるということも、詫(わ)びも含まれていると感じた。

知盛が頷くと、弁慶は重々しく続ける。

「御曹司(おんぞうし)は……ことあるごとに新中納言殿の話ばかりされている」

「何故でしょう」

その問いに答えたのは義経であった。

「貴殿がおらねば、あのような美しい戦は出来なかった故な」

「美しい？」

知盛がさらに問い返すと、義経はがくがくと首を縦に振る。

「頭の中に幾千、幾万の美しい戦の形が浮かぶのだ。試してみたいものの、形になるかどうかは相手次第。ですがこれまで一度たりとも美しいと思えたものはなかった……」

義経は真に残念そうに深い溜息をつき、さらに言葉を継いだ。

「しかし木曾殿を破った水島の戦の様子をつぶさに聞き、これはもしやと思っていたのだ」

義経はまた嬉々とした様子で語った。知盛は夜風に溶かすが如く静かに尋ねた。

「その見立てが当たったと……」

「ああ、貴殿は私と同じ景色を見ておられるだろう？」

義経は無邪気な笑みを浮かべた。

「だが、そちらが一枚上手だった」

「いや違う」

義経はこれまでで最も強い口調で断言すると、柔らかな調子で続ける。

「どちらが勝ってもおかしくなかった……あれから私は頭の中で幾度も一の谷を戦ってみたが、幾度かは貴殿に敗れている」

「運を含めば誰でもそうなる」

「いいや、貴殿以外なら百度戦えば百度勝てる」

「凄まじい自信だ」

知盛は苦く頰を緩めた。義経の目に一切の迷いは見られない。真にそう信じ切っている。いや、真に自信があるのだろう。

「力が伯仲（はくちゅう）しているから運の巡りに左右されるだけ。戦の下手（へた）な者に幾ら運が付こうが、無理やりこちらに引き寄せられる。新中納言殿ならばお解り頂けるでしょう」

「解る」

「やはり」

義経は破顔して弾かれたように頷いた。初めて理解者に巡り合えた。そのような恍惚（こうこつ）の笑みである。

「次は船戦（ふないくさ）になりましょう。楽しみですな」

紅葉（もみじ）狩りを楽しみにしている童の如く、義経は弾んだ声で言った。

「いや、当方としてはもうやる気はない」

「そ、そんな……嘘でしょう。まさか降る気なのですか」

知盛の毅然（きぜん）とした言葉に、義経は明らかに狼狽（ろうばい）した。

「仮に平家を滅したとしても、それから間もなく貴殿も……殺される」

知盛が言い終えた時、月光がまた雲に遮（さえぎ）られて翳（かげ）った。

「弁慶と同じことを……」

義経は弁慶の顔を窺った。

「お気付きだったか」

知盛の問いに、弁慶は何も答えない。感情の発露を抑え込むように、下唇をぐっと上げた。

「兄上が私を殺すなどあり得ない。常々そう言っているのだが、新中納言殿まで……」

義経は呆(あき)れたように溜息を零した。

弁慶は気付いていただけでなく、これまで幾度か忠告して来たらしい。それを義経は全く意に介さず、受け入れないということだろう。

「弁慶殿が正しい」

「あり得ない。兄上、血の繋がった兄ですぞ。そもそもその理由がない」

義経は真っすぐにこちらを見つめる。その瞳(ひとみ)には一点の曇(くも)りも無い。

「なるほど……」

今度は知盛が丸い息を零す番であった。

弁慶はこちらを見て小さく首を横に振る。一番の郎党である己が話しても駄目だったのだ。だから無駄。そう言っているように思える。

——これは戦が滅法(めっぽう)強い子どもだ。

知盛は困惑しながら心中で呟(つぶや)いた。

義経の生(お)い立ちを大まかには知っている。その中で何がそうさせたのかは判らないが、子どものまま躰だけが大きくなった。そのような男が天賦(てんぷ)の軍才を有している。それが源九郎義経という存在らしい。

このように仮定すると、先ほどの義経の言動もすんなりと理解出来る。

藤原秀衡が義経を溺愛(できあい)したのもその無邪気さ故ではないか。一方、後白河法皇はそこに付け入る隙があると見ており、兄の頼朝は危うさを知りつつ利用しようとしている。

「九郎判官殿……頼朝を……兄を信じると？」

知盛は絞るような声で尋ねた。

「当然だ」

義経の白い歯が薄闇に浮かんだ。眩しいほどの純然たる笑みである。

何故そこまで信じられるのか、と問うたところで意味はない。たとえ別々に育ったとしても、義経にとってはそれが兄弟というものらしい。

この考えならば源氏ではなく、むしろ平家に生まれていたほうが、義経は幸せな一生を送れたのではないか。己や教経、知章、重衡、そして清盛。共に語らい、共に笑う義経。あり得ぬことだが、ふとそのような光景が脳裏を掠めて消えていった。

「俺と……あと一度しか戦わぬつもりか」

知盛は兄弟に向けて話すような口ぶりで言った。

「え……」

「貴殿が奥州で起てば、一度だけでなく何度でも、俺は戦う」

「真ですか」

義経は目を輝かせた。苦し紛れに出た一言だったかもしれない。だがこの男に常の説得では意味がなく、このほうが響くのではないかと考えた。そしてそれは外れていなかったらしい。

「真だ。平家、源氏、そして奥州藤原と貴殿。挑むならば幾度でも俺は全力で迎え撃つ」

「おお、それは良い」

義経は感嘆の声を漏らした。

「それに貴殿は大きな勘違いをなさっている。兄弟とは、ただ諾々と従うべきものではなく、過ちを犯せば諫め、時に立ちはだかってでも止めるものだと私は思う」

「もしも兄が間違った時に、私が止めるためにも……と、いうことですか」

頭の回転自体は頗る速いのだ。義経はこちらが言わんとすることをすぐに察し、首を右に左に何度も捻る。それだけでなく、遂には頭を抱え込んで唸り声を上げる。己の言葉が、義経に葛藤を生んだのは確からしい。

弁慶はこれを一切止めようとしない。このように迷う姿を見たのは初めてなのだろう。驚きを隠そうともせず、むしろ期するような面持ちで主人と己を交互に見ている。

「新中納言殿とは何度でも戦いたい……でも……兄上を……」

ぶつぶつと義経は呟き、遂にはその場にしゃがみ込んだ。その表情は真に苦しげであった。

「御曹司」

弁慶も思わずというように呼んだ。

「少し考えさせてくれ……」

義経が言ったその時である。不気味な低い音が耳朶に届いた。跫音。それも夥しい。何かがこちらに迫っている。

「謀ったか！」

「兄者、罠だ！」

弁慶と教経の叫びが重なる。

次の瞬間、弁慶は義経の前に立ちはだかろうとした。薙刀を伸ばせば知盛を斬(き)れる距離。教経がそれを許すはずがない。雷光の如く太刀を抜き放つと、弁慶の持つ薙刀の刃(やいば)を払い除(の)けた。

弁慶は払われた勢いのまま得物を旋回(せんかい)させ、柄で教経の顔を狙う。教経は仰(の)け反(ぞ)って鼻先で躱(かわ)すと、太刀で掬(すく)い上げるように斬り上げる。それを弁慶は薙刀で見事にいなした。

目にも留まらぬほどの凄まじい攻防である。薙刀と太刀、撃ち合う甲高(かんだか)い音が間断なく月夜に響く。老練な楽器奏者二人が、競(きそ)うように、助け合うように旋律(せんりつ)を奏(かな)でる様に似ている。

薙刀で風を巻くかの如き一撃を繰り出しつつ、弁慶が痛烈に吼(ほ)えた。

「平家の残党の策謀だったか！　おかしいと思った。お主らは新中納言でも、能登でもないだろう！」

「腕に訊いてみろ」

片や、教経の声は低く遠雷の如し。

身を低くしてすんでのところで躱し、数本の髪が宙に舞い、再び降り注ぎ始めた月光に煌(きら)めく。屈(かが)みこんだまま放たれた太刀は胴を狙っていた。

弁慶は己たちが後白河法皇と組み、義経を亡き者にしようとしたと考えている。当然、そのような計画はないものの、後白河法皇が策謀を巡らせていないという保証もない。

一方、教経としては、義経が後白河法皇の「鵺」の話を策謀と見抜いており、麾下の武士たちを待機させ、何らかの合図を送って呼び寄せたと思う。先ほどまでの義経の煮え切らぬ態度も、時を稼ぐためだと考えてもおかしくはない。

ただ知盛には解る。義経も解っている。

——そのようなものではない。

と。その証左に、二人とも太刀に手を掛けるどころか、舞うが如く闘う勇士どもを間に挟み、ただ無言で見つめ合うのみである。

——どうする、九郎殿。

二人の意思が視線にて交わされる間にも、教経と弁慶の戦いは続く。

互いに万夫不当の猛者。一瞬の気の緩みは死に繋がる。不意に始まったこの戦い。己たちが幾ら声を掛けたとしても、

——止まらぬ。

と、知盛は悟っている。

もしかすると世に蔓延ってきた戦の大半は、このような擦れ違いに端を発するのかもしれない。

「少しでも信じようとした我が愚か——」

弁慶は咆哮を発して薙刀を振り上げる。教経は退かぬ。それどころか前へと大きく踏み込んで悲痛ともいえる叫びを上げた。

「弁慶‼」

「なっ——」

教経はぐっと間を詰めて裏頭を摑むと、気合と共に弁慶の巨軀を投げ飛ばした。橋板に強かに叩きつけられたものの、流石、弁慶は薙刀を離すことはない。そのまま身を起こして薙刀を構えようとするが、教経はすでに太刀を振りかぶっている。

「能登！」

知盛の咄嗟の叫びで、教経の手がぴたりと止まった。弁慶は死を覚悟しており、目を閉じて頰を引き攣らせていた。

「逃げるぞ」

「何故だ……俺たちは嵌められたのだ……」

「違う。だがそれを論じることも、もはや詮ないことだ」

跫音はすぐそこまで近付いている。その数は少なくとも百を超える。

「九郎殿を連れて逃げたほうがよい」

弁慶は助けられた屈辱に歯を食い縛っていた。だがこの男にとって、そのようなことよりも義経の身の安全のほうが重いのだろう。知盛の一言ではっと我に返る。

少なくとも己たちが罠を張った訳ではないことは理解したらしい。後白河法皇、あるいは何かを察した頼朝の手の者。いずれにせよ義経がここにいるのはまずい。

「新中納言殿……」

義経は震える声で呼んだ。戦場ではその顔に神韻が漂うのだろう。だが今の義経は、ただ困惑する子どもの如く憐れな顔をしていた。

誰が、何のために、人を差し向けたのかはもはや問題ではない。危険を承知で、恥を忍び、針の穴に糸を通すが如く一縷の望みを懸け、義経を説き伏せに来た。が、その道は、

——今は破れた。

と、言わざるを得ない。

「やりましょう。身命を賭して」

知盛は精一杯の笑みを投げかけた。すると義経はぎゅっと口を結んで頷く。

それと同時に知盛は駆け出し、義経の脇を走り抜けた。互いに橋の上で擦れ違う。まるで平家と源氏の命運そのものが交差したかのような錯覚を覚えた。

「兄者」

後ろに続いていた教経が追い抜いた。眼前の路地から、わらわらと薙刀を手にした男たちが姿を見せたのである。右に折れるか、左に折れるか、目まぐるしく頭が回転する。待ち伏せされた袋小路に入るのが最も恐ろしい。

義経は確かに迷っていた。次の一戦で平家が勝てば、さらに心を揺さぶることができるのではないか。そのためには、もはや正面から激突するしかない。その覚悟が言葉となって口を衝いて出た。

「突っ切るぞ」

「承知」

教経は振り返ることもせずに、

「死にたくなければ下がれ‼」

という雄叫びと共に、衆に躍り掛かった。

教経の威風に押されて及び腰になる者、腰を抜かす者、一合も交えず逃げ出す者もいる。それでも向かって来た者を容赦なく迎え討ち、赤い飛沫を舞わせた。

「一条様にお伝えしろ！　とても止められ――」

助けを求める男は、教経の太刀で切り裂かれて絶命した。

――あの居丈高な公家か。

この手勢を送った者の正体が見えた。一条能保と謂う男。五摂家の一条家とは別の公家である。妻は頼朝の同母妹で鎌倉とは親密な繋がりがあるはずだ。平家が去ってからの京で、鎌倉の手先のような動きをしていると聞いている。

この一点をもってしても、義経が頼朝に疑われていることが明白である。

知盛も太刀を抜く。教経が切り開いた一本の道を走り抜ける。

「貴様ら、何者だ⁉」

「鵺よ」

薙刀を繰り出した男の腕を、知盛は走りながら斬った。

悪意の群れを突き抜け、二人はなおも疾駆する。振り返ることはなかった。振り返る必要もない。心の中で青き春を生きた故郷に、おかしな時代の同伴者に別れを告げ、知盛はただ前を見据えていた。

第十二章

壇ノ浦に問う

*

さる程に九郎大夫判官義経、周防の地におしわたつて、兄の参川守と一つになる。平家は長門国彦島にぞ着きにける。源氏阿波国勝浦に着いて屋島の戦にうちかちぬ。平家彦島に着くと聞こえしかば、源氏は同国のうち、追津に着くこそふしぎなれ。源氏の舟は三千余艘、平家の舟は千余艘、唐船せうせうあひまじれり。源氏の勢はかさなれば、平家の勢は落ちぞゆく。

夕刻、西仏が訪ねて来た。

襖を開けると西仏は軽く会釈をして足を踏み入れる。

部屋に満ちるのは衣擦れの音のみである。西仏の顔が常よりもやや強張っている。それが判るほど、この僧とは同じ時を過ごして来た。いや、時そのものは一生の長さに比べればあまりに短い。

ただ二人で共に旅をした過去の時は十分に長く、濃密なものであった。その旅も今宵で終わる。

「お変わりはありませんか」

西仏は尋ねた。前回、京都守護を務める一条能保に屋敷に踏み込まれた。西仏を招くこと自体は何の罪にもならないが、念のために裏口から逃がしたのである。その後、

それを西仏も解っている。

――ご心配なく。

とは伝えたが、やはり西仏も気に掛かっていたらしい。

「西仏様のことを嗅ぎつけた訳ではありませんでした」

あの日、一条は屋敷の中を念入りに検めた。その途中、配下の者への口振りから、一条が何を探しているのか悟った。それは西仏ではない。故にこの部屋に来て、一条が、

――誰かいたのですか。

と迫った時も、数日に一度、僧と共に琵琶を楽しんでいると話した。

その時の一条の顔を見て、それもすでに知っていると見た。知っているが、それは特段問題にしていないといったところか。西仏に平家物語を教える真意を、一条は全く理解していない。

「それを聞いて安堵致しました」

「はい」

「やれますか？」

西仏が尋ねたのには訳がある。

すでにこの後の調べ、唄は伝え終えている。ここの章段だけを後に回した。ここが特に難しい

からとか、そのような理由ではない。

この章段だけはどうしても満足にやり通せたことがない。琵琶を手にしたまま、奏でている途中で茫然としてしまうこともしばしばだった。人に教えるにはそれではいけない。故に西仏に頼んで最後にしてもらったのである。

「始めましょう」

琵琶を手に取り撥で弾く。この音を何と表せばよいのか。低いとも、高いとも違う。高低幾つもの音が入り混じっているように聞こえる。幾つもの感情を持ち、時にそれらが複雑に入り混じる、苦しむ人の声そのものに似ていた。

調べは激しくなり、声に熱も籠る。つうと、頬に涙が伝った。

知章の場面も感情が込み上げるが、こちらは実際にこの目で見ているだけに溢れるものを制しきれない。

あの日、あの時の光景が昨日のことのようにありありと脳裏に浮かぶ。朗らかな声が、柔らかな匂いが、優しい手の温もりさえもまざまざと蘇るのだ。

新中納言知盛は平家物語の中に生きている。奏で、唄う度に逢うことが出来る。だがその度に別れも訪れる。これでもう幾度目かの別れであるが、慣れることはない。

あの人は、夫は、己の一生そのものであった。

「希子様……」

全てを唄い終えた後、西仏は初めて名を呼んだ。いつの間にか瞑っていた目から、とめどなく涙を流しているのを心配したから。いや、今この時、ただ一人の妻として、今は亡き最愛の夫を追う姿が、思わず己の名を呼ばせたのかもしれない。瞼に浮かんでいた知盛が薄れていく。それは皆を鼓舞する凜々しい姿でも、勇壮に太刀を振りかぶる姿でもない。何気ない日常で繰り返し目にした、優しく微笑むあの姿であった。

「これにて」

希子は声を震わせながら微かに頬を緩めた。瞼に浮かぶ夫の笑みがそうさせたのだ。

「承りました」

西仏もまた、口を窄め、拳を震わせながら頭を深々と下げた。

二人の旅は終わったのである。そしてもう二度と、西仏とも逢うことはないだろう。

二つの別れが重なり合う中、希子は万感の想いを込めて礼を述べた。

「ありがとうございました」

知盛は死の数日前、

——これを頼めぬか。

と、切り出した。

それがこの平家物語である。当時はまだそのような名さえついていなかった。知盛は父、兄弟、そして一門のことを世に留めようと、この唄を日記代わりにただ編んでいたのである。

あの時、知盛はすでに死を覚悟していた。自らの死を唄に残すことは出来ない。故に己に託したのだ。

「無茶ばかり」

西仏に聞こえぬほど、希子は蓮(はす)の花が弾(はじ)けるような、密(ひそ)かな声で呟(つぶや)いた。

今、思い起こしてもそう思う。知盛に頼まれたあの時、己は琵琶を弾くどころか、ほとんど触れたことさえなかったのである。他にこのようなことを頼める者がいなかったということもあろう。ただ、それだけが理由ではないと希子は思っている。

知盛はきっと己に、

――生きて欲しかった。

に違いないのだ。そのために生きる目的を与えようとしたのだ。

知盛の死後、平家滅亡の後、希子は生き続ける道を選んだ。希子は高倉天皇(たかくらてんのう)の第二皇子の乳母である。その守貞親王(もりさだしんのう)を守り、建礼門院(けんれいもんいん)をはじめとした一門の女たちと共に京へ戻った。後に守貞親王は上西門院統子内親王(じょうさいもんいんとうこないしんのう)の養子となったため、希子は乳母として上西門院に仕えることになった。この頃には四条 局(しじょうのつぼね)などと呼ばれるようになった。

琵琶を習得する機会は早々にやってきた。守貞親王が藤原 孝道(ふじわらのたかみち)に師事することになったのである。藤原孝道は琵琶の名手としてその名を知られている。さらに演奏だけに留まらず、自ら壊れた楽器の修理、製作までしており、

――管絃(かんげん)音曲の精微(せいち)を窮(きゅう)す人也。

と、評された人である。

この藤原孝道に、希子は琵琶を教えて欲しいと頼み込んで容れられた。こうして守貞親王と共に師事することとなったのである。

希子は懸命に琵琶を学んだ。師に学ぶだけでなく、昼夜に亘って暇さえあれば琵琶を弾いた。あまりに没頭し過ぎて、朝を迎えることもしばしば。琵琶を抱えながら、座ったまま眠りに落ちたこともあった。

希子は琵琶の習得に励み、この物語を編み上げることに没頭した。そして、ようやくこれを西仏に伝えることが出来た。知盛の死後、十一年の月日が流れている。全てを終えた今、知盛の後を追おうとする気持ちは霧散している。知盛の思い描いた通り、いや願った通りになっている。だからといって、夫への想いが色褪せた訳ではない。むしろ強く、それでいて柔らかなものとなって、希子の胸に留まり続けている。

「この後は？」

希子は触れていた琵琶から、ゆっくりと西仏に視線を移して尋ねた。

「支度をした後、明日、明後日にでも京を出ます」

「よろしくお願い致します」

希子は頭を下げた後、さらに言葉を紡いだ。

「聞きました。もう寺にはおられなかったのですね……」

西仏は処を変えていた。それも一月以上前からだという。今は北白川近くに古くからある廃寺で暮らしているらしい。

希子がそれを知ったのはつい最近である。これまでは毎回、別れ際に次の約束をし、その通りに西仏が訪ねて来ることの繰り返しであった。ただ前回、一条に屋敷に踏み込まれたため、こちらから改めて次の日時の変更を伝えねばならなくなった。家人がその旨を西仏に伝えたところ、

――お待ちを。実はすでに処を変えております。今の処は――。

と、語ったらしい。何故、西仏が住む場所を変えたのかは明白であった。

「念のためでございます。師や同門の者に迷惑を掛けぬように」

西仏は静かに語った。

平家物語を伝授される中、西仏も次第に身の危険を感じるようになったらしい。師の法然は平家物語伝授の真の理由を知っている。己もまたその全てを聞いてここに来たのだから覚悟は出来ている。だがやはり師に累が及ぶのは避けたいと思ったという。

「それに……こうして託して頂いているうちに、どうしてもやり遂げたいという想いが強くなりましたので」

「何度、お礼を申し上げればよいか」

感謝しかなかった。そもそも、西仏はどうしてこれを引き受けてくれたのか。何となく興味を惹かれたからか。あるいは自らの兄である海野幸広が物語の中で如何に語られているのかを知りたかったのか。恐らく当初の理由は違ったものだっただろう。だが今は、己と同じ想いでいてくれているのは間違いない。

「二つ、最後にお尋ねしても」

静かに尋ねる西仏に、希子はすぐに頷いた。

「お会いにならず、本当によろしいのですか？」

「はい」

子に。と、いう意味である。

知盛は遂に、生涯側室を持たなかった。つまり知盛の子は、己との間に出来た子のみとなる。嫡男知章は父に先立ち、一の谷の戦いで若くして死んだ。早くから仏門に入れた次男の増盛は京で暮らしており、時折会うことが出来る。娘は己と共に京に戻り、藤原南家高倉流、藤原範季の次男範茂との縁談が決まっている。

西仏の問いは残る二人の男子のことを指している。

都落ちの途中、屋島で生まれた四男の鬼王丸、知宗は最後の戦いの直前、数人の郎党と女房を付けて長門国へ逃がした。これは今、武藤資頼が庇護してくれている。

武藤は初め知盛の麾下の部将であったが、一の谷の戦いで源氏方の捕虜となり、その後許されて頼朝の御家人となった。

平家没官領を調べて回るように命じられ、その任務の途中、長門国の山谷に潜んでいる知宗を見つけたのだ。もはや一巻の終わり。誰もがそう思った。だが武藤は知宗だけでなく、その郎党、女房まで含めて、誰にも言わずに自領に連れ帰ったのである。その上で、己のもとに密書を飛ばし、

——某の養子に貰い受けたい。

と、申し出てくれた。

武藤は知盛のことを敬愛していた。一の谷の戦いで死ねなかったことを深く悔いながら、それでも一族郎党のためにと生き続けていたのである。そのような武藤にとって、知宗を鎌倉に差し出すつもりなど露ほどもなかった。むしろ己が生き延びたのは、このためであったのか、とさえ思えたらしい。

知宗を救うことで、虚無の中にあった武藤にも生きる道が示された。知盛の生きた軌跡がそうさせたのかもしれない。

こうして知宗は、出世して鎮西奉行となった武藤と共に九州の地で生きている。その経緯から会うことは叶わない。しかし、同じ空の下で生きていると思うだけで希子は幸せであった。

「そう仰ると思いました。しかし今一人の……」

西仏は一層、声を落とした。

「知忠ですね」

希子は吐息混じりに応じた。

最後の一人、知忠。平家が京から落ちる際、伊賀に逃がした三男である。伊賀国で源氏に抵抗を示した平田入道が敗死した後も、知忠は乳母子の橘為教のもとで庇護され続けた。

伝聞であるが、知忠は強く慕っていた兄知章の訃報に触れた時には一昼夜に亘って号泣したらしい。その後、父知盛の死を知らされた時は、一転して一滴の涙も零さなかった。ただその目には激しい憤怒の色が浮かんでいたという。橘為教は知忠が長じれば、父や兄の復讐をするかもしれないと伝えて来た。

　復讐などを考えてはいけない。生きるだけで父上も兄上も喜んでくれる。希子は書状を送って宥め続けていた。知忠の返書にはいつも、

　――解っております。

とあった。しかし知忠が武芸の修行に明け暮れていると、橘為教は常々報せて来ていたのである。

　そして憂慮は真になった。西仏に平家物語の伝授を始めたのとほぼ時を同じくして、知忠は忽然と伊賀から姿を消したのである。知忠は頼朝を暗殺しようとしている。希子はそう直感した。

　――何とか知忠を止める手立てはないか。

　希子はそう考え続けていた。知忠は己が、いや亡き父知盛が、何のためにこの物語を編んだのか、何故西仏に伝えるのかを知らない。知ればきっと復讐を思い止まってくれるはずだと信じているが、反対にそれを知ることで知忠が暗殺を企てることもあり得る。そうなれば、全てが水泡に帰す恐れすらあるのだ。

　だが知忠はすでに伊賀から姿を消している。何処に書状を送ればよいのかも判らなかった。

「では……」

　西仏は真剣な眼差しを希子に向けた。何とか伝授は間に合った。だが知忠を止めるには至っておらず、ここからの西仏の行動に影響が及ぶことも覚悟したのだろう。

「いえ、知忠は思い止まってくれました」

「何と。しかし、いつ、如何にして」

「とある場所に家人を配し、見張らせておりました」

知忠は家族への想いが一際強い子であった。だからこそ長年に亘って、父や、兄の仇を討ちたいという思いを捨てきれなかったともいえる。そんな知忠が入洛すれば、何処に足を運ぶのかは明白であった。

「西八条殿の近くの……」

「はい。かつて私たちの屋敷があった場所です」

木曾義仲の入洛を前に平家自らの手で火を掛けられ、炎に呑まれて焼け落ちた後、そこは瓦礫の集積所になった。近くには再び建物が建ち始めているが、己たちの屋敷跡は今も瓦礫が撤去されずにそのままである。

その地に、希子は自ら認めた書状を持たせた家人を置いた。多少の危うさはあったが、知忠がことを起こしてしまえば終わり。家人のうち三人を屋敷跡に行かせて、それからはそこで寝泊まりをさせ、見逃さぬよう命じた。

丁度、西仏に屋島の戦いのあたりを伝授していた頃である。

知忠は来た。知盛がかつて洛中に戻った時の恰好を知るはずはないが、まるで示し合わせたかのように、知忠も商人の装いをしていた。知忠は往時の面影すらなくなった屋敷跡に暫し茫然と立ち尽くしていたという。

声を掛けると、知忠は咄嗟に逃げ出そうとした。が、己の命で来たと家人が言うと足を止めた。

伊賀へ逃れてから幾星霜。しかし、知忠も家人の顔を覚えていたらしい。

——父上はそのようなことを……。

書状を読み終えると、知忠は絶句していたが、やがてそう声を絞り出したという。

頼朝が近く京に入ろうとしているという報を知忠は摑んでいた。やはりそれを討とうと考えていたらしい。だが己の書状で知盛の遺言を知り、仇を討つ以上に為さねばならぬことがあると、知忠は悟ってくれた。

だがそれを知ってなお、いや知ったからこそ、知忠は伊賀に戻るつもりはないと家人に言ったのだろう。

——私が京に潜伏していると、噂を流布させます。

己たちが計画を成し遂げるために、最も警戒すべきは頼朝。一条ならば見逃してしまう些細な予兆も、頗る勘の鋭い頼朝が京に来れば、その背後の動きすら看破するかもしれない。ならば敢えて刺客が京に潜伏しているという噂を流し、頼朝の入洛を遅らせ、時を稼ごうというのが知忠の考えである。

家人は己に諮ると伝えたが、知忠は微笑みながら、

——母上は反対なさる。だが私も戦いたい。そう伝えてくれ。

と言い残して、その場から駆け足で去ったらしい。家人いわく、知忠の笑う顔は、亡き知盛に瓜二つ。父と見紛うほどの立派な大人に成長していたらしい。

「故に頼朝の入洛が遅れているのですね……」

西仏が処を移した理由の一つも、頼朝を警戒してであった。だが頼朝は当初の予定を変えて京には現れなかった。

「余計な心配を掛けたくはございませんでした。お伝えするのが最後になり、申し訳ございません」

希子は深々と頭を下げた。

「いえ……身が引き締まる思いです」

知忠とは以後、音信が絶えている。ただ己が知忠をも巻き込む覚悟を決めたことを、西仏は感じ取ったのであろう。

「今、平家は二度目の滅びを目前にしています」

希子はそこで細く息を吸い、ゆっくりと言葉を継ぐ。

「それは木曾殿も同じ」

「はい。兄上も」

西仏は力強く頷く。

「そして……九郎判官（くろうほうがん）殿も」

希子は義経（よしつね）という男を憎んではいない。きっと知盛も同じ想いであるから。今、その義経も、二度目の死を迎えようとしている。

暫しの無言、己と西仏の間に惜別（せきべつ）の想いが漂う。それを振り切ったのは同時で、互いの言葉が見事にぴたりと重なった。

「お達者で」

「達者で」

西仏は腰をさっと上げると部屋を後にする。常ならば一礼するのに、今日は振り返ることもなかった。西仏の衣に焚き染められた香の匂いが微かに宙を漂う中、希子は改めて戦いに臨む決意を固めた。


西仏と別れた翌日の夕刻のこと。希子が住まう屋敷に激震が走った。頼朝の京の手先である一条能保が、再び乗り込んで来たのである。

前回は百を超える兵を率いて屋敷を囲んだが、今回は僅かな従者のみを引き連れていた。何でも、今日は中を調べるつもりはなく、ただ己と話がしたいと言っているらしい。

希子は顔を白くした家人から報せを受けると、奥の一室に招き入れるように命じた。

「度々、押し掛けて申し訳ない」

二人きりになると、一条はまず、そう言った。居ずまいすら異なる。前は焦りに突き動かされているのが感じられ、物言いも居丈高だったが、今日は何処か落ち着きを感じる。

一条の鬢に白いものが交じっているのを見つけ、希子は時の流れを感じた。

先日、知盛と義経が五条大橋の上で密かに会った時の話を思い出していた。その時、知盛らを捕らえようとしたのもこの一条であった。

知盛と義経が邂逅した場所に己はおらず、当然ながら一条の様子も見てはいない。だが何度も想像するうちに、まるでこの目で見たかのように、一条が狼狽する顔までありありと頭に浮かぶようになってしまっている。その想像の中の一条は今の相貌よりも遥かに若い。故に時の流れを感じてしまったのであろう。

あの日、一条が何故、五条大橋に兵を差し向けたのか。凡そだがその経緯は摑んでいる。知盛と義経は、どちらも互いの奸計だとは思っていなかった。教経、弁慶は疑いあっていたが、結局どちらも関与してはいない。

では誰が密告したか。

次に思い浮かぶのは後白河法皇である。だがこれも違った。後白河法皇は一条が兵を動かしたことを知り動揺していたと、当時の側近から聞き及んでいる。

どうも、義経の周囲、頼朝の郎党が、義経が姿を消したことに気付き、一条に伝えたというのが真実のようだ。さらに具体的に名を挙げれば、それは梶原景時らしい。

義経と梶原はことあるごとに対立していた。梶原は頼朝の郎党であって、義経の郎党ではない。目付けのような存在として義経軍に加わっているのだから、衝突することがあるのも当然といえよう。もともと相容れぬ中、屋島の戦いの折には船に逆櫓を付けるか否かで論争となり、両者の仲は一層険悪となった。

梶原は義経の失脚を狙って、常に動向に目を光らせていたのかもしれない。あるいは頼朝が平家討伐後、義経に罪を着せようと周辺を探らせていたということも考えられる。

ともかくそれが、一条が五条大橋に兵を送った理由であった。

「用向きは」

　一条が口を開かぬので、希子のほうから尋ねた。

「ちと、話をしたいと」

「それだけならば……お引き取りを」

　希子がちくりと言うと、一条は不敵に口角を上げた。

「まあ、よいではないですか」

　手を少し上げて制し、ゆっくりと言葉を継ぐ。

「貴女の御子息が洛中に潜伏し、鎌倉殿(かまくらどの)を殺(あや)めようとしているとの噂があったため、前回は匿(かくま)っておらぬかと屋敷を探させて頂きました」

「そして見つからなかった」

「左様」

　希子の厳しい口調にも、一条は動じない。何か隠しているのか。訝(いぶか)しみながら、希子は更に問い詰めた。

「そもそも知忠が京にいるというのも風説に過ぎないのでは？」

「それはどうでしょう。実際、伊賀からは姿を消したとのこと」

　どうやって探ったのかは判らないが、一条はその事実を摑んでいるらしい。

「しかし何度訪ねて来られても、この屋敷にはおりません」

「そう仰るからには、きっとそうなのでしょう。今回、私が来たのは別の用件です」

一条は一呼吸置き、静かに続けた。

「屋敷に僧が出入りしていますな」

「それはすでにお伝えしたはずです」

希子は即座に切り返した。僧が出入りしているだけでは何の罪にも問えない。下手に隠し立てするより、予め正直に話したほうがよいと考え、一条にはその旨を伝えてある。

「何をしている」

「琵琶の修練です。それもお伝えしたはずです」

「琵琶とともに何を語っているのだ」

一条は低く訊いた。

核心に迫る問いである。これまでの一条の様子では、そこに気付くとは思っていなかったために驚きはあった。だが希子は顔には一切出さない。しかしこちらが口を開くより早く、

「鎌倉殿から書状が届いた」

と、一条は話を転じた。希子が押し黙っていると、一条はさらに言葉を継ぐ。

「過日、貴女の屋敷に踏み込んだこと。しかしそこに知忠の姿はなかったこと。あとは家人たちの様子。僧が琵琶の修練のために出入りしていること……出来る限り詳らかに報じよと命じられていたので、見たままをお伝えした。その返事である」

一条はつらつらと述べると、目を細めてさらに続けた。

「鎌倉殿いわく、その僧が怪しい。知忠との使いを務めているのではないかと」

「あり得ませぬ」

事実、違うのだから堂々と希子は言い切った。

「ふむ」

一条は顎に手を添えた。もう少し疑うかと思ったが、得心しているように見える。

——西仏殿の後を尾けたのだ。

と、直感した。

そして知忠と連絡を取り合っていないことを確かめているのではないか。今の問いも念のためにぶつけただけ。故にこうも簡単に納得したのだろう。

「お解り頂けましたでしょうか」

希子が尋ねると、一条は少しばかり首を捻った。

「鎌倉殿はほかの筋もお考えだ」

「それは」

「僧に伝授した唄そのものが、源氏にとって不都合なものではないかと疑っておられる」

希子は鼓動が速まるのを感じた。血が全身を駆け巡り、掌にじわりと汗が浮かぶ。

——やはり。

頼朝は恐ろしいほど勘が働く。

京と鎌倉、百里の距離を隔てていてこれである。もし予定通り頼朝が京に乗り込んでいたならば、もっと早くに勘づかれてもおかしくなかった。

「図星のようだな」

「さて……」

希子は言葉を濁した。数少ない手掛かりで、ここまで辿り着く推察力は脅威というべきであろう。

ただ、もう後の祭りである。己は西仏に一切を伝授し終えた。今日、明日にでも西仏は故郷の信濃に向けて発つ。その後は日ノ本中を旅し、「平家物語」は世間に遍く流布されていくのだ。

「西仏と謂うそうだな」

一条は何もない宙に視線を外して続けた。

「木曾殿の麾下におり、俗名は海野幸長……」

希子は背にも滲んでいた汗が珠となって伝うのを感じた。すでに西仏のことは徹底的に調べられている。そうなると、わざわざ寺を出て、新たに構えた塒も露見しているのではないか。希子がそこまで考えた時、一条はにやりと嫌らしい笑みを浮かべた。

「心配か」

「まさか……」

「今頃、我が配下に捕えられているだろう」

部屋を出るために希子が立ち上がるのを、一条はさっと手で制す。

「何処へ」

「所用で」

希子は睨みつけながら鋭く言った。

「無駄よ」

一条は憫笑を浮かべつつ続けた。

「西仏……いや海野はかつて侍だった頃、中々の剛の者であったとか。常ならば十や二十で取り押さえられるであろうが、万が一にも漏らすことがあってはならぬため百ほど送った。逃げ場は無い」

「即刻、お引き取りを」

「今度こそ逃がしはせぬ。ここもすでに取り囲んでいる」

前回の屋敷の探索のことだけでなく、一条の言葉にはかつて知盛を取り逃がした無念が含まれていると感じた。

――どうすれば……。

希子は激しく思考を巡らせた。

油断していた訳ではない。頼朝ならばいつかは勘づくと思っていた。だが京におらずして、これほどまでに早くことを運ばせるとは想像していなかった。今、己に打つ手は何も残されておらず、ただ西仏が無事に落ち延びることを祈るほかない。

「西仏殿……」

強く祈り、思わず口から名が零れ出た。

「観念しなされ。一体、何を託したのだ」

一条もまた立ち上がり、ずいと迫った。希子は口を真一文字に結んで項垂れる。

一条は一転して柔らかな口調になって続けた。

「今、話して下さるならば、これは四条局の気の迷い故のこと……西仏もただ知らずに伝授されただけ。鎌倉殿はどちらも罪には問わぬと仰せだ」

己はどうなろうとよいと心を決めている。ただ西仏は己のため、知盛のため、そして平家の皆のために危うい橋を渡ろうとしてくれたのだ。西仏もまた覚悟を決めているとは言っていたが、今ならまだ助けられるのに、このまま見捨ててよいものかと自問自答する。

一条はさらに優しく語り掛ける。

「他にもまだ。知忠も必ず捕えて出家させはするが、命までは取らぬと仰っている。正直に話して下され。決して悪いようには……」

肩に触れようとする一条の手を、希子は打つようにして払い除けた。

「お止め下さい」

「甘い顔をしていれば……往生際の悪い女だ」

きっと睨みつける希子に、一条は歯軋りをした。

その時である。廊下から激しい跫音が聞こえた。一人や二人ではない。

「主人の許しを得てから――」

「ええい、どけ」

などと言い争う声も聞こえる。やがて勢いよく襖が開いた。そこには鎧に身を固めた武士が二人。恐らくは一条の配下の者であろう。その後ろには男たちを止めようとして追い縋ってきた家人が三人立っていた。いずれも顔は蒼白になっている。それは家人だけでなく、武士たちも同じである。

「如何した」

一条が素早く尋ねた。武士の一人がこちらをちらりと見る。この場で話してよいのかという意味であろう。一条が頷くと、武士は唸るように言った。

「申し訳ございません……僧を取り逃がしました」

「何だと！」

一条はかっと目を見開いて唾を飛ばす。

「西仏なる僧、かつては名の知れた武士であっただけにかなり手強く……錫杖の一振りで三、四人が打ちのめされました」

「そうだとしても、百人もいて取り逃がすことはあるまい！」

「予期せぬことが……木々の間から突如として若い武士が飛び出し、我らに斬りかかってきました。これが西仏以上に強く、ふいを衝かれたこともあり、味方は大混乱に……」

その若い武士は太刀を振るって二人を斬り伏せると、西仏に向けて、

——ここは私に任せてお逃げ下されー
と、叫んだという。

西仏は弾むように頷くと、遮る者の顔を錫杖で強かに打ち、血路を開いて逃げ出した。一条の

手の者は後を追おうとしたが、若い武士は毬が跳ねるかの如く跳び、それを瞬く間に斬った。以後、衆の前に立ちはだかり、常に二人、三人を相手取る奮戦を続けたらしい。

希子はぎゅっと着物の裾を握った。それが誰か、己には解ってしまったのである。報告に現れた武士は言葉を継いだ。

「死んだ者は十六人、怪我人は三十を超えましたが……ようやく捕えました」

「誰だ」

一条は鼻息荒く訊いた。

「当人は平知忠と名乗っております」

「何……」

疑ってはいたものの、真に洛中に潜伏していたことに驚いたのだろう。一条は絶句した。知忠がいなければ、すでに西仏は捕縛されていただろう。知盛から己に託された希みは、既のところで潰えるのを免れたことになる。

「如何に致しましょう……」

今一人の武士が、恐る恐る伺いを立てる。

「殺すな。まず知忠かどうか真偽を確かめねばならぬ。それが真であった時は、問い質す必要もある。誰の命を受けてのことなのか……とな」

一条は歯を食い縛りながら希子を睨みつけた。

知忠に指示は出していない。ただ父が母に託した願いを知り、知忠自身の頭で考え、自らの意志で動いたに過ぎない。そこまで成長したことへの誇らしさはなかった。今はただ母として、捨て身の行いに向かわせてしまったことへの無念の方が大きかった。

――知忠。

希子は目を瞑って両の拳を握りしめた。

すでにもう十年以上も逢っていない我が子。どのような姿に育っているのか。希子の瞼の裏に映るのは、今も兄知章とじゃれ合う知忠の無邪気な姿である。

「知忠を捕えた今、鎌倉殿はすぐにでも上洛するであろう」

一条の凄む声が耳朶に響いた。

頼朝が乗り込んでくれば、如何なる策謀も解き明かしてしまうに違いない。その時、己の身がどうなるのか。覚悟しておけという脅しである。

希子はゆっくりと目を開くと、一条を見据えながら凜然と言い放った。

「望むところ」

皆が息を呑む。一条はたじろぐように一歩退いた。平家と源氏。これが長き因縁の最後の戦いとなるだろう。知盛の掌の温もりを己の手に感じたような気がし、希子はそれを逃さぬようにもう一方の手でぎゅっと握りしめた。

一

豊前（ぶぜん）には薄っすらと浮かぶ稜線（りょうせん）の影、長門（ながと）は幾分平坦（へいたん）な陸、その間の空を無数の星々が埋め尽くしている。

つうと星が流れていった。それが切っ掛けだった訳ではない。流れる前から手は動いていた。

知盛はそっと希子の手を握った。

「よい空だ」

希子が何も言わぬままだったので、知盛は気恥ずかしくなって呟いた。

「はい」

希子は静かに答えた。波の音に紛れるほどの小さな声で。

今日の昼過ぎ、義経がこの彦島（ひこしま）に向けて出港したとの報が入った。出立したのは昨日であるという。明日には源氏の船団がこの近海に到達することになる。勝ちか、負けかは論じても仕方がない。ただ戦の前の最後の夜であることは確かである。

故に、希子を連れ出した。ただ同じ時を過ごしたかったという想いもある。それ以外にも、どうしても話しておかねばならぬことがあった。

「静かな波よ」

と、知盛はまた独（ひと）り言（ごと）のように零した。

明日の天候は晴れであろう。荒れれば別の策を取るかもしれないが、晴れならば義経は船団を率いて真っすぐに彦島を目指してくると見ている。

源氏の船の数は如何程か。放った物見たちの報告に拠（よ）ると、凡（およ）そ千。もっとも唐船（からふね）造りの楼船（ろうせん）や、頑強な造りの兵船だけでなく、笹（ささ）の如き小早舟（こばやぶね）も含んだ数であろう。

一方、平家の船は八百余。これも小早舟などの小型の舟も含んだ数。遂に船の数でも源氏に抜かれた。

諦（あきら）めてはいない。この一戦に勝てば、再び平家に流れが戻って来る。義経もすでに微かな迷いを見せていた。負けてしまえば、頼朝にとっての義経の価値は大きく下がり、弟に向ける目はさらに冷ややかなものになるだろう。先日のあの様子だと、弁慶はここぞとばかりに義経を説得しようとするに違いない。そうすれば義経が頼朝から独立する目も見えてくる。

ただ有り体（てい）にいうと、こちらが圧倒的に不利なことには違いがない。ましてや率いるのは凡将ではなく、あの義経である。冷静に考えれば、十のうち一つ、二つ勝ちを拾えるかどうかというところであろう。

己が負けるとして、平家が滅んだ後のことを、星に問うてみた。

頼朝は必ずや自らの功績を書き残すように命じるだろう。日ノ本に限らず大陸でも、これまでの歴史を振り返れば明らかである。歴史は勝者が創り上げるものだ。

その物語の中で、きっと己たちは悪人として、あるいは富貴に溺（おぼ）れた愚者（ぐしゃ）として、散々な姿で後世に伝えられるだろう。

訳ではない。豊かな暮らしを続けるうちに、確かに平家一門の中
た者さえいた。驕りと取られてもしかたないことも間々あった。大仏殿を
も我ら平家である。それらを隠そうとも、無かったことにしようとも思わない。
たたとえ憐れだとしても、愚かしくとも、平家一門は、その郎党は、
――この時代を懸命に生き抜こうとした。

その事実だけは確かである。

頼朝は己に都合が悪ければ、平家一門が懸命にもがき、生きた、その事実さえも葬り去ることだろう。そして乱世を終わらせた初めての英傑として、まるで己一人で泰平への道を開いたかの如く、永代に語り継がれるように自らを歴史に記すに違いない。しかし、頼朝は初めの戦以降、鎌倉の地を一歩も動かず、戦場に渦巻く数々の悲哀や、流れる血の一滴さえも見てはいないのだ。

――それで真に良いのか。

と、知盛は自問自答する。

次の時代を切り開いたのは、戦場を駆け巡り、涙を、血を流した者たちではないのか。そこには勝者も、敗者も、平家も、源氏も関係ない。皆が懸命に生きた。ただそれだけである。それだけのことさえも、捻じ曲げて伝えられてよいのか。消されてもよいのか。

散っていった平家一門、中には我が子知章もいる。木曾義仲も、やがては義経もそうなるかもしれない。

何か、この時代を駆け抜けた者の真を残す術はないか。余計な虚飾などいらない。情けなくと

もよい。無様でもよい。哀しくも美しい人々の物語を。それを伝えることさえできれば、彼らの姿は後の世に生まれる武士たちから憧憬され、その胸に生き続けるはず。頼朝ではなく、彼らこそが武士であると。

　頼朝はそれを厭い、必ずや封殺しようとする。紙に記しては焚かれてしまうかもしれない。ならば、道は一つ。人から人に、親から子に、子から孫に、口頭で語り伝え、心に刻みこんでゆくしかない。

「この物語をお主に託したい」

　知盛は思う全てを希子に打ち明け、最後にそう結んだ。

「私は琵琶が弾けませんけれど……？」

　希子は悪戯っぽく微笑んだ。

「それでも頼みたい」

　知盛は重ねて強く言った。たとえ己が負け平家が滅んだとしても、希子は決して命を粗末にする女ではない。きっと生きようとしてくれる。だがそれは苦難の道である。希子が幾ら気丈に振舞って生きようとしても、ふっと魔が差すことの一度や二度はあるだろう。そんな時、この頼みが彼女の支えになればと願っている。

「解りました。ただし……」

「ああ、勝つ」

　希子がみなまで言う前に、知盛は言い切った。負ければ死が待っている。それなのに不思議と悲愴感は無い。それどころか、僅かに心に弾みも感じている。己は全てをぶつける。義経も同じである。必ずや百年後、千年後の武士にも語り継がれる一戦になる。そのような気がしてならず、知盛は満天の星に向けて静かに吐息を飛ばした。

払暁、物見の小早舟が戻り、

――鼻先に義経来る。

との報を伝えた。

平家の船は彦島をぐるりと取り囲むように泊まり、来るその時を待っていた。慌ただしく動く者どもの中央を悠々と歩いて、知盛は自らが乗る船に向かう。その途中、皆を鼓舞し続けた。

「戦は今日が最後と思え。少しなりとも退こうとするべからず。東国の武者ばらに弱みなど見せるな。日ノ本は当然のこと、天竺、震旦までも名を轟かせよ！」

割れんばかりの歓声が上がり、その熱気が船に乗り込もうとする者、すでに乗って配置に就いた者へと凄まじい速さで伝播していく。

知盛が乗り込むのは田野浦の湊に泊まった船。平家の持つ船の中でも図抜けて大きい。父清盛が存命の頃に造らせた軍船である。中央に望楼の如き屋形が載っている。平家一門のうちでは「茜船」と呼ばれている。清盛が名付けた訳ではない。誰が呼び始めたのかも判らない。誰かが言い出し、いつしかそう呼ばれるようになった。

皆がそう思っている。ただ知盛はその名付け親を知っている。この船を見せようと、幼い知章を福原（ふくはら）に連れていったことがある。その日はすでに夕暮れ近くなっており、明日にしようと言ったのだが、知章はどうしても今日のうちに一目見たいと駄々をこねた。聞き分けのよい知章にしては珍しいことである。西日を受けて薄紅色（うすべに）に包まれていた船を見て、知章は、

——あかね、あかね。

と、覚えたての言葉を繰り返していたのだ。

源氏を表す色は白、それに対して我ら平家の色は赤。一門の象徴である船として、その名があまりにしっくりきたのだろう。皆の間で茜船の呼称が広まったのは、知章と福原を訪れた直後のことである。

「さあ、行くか」

懐かしい聲（こえ）が耳朶に蘇（よみがえ）る中、知盛は穏やかに語り掛けて船に乗り込んだ。

二

茜船に乗るのは、平家栄華の最中にも弓馬の訓練に明け暮れた「変わり者」たち。いつか来るかもしれないこのような日に備えていたというわけではなく、風流、風雅（ふうが）な暮らしに馴染（なじ）めなかったのだろう。一口に平家といっても様々なのだ。屋形に上る己に、いずれも逞（たくま）しく引き締まった顔、爛々（らんらん）と輝く双眸（そうぼう）を向ける。

源氏の船が現れるのを待つ中、郎党の一人が大声で呼び掛けてくる。

「松浦党より再び注進、潮の流れに乗らずにいてよろしいのかと」

誰が言い出したか、この海域には強い潮の流れがあるという。朝のうちから昼過ぎまでは西から東に、それ以降は東から西に強い潮流があると。

西に陣取る己たちとしては、朝から昼のうちに潮に乗って攻め込み、源氏の船団を崩すべきである。反対にそれまでに崩し切らねば、源氏の船団が潮に乗って逆襲に出てくる。松浦党は肥後の者どもで、この海をよく知らぬ。が、あまりに広く巷間に知られているため、心配してこれまでにも幾度か進言してくれていた。

「何度でも言う。そんな潮の流れなどは無い」

知盛は即座に返した。

巷に言われるような潮の流れは確かにあるが、それはあくまで緩やかなもので、操舵に影響を及ぼすほどではない。しかも、流れに乗って攻め込む云々に関しては、

——眉唾だ。

と、知盛は知っている。

仮に強い潮流があるとしよう。だが平家が潮に乗り前に進む時、同じく源氏も東に押し流されるのだ。

天から見れば両船団が同じ速さで東に向かって動いているだけ。船が入り乱れて操舵が難しくなるから、そのような錯覚を受けるのである。取り回しが難しいのは、両陣営ともに同じ。勝った者が、たまたま潮に乗っていたため、それが理由だと吹聴したのが始まりではないか。水軍を

持っていて海に詳しい松浦党でさえ勘違いしているのだから、よく出来たでまかせだとは思う。ただこの海には、潮にまつわる別の真実がある。噂のもとになっているのはそれだと、知盛は見ていた。

「我を信じろ。この海に生きた平家を信じよ」

松浦党の不安を払拭すべく、知盛は毅然として付け加えた。郎党は力強く頷いて、伝令を務める小早舟に向けて知盛の言葉を一言一句違えず繰り返した。

刻、刻と時が流れる。遠く、遥か遠く、源氏の船団が見えて来たのは、陽が中天に差し掛かった頃であった。白い幟が掲げられているのが、遠目には季節外れの雪をかぶっているようでもあった。

長門、豊前の陸からも気配が一斉に立ち上る。範頼である。平家の退路を塞ぐと共に、陸から義経を援護するつもりなのだ。これまでは微かな蠢きだけが伝わってきていたが、義経の船団が見えたことで気配を殺すのを止めたようである。こちらにも白い幟が立ち上り、風に揺れているのを目の端で捉えた。

「いざ」

知盛が低い声でそう告げると、船上に声が飛び交い、茜船の舳先がすいと海を割り始める。

平家水軍の何と見事なことか。清盛が海に活路を求めたこともあり、栄耀の日々の中でも、船団だけは荒ぶる武者の魂を忘れてはいなかった。彦島から解き放たれた大小の船が、ぴたりと息を揃えて動き始める。

「鉦を」

知盛は眼前に迫る敵を見据えながら静かに命じた。

茜船の上で鉦が鳴らされると、それを合図に平家八百の船団から次々に鉦の音があがり、海上に広がっていく。上は梵天、下は海竜神さえも驚くほどのけたたましい大音。それは定めに抗う人の喚きのようであった。

――やはり見えているな。

敵船団の中にいるはずの義経に向け、知盛は胸の中で呟いた。

陽は中天に差し掛かったばかり。件の「潮の噂」通りならば、あと一刻（約二時間）は平家が有利となる。が、源氏の船団は足を緩める気配がない。義経も噂は嘘だと看破している。いや、あの男のことだから、事前に船を浮かべて確かめさせるくらいのことはしているに違いない。こと戦に関しては、どこまでも情熱を燃やす男だと解っている。

知盛は正面から目を切り離すようにして、ゆっくりと振り返った。

茜船の後ろに続くは、唯一、茜船と肩を並べる大きさの唐船である。船縁が朱で染められ、燦々たる陽を受けて輝く様は、こちらのほうが余程茜船というに相応しい。日月の幡が立てられており、源氏の者どもからも、

――帝はあの船にいる。

と、一目で判る。が、実際には帝はお乗りになっていない。昨夜のうちに、帝、女院は別の船に遷って頂いた。玉座も、賢所の神器も同じである。その船は周囲に混じって目立たず、遥か後

方にいる。これは味方でも、ごく一部にしか知らせていない秘事である。

唐船に帝が乗っておられるように見せかける。畏(おそ)れ多いことだが、帝の影を囮(おとり)にするということだ。そして帝、神器を奪おうと殺到する源氏を、茜船を中心とした平家船団で徹底的に叩(たた)く、という策である。

「源氏の船が三手に分かれます！」

陽の光に飛沫(しぶき)が煌(きら)めく中、郎党が前を指差して叫んだ。

源氏は、いや義経は、陽動に乗っては来ない。この唐船が囮であるかもしれないと考えている。もしかすると味方の中に密通者がおり、帝が別の船におられると知らせているかもしれない。幾ら秘しても漏(も)れる。いや、隠そうとすればするほど漏れる。知盛はそれを重々承知で、むしろ義経に伝えるつもりで秘した。

とはいえ、これが密通者の間違いである線も捨てきれぬ。再度、帝が唐船にお戻りになることもある。故に唐船を目指す船も用意せねばならない。大きく三手に分かれたのはそういうことである。そしてそれは、全て知盛が思い描いた図の通り。ここまで、策の進み方に一糸の乱れも無い。

「掲げよ‼」

耳を劈(つんざ)くほどの鉦の音の中、知盛は叫んだ。茜船に幾条もの幟が立てられる。源氏が用いているものと同じ吹き流しの幟である。ただ此方(こなた)の色は血よりも濃い深紅(しんく)。名の通り、真に船が茜に覆(おお)われたかのようになる。その直後、鉦の音を上回る喊声(かんせい)と共に、平家八百艘(そう)に次々と赤の幟が立てられていく。その数は源氏に遥かに勝る。天を翔ける鳥から見れば、青海に夕陽が落ちたかの如く映るだろう。

「源氏の先船まで凡そ三町（約三三〇メートル）‼」

郎党が吼えた。両陣営の船団は、一向に足を緩めぬ。源氏の船に明らかな動揺が見えた。

――平家は船で陣を組み、海の上に城を築くが如く守りを固めるだろう。

数で劣る平家としては、堅守に徹して敵を削るのが最良。義経はそう予想したとみて間違いない。己が義経であったとしてもそう見る。故に平家の船の陣を崩すべく、正面からだけでなく両側から横槍を入れようとしているのだ。

が、知盛は守りを固めるつもりも、海原の一所に留まるつもりもなかった。

「船足を上げよ！　乾坤一擲、義経を目指せ！」

「応！」

知盛の鼓舞に応じ、茜船に乗る者、続いて他の船からも喊声が上がり、白波を激しく震わせた。

「放て！」

太刀を抜き、知盛は掲げた。今か、今かと待ち構えていた弓持ちたちが、一斉に弦を引き絞る。船から放たれる矢は数千。風切り音が重なり不気味な響きと化す。鵺の声とはこのようなものではないか。

狼狽のせいか、源氏の船に乗る兵の動きはやや遅れ、ちょうど弓を掲げたところであった。そこに平家の矢が雨の如く降り注ぐ。絶叫、悲鳴が巻き起こるが、船に矢が突き刺さる乾いた音、水面に落ちる音がその声を掻き消す。海に無数の穴があき、水煙が舞い上がる。

「手を休めるな」

命じるまでもなく、平家軍は矢を射掛け続ける。源氏軍からもようやく矢が放たれる。両軍を飛び交う矢は、天に幕を張ったかのように陽の光を遮り、翳りは海を鉛色に変えている。

矢は行き交うが、船は止まらぬ。二町、一町、三十間、十間と距離を縮め、遂に平家と源氏の鼻先が触れた。

「突っ切れ」

知盛の乗る茜船を先頭に平家の船が源氏船団に突っ込む。鋒矢の陣である。陸で陣形を組むのも動かすのも易しいものではないが、海上でのそれはさらに難しい。平家船団の長年の鍛錬があってこそである。錐を揉むように、源氏の船の群れに突き進む。茜船は大きく強靭で、小早舟などは舷側に触れるだけで転覆させられる。その間、いずれの平家の船も、両舷から矢を射掛け続けている。

「ぶつかります!」

水夫頭が叫んだ。源氏にも大型の船はある。眼前にそれが迫ってきたのだ。まだ止まる訳にはいかぬ。知盛が鋭く、

「躱せ!」

と命じると、水夫頭が続けて指示を飛ばし、水夫たちが躍動する。源氏の大船は動かない。いや、咄嗟には動けない。両の船が拳一つほどの隙間をあけて擦れ違う中、源氏の武士たちの愕然

とした顔がはきと見えた。

「射よ」

と、知盛が言った時にはすでに矢は放たれている。源氏の大型船の上は阿鼻叫喚（あびきょうかん）となった。怯（ひる）まずに射返して来る強者も僅かにいたが、それも一瞬で躰（からだ）中に矢を受けて絶命する。

互いに条件は同じはずなのだ。だが戦というものは、意表を衝かれ、機先を制されてしまえば、心の動きが鈍（にぶ）くなり、そこから全てにおいて一手遅れが生じる。これまでこちらが義経にされてきたことである。

――さあ、来い。

義経は如何なる指揮を執るか。知盛は心中で呼び掛けた。

太鼓が鳴った。源氏側からである。その律動に合わせ、源氏の船が動き始める。これまで、源氏軍は平家軍に割られるように崩されていた。だが太鼓が鳴らされて以降、割られるがまま、あるいは割られるよりも早く、平家の鋒矢の陣の両側面を目指して進み出していたのである。

「よし……逆櫓（さかろ）、留まれ」

知盛は指示を飛ばした。

進軍を止める。逆櫓を用いて潮流に抗って留まり続ける。これでは陣の両脇を衝かれ、最悪の場合、背後にまで回り込まれる。松浦党などは、これも心配していた。

だが、そうはならないことを知盛は知っている。

「何だ！」

「どうなっている⁉」

「押し戻されるぞ！」

などと、源氏の船のあちこちから慌てふためく声が聞こえてきた。

――田野浦は船を拒む。

潮の流れは然程強くない。それは事実。しかし、早鞆の瀬戸を抜けたこの海において、二所だけ例外がある。

それこそがこの両岸である。

この狭い海峡を挟む岸の形がそうさせるのだろう。潮の流れが岸に当たり、渦を巻いて力を増し、強烈に船を押し戻すのである。波の強さは海峡中央の比ではない。五倍、いや十倍を優に超える。これこそがこの海の潮に纏わる風説のもとになったのではないかと、知盛は考えている。

「ひたすらに矢を射掛け続けよ！」

知盛が叫ぶと、茜船から放たれる矢の勢いが増す。それを見たためか、陣形を成す他の船からの矢も、一目で判るほどに多くなった。

源氏軍が平家軍の脇を取ろうとしても、岸からの激しい潮流に押し戻される。押し戻された船は、後続の船と絡み合い、操ることもままならぬほどに入り乱れた。激突した勢いで転覆する船も散見出来る。そこに平家軍からの土砂降りの如き矢の雨である。堪らなくなって船を放り出し、無数の矢が浮かぶ海に飛び込んで岸に逃れようとする者までいた。

源氏軍は今、混乱の極みに陥っている。空から俯瞰すれば、平家軍が大きな鏃の如くに陣を整え、源氏軍はその先端に自ら飛び込んで切り裂かれているように見えるだろう。

――どうだ。九郎。

乱れ切った源氏の船団を見渡しながら、知盛は心中で呼び掛けた。

義経もこの海のことを聞き、学んで来たはずだ。だが所詮は付け焼刃。噂の潮流が然程でもないことを知ったが、そこまでで、さらに詳しい潮の流れまでは調べなかったらしい。

いや、調べる余裕がなかった。平家がいつ範頼軍に攻め掛かるか判らぬ中、潮流をさらに探るより、動くことを優先した結果である。戦とは刃を交えたところからではなく、それよりも遥か以前から始まっている。策を講じる時の奪い合いでもあるのだ。

源氏軍の太鼓が再び鳴り始める。脇を取るのを止めよという指示らしい。太鼓が鳴るなり、再び中央に向けて櫓を漕ぐ水夫が現れた。

「笑っているな」

知盛は苦笑した。すぐに次の手を講じている様子を見ると、義経の心は折れていない。太鼓の音を聞き、狼狽するどころか身を震わせて嬉々としているようにすら思えた。確証がある訳ではないが、幾度も矛を交えて来たからこそ義経の心が解ってしまう。

「まだ行くぞ。どう受け止める」

知盛は声に出して言った。

独り言ではない。今、確かに義経と会話している感覚がある。

「頃合いだ」

屋形の下の郎党に呼び掛けた。郎党は船の中を駆けまわり、決められた符丁で鉦を打つようにと叫ぶ。

茜船が鳴いた。先ほどまでの激しい音ではなく、間隔の空いた、どこか間延びした鉦の調子。それはどこか懐かしく、哀しげに、紺碧の上に響き渡った。

平家の船団が動いた。知盛の乗る茜船も同様だった。鋒矢の陣の先が開き、船団は二本の列となる。この間、童が遊びで百を数えるよりも早い。自然、陣形の中央に一本の道が出来るような恰好となった。

その道に、取り残された大型の船がただ一つ。

――帝が乗っておられるのではないか。

源氏がそう疑う唐船である。

水夫たちは激しく櫓を漕ぎ、唐船は前に進む。数艘の小早舟が糸で曳かれるように続く。

何故、唐船が前方へ出ようとするのか。これはなにかの計略か。それとも内応者がおり、源氏の陣に降って庇護を求めるつもりなのであろうか。様々な憶測が駆け巡っているようで、源氏の船に乗る者たちが動揺しているのが判った。しかも今、源氏軍は大いに乱れており、陣を立て直すので必死という有様でもある。

前へ突き進む唐船が、茜船の横に並ぶ少し前、二つの大きな動きがあった。一つは唐船に乗っていた者どもが、船尾から縄を垂らし、後ろの小早舟に次々と乗り移ったのだ。水夫たちも櫓を放り出して唐船から降りる。

そしてもう一つは、唐船の屋形から一筋の煙が上がったのである。煙はすぐに濛々たる勢いとなり、揺らめく火が屋形を覆い始める。

「手を止めぬぞ」

知盛は、軍の立て直しに奔走しているだろう義経に向けて呟いた。義経は瞬時に対策を講じるはずだ。ならば一時たりとも間を与えず、途切れることなく策を繰り出していく。

その次の策というのが、

――唐船に火を付け源氏軍の只中に放り込む。

と、いうものである。

唐船には、枯木や藁を満載している。それに油を掛けて火を放たせた。平家船団が矢を放ち続ける中、炎に包まれた唐船が、ただでさえ統制を失った源氏軍に突っ込んでいく。

「誰か乗っているのか⁉」

「共に死ぬ気ということか!」

源氏軍から沸き起こるどよめきの中から、そのような声が聞こえた。

陽は中天を過ぎ、傾き始めている。風説のような強い潮の流れはない。ただし未の刻(午後二時)より、潮が東から西に流れを変え始めるのは確かである。それを源氏軍も知っているからこそ、西から東に動き続ける唐船に、未だに誰かが乗って操舵しているのだと思っても不思議はない。源氏の船から放たれる矢が唐船に集中する。

だが、唐船には誰も乗ってはいない。火を放った後はすぐに脱出するよう命じてある。では何故、東に向かう唐船の足は止まらないのか。確かに水夫が離れる直前まで、目一杯漕いで勢いを付けてはいる。しかし、緩やかとて潮に逆らっていれば、やがてはそれも止まるはず。

「片瀬と謂うのだ」

知盛は絶叫が溢れる海に静かに呟いた。

この季節、僅かな間のみ、昼を過ぎても潮の流れは変わらず、ずっと西から東に向けて流れ続ける。それは「片瀬」と呼ばれ、この辺りの熟練の漁師など、僅かな者しか知らぬ現象であった。義経が攻めて来る正確な時期は最後まで判らなかった。ただこの片瀬の期間に合致することがあるならば、知盛は幾十、幾百用意した策の中から、この策を打つと決めていたのである。

唐船は真に深紅に染まった。大きな火球の如く燃え上がる船が、緩やかに、それでいて決して止まらずに源氏軍の奥深くを目指して突き進んでいく。

風に煽られて靡く火を受け、熱波に耐えられずに自らの船を捨てる者は多数。飛び火して燃え盛る船や、接触して火の粉を散らして轟沈する船が続出する。源氏の吹き流しの幟にもあちらこちらで火が移り、船団は白から赤に染め変えられていくかのようである。混乱に次ぐ混乱で、源氏水軍は完全に浮足立っている。

その時、源氏軍の中から太鼓が鳴らされた。滅多やたらに打っているわけではない、複雑な律動。義経の指示である。直後、源氏軍の左右に展開していた船が、平家軍の中央に向け反攻、突出して来た。

「やはりそうなるか……」

知盛は感嘆の声を漏らした。

今のこの恰好、平家が源氏を押していることと、陸と海の違いはあるが、一の谷の戦いに似ている。紅蓮に燃えた唐船は、鉄拐山からの義経の奇襲に相当する。

一の谷の戦いでは全軍の中央に打撃を受けた時、知盛はそれを救おうとした。その温情が東西の陣の混乱を生み、やがては総崩れを招いたのである。

一の谷では、どうするのが最善手だったのか。知盛は戦の直後から今日まで考え続けてきた。その結果、

——本陣は見捨て、東西から総攻撃を掛ける。

これしかなかったのではないかと思う。こうすれば、中入りに成功して油断している源氏軍の虚を衝き、大勝に導けたのではないか。しかしそれをすれば、平家軍としても多大な犠牲を払うこととなる。その時には考えもしなかったし、思い付いたとしても決断出来なかっただろう。

だが、義経は冷静である。いや、冷徹ともいえよう。業火に巻き込まれて崩れる中央を捨て、残る軍で総攻撃に出た。義経が明確な「目的」を与えたことで、源氏軍全体に伝播していた恐慌も同時に止まった。

「これで最後だ」

知盛は義経ならば、ここで反攻に出るだろうことも読んでいた。ここからは源平が入り乱れての合戦。余力の残っているほうが勝つ。そのため、平家随一の精兵を、今、この時まで、一矢も放たせず、船団の後方で温存していた。

「よくぞ我慢したな……」

　戦場の様子を見れば出たくなる。己を信じて座し、気炎を抑えつつ瞑目しているに違いない。雌雄を決すこの大戦。数年前ならば痺れを切らし、己の指示さえ無視して前へと漕ぎ出していただろう。多くの一門の死は、郎党の死は、菊王丸の死は、この平家最強の矛を変えた。

「鉦を！」

　また鉦が鳴らされる。今日、一番の激しい乱打である。この男の出陣には派手が似合う。幾十、幾百の小早舟が、後方から凄まじい速さで上がって来る。矢を放ち続ける味方の大船の間を縫い、白い泡沫を噴き出す波を割って。

　茜船の横を抜けていく一つの小早舟の船首。弓を片手に仁王立ちする男が、ちらりとこちらを見て、視線が宙で絡み合った。

「行け、能登守教経」

　知盛が言うや否や、教経はひとつ頷くと、けたたましい鉦の音さえ切り裂くほどの大音声で叫んだ。

「王城一の強弓精兵とは俺のことだ！　平家の――」

　そこまで言うと、教経は素早く番えた矢を放つ。海上を真っすぐに駆け抜けた矢は、太刀を振るって指揮を執る源氏の侍大将の喉に喰らいつき、その躰を吹き飛ばして水面に飛沫を生んだ。

「矢となりて、義経を討つまで帰らじ。者ども、行くぞ‼」

「応！」

教経が率いる小早舟から、一斉に鋭い鬨の声が上がり、源氏船団の中に突っ込んで行く。ここに来て平家最強の男が登場したことに、源氏軍からは絶望の悲鳴が上がった。

「我らも圧すぞ」

知盛は腹に響く声で命じた。数多の大船も前へ、遠く、源氏軍の奥深くに矢を浴びせるために。源氏がたとえ平家船団の背後に回り込もうとしても、潮の流れに邪魔される。源氏軍の陣の中央は燃える唐船に切り裂かれ、起死回生の反攻に転じた矢先に教経が現れ、さらには茜船を始めとする大船からの矢も止まない。明らかに平家軍が押している。源氏軍の総崩れまであと一息。あの義経の、歪んだ顔が遂に知盛の脳裏に浮かんだ。

小早舟に乗った精兵が弓を射掛けながら、源氏軍の間を縦横無尽に走り回る中、教経の雷のような咆哮が海を震わせる。

「続け‼」

矢を放つだけでなく、小早舟を源氏の船に漕ぎつけ、一斉に乗り込んでいく兵の姿もある。

教経の船は一回り大きな敵の船を狙った。平家の兵は飛び上がって敵船の船縁を掴み、両手で身を引き上げる。当然、源氏の兵はそれを邪魔しようとし、刀で斬り付け、得物を持ち替える間がない者は、弓を引き絞り、至近から敵の顔面に目掛けて矢を放つ。平家の者どもの絶叫が上がるが、ここまで戦い抜いて来た猛者たちは、仲間の死にも怯むことなく、死体の間を転がるようにして源氏の船へ乗り込む。両者入り乱れ、混戦となってゆく。

そのような中、教経は一瞬のうちに敵船に移っている。化鳥の如き跳躍を見せ、船縁をたんと片手で弾くようにして乗り込んだ。

「能登だ‼」

たったそれだけの短い叫びで、源氏の勇猛な兵たちが震え上がった。教経は大太刀を四方八方に振り回して鬼神の如く暴れ回る。船上には霧のように血飛沫が舞っている。

中には海に飛び込んで逃れようとする源氏の兵もいた。郎党と思しき者ども二人が船縁を蹴る。その刹那、教経は一人の首根っこをむんずと摑んで船板に叩きつける。同時に、疾風の如く太刀を振るい、宙に浮いたもう一人の背を叩き斬った。腹当もろとも背中を深く切り裂かれ、鮮血を迸らせながら波渦巻く海へと落ちていく。水音が聞こえるより早く、旋回させた太刀が、先に引き倒した敵の首を見事に搔き切っている。

剛にして速、そして恐ろしいほど繊細な太刀でもある。向こう百年、いや千年、これほどの武は出てこないかもしれない。今後、兵法の優劣によって戦が決するようになり、一騎打ちは過去の遺物となっていくだろう。その流れを作ったのは、木曾義仲であり、源義経であり、そして己である。時代が移ろう中、最後に、誰よりも武者らしい男が荒ぶる。それは息を呑むほどに美しく、そして何処かもの哀しく映った。

「やれる……」

知盛は思わず呟いた。教経と精兵たちの獅子奮迅の働き、茜船を始めとする大船の進撃、源氏軍は完全に浮足立っている。このまま一気に源氏の陣の奥深くへと突き進めば、義経にまで刃が届く。いや、義経ほどの慧眼の持ち主であれば敗北が迫るのを察して、間もなく退却を始めるだろう。

——あれは何だ。

ただ一つ、先ほどよりずっと気に掛かっていることがある。源氏船団約千艘のうち、二百艘ほどが動かずにいる。緒戦では矢を放っていた。しかし、教経らが突貫した前後から、亀が甲羅に籠るように楯で身を守るのみで応射していないのである。

戦意を失ったのかとも思ったが、逃げ出す様子もない。櫓を駆使して、その場に留まり続けているのだ。この奇妙な行動から推測されるのは、合戦の趨勢を見極め、源氏から平家に寝返ろうとしているということだった。源氏に従った豪族の船か。茜船を前に進めて近付き、さらに目を凝らしたところで気が付いた。

「梶原……」

動かぬ船のうちの一つに、一の谷の戦いで見た梶原景時の姿がある。

「見捨てる気か」

独り言が漏れた。梶原が義経と不仲という話は、敵であるこちらにまで伝わっている。頼朝の命を受け、梶原は義経の目付のような役を務めている。奔放な策を次々と打ち出す義経を苦々しく思い、度々衝突しているらしい。

頼朝の股肱の臣である梶原が源氏を裏切り、こちらに寝返るとは思えぬ。この行動から考えられるのは、確執から義経を助けず、見殺しにしようとしているということである。

——待て。

もう一つ、極々僅かな見込みであるが、梶原が動かない理由が脳裏に浮かんだ。そのために兵の損耗を抑えようとしているとすれば。

知盛ははっとして周囲を見渡す。依然、平家軍が押し捲っている。源氏軍はどうか。必死に抵抗している源氏の船がある一方、一矢も放たず一目散に逃げている船もある。恐慌からのものと考えていたが、逃げている船に乗る者どもをよくよく見てみると、思いのほか狼狽していないようにも感じる。漕がれる櫓が整然と揃っている船も多い。むしろ確たる意志を持って退いているように映った。

「まさか……」

押されている振りをしながら、義経が何か反攻の一手を講じているとは思えなかった。新手の船団を隠せるような島影はない。陸に陣取る範頼軍のほうに逃げたとしても、追撃するか、しないかはこちらが決められる。退いて反撃に出る策など何一つないはずだ。

ただ一つだけ、ある条件が整えば、源氏はこの形から強烈な逆襲を行うことは出来る。しかし状況から鑑みて、その策を講じているのは義経ではなかろう。

「梶原が……」

知盛が潮風に乾いた唇を動かしたその時である。また、源氏の陣から太鼓が鳴り響いた。今日、初めて聞く律動である。しかも音の鳴る方向が違う。これまでは源氏軍の陣深くから響いていたのに、今はかなり近い。知盛の乗る茜船の右舷斜め前、梶原景時と共に動かないあの船団から鳴り響いている。

「誰だ——」

知盛が振り返るのと、背後から喊声が上がるのはほぼ同時であった。源氏船団を割るように進む平家船団の後方で、赤い幟が次々と倒れ、代わりに白い幟が続々と立っていく。味方の寝返りである。しかもその数、十や、二十ではない。ざっと見るだけでも、二百から三百ほどの船が赤から白へと染め変えられた。

「そうか」

誰だ、と思わず口走ったのは、敵の策が想像通りならば、次に起こるのが味方の寝返りだと判ったから。だがまさか、この男が寝返るとは思ってもいなかった。

「阿波重能……」

またの名を田口成良と謂う。

阿波、讃岐の両国で勢力を誇り、かなり早い時期から父清盛に仕えていた。約十年前、平家が大輪田泊を築く時、奉行に任命された。このことからも、清盛の信任が篤かったこと明白である。さらに大輪田泊の完成後は、続いて平家の最も重要な財源である日宋貿易の実務を担った。

鹿ケ谷で平家打倒の謀議が行われた時には、首謀者の一人を討ち取るということもしている。源平合戦が本格化した時には、兵を率いて上洛し、重衡のもとで南都焼き討ちの先陣をも務めていた。

平家都落ちの折は、一足先に四国に戻って地盤を固め、在地の武士を取り纏めた。知盛らが四国に渡るのに先んじて、命に従い屋島に仮の内裏を造り始めたのも重能である。つまり終始一貫、平家方であったのだ。

「重能……」

知盛がその名を呼んだ時である。小早舟が一艘、茜船の船尾に来て、こちらに何かを呼び掛けている。すぐに報せてきた兵によると、自分は重能の郎党であると名乗っているらしい。

「入れよ」

「しかし……」

「構わぬ」

即座に、知盛は重ねて命じた。重能が寝返りを表明してまだ僅か。重能の船団から抜けて茜船に接近してきたのではなく、ずっとこの船の近くにいて機を窺っていたのだろう。ならばこれは寝返りを思い止まることと引き換えの待遇の交渉、あるいは翻意した訳の説明のどちらか。知盛は恐らく後者ではないかと思った。

今、戦場は奇妙な膠着に陥っている。源氏が動かぬのは、義経が、重能の寝返りが真か、これも知盛の策ではないかと疑っている証。これで、重能を調略したのは義経ではないと確信を得た。一方、重能もまだ本格的に攻めては来ない。これは郎党を送ったことにも関係していると見て良い。

平家軍としては重能の裏切りに仰天するも、一向に攻め掛かって来ないことに戸惑い、さらに進軍の命は解かれていないのだが、やはり背後の重能が気になって動きが鈍る。戦場にいる全ての者が疑心暗鬼になって、積極的に動くことが出来ずにいるのだ。

ただ一人、梶原景時だけは全てを解っている。が、これにも一つ誤算があったはず。重能がすぐに平家軍に攻め掛からないことだ。これで梶原も様子を見て動けずにいるのだ。

「阿波重能の郎党、島田六郎と申します」

茜船に上げられた郎党は、知盛の前に連れて来られるとそう名乗った。

「かつて大輪田泊で、一度会ったな」

「覚えておいでで……」

島田は驚きのあまり眉を上げた。

「当然だ。重衡と共に奈良を攻めた時、功があったとも聞いている」

「あり難き……」

「寝返りのことだな」

下唇を嚙む島田に対し、知盛は尋ねた。

「左様」

「見つかったか」

知盛の問いに、島田ははっとした顔になる。

「そこまで……」

「源氏に捕えられていたか」

「はい」

島田は、重能がこの段になって寝返った訳を語った。

重能の叔父の桜庭外記大夫と、その養子に入っている弟の桜庭良遠は、屋島の戦いの直前に義経軍の襲撃を受けて行方が判らなくなっていた。この二人が源氏の捕虜になっていることが判明したらしい。

さらに重能の嫡男である教能も、屋島の戦いの後、消息を絶っていた。

実は、教能は自らの領内に源氏軍を退き込み、決戦を辞さぬ構えであった。しかし父の重能がすでに捕虜になり、教能の身を酷く案じて憔悴している、父を処罰されたくなければ降れ、と脅された。

教能は父の命と引き換えに武器を捨てて源氏軍に降ったという。しかし、これらが全て嘘であるのは、今の今まで重能がこちら側にいたことから判る通りだ。

「少し前、主君重能のもとに、源氏軍から使者が来て知らされました」

叔父、弟、そして息子を捕虜としている。三人の命が惜しければ、次の決戦で平家を裏切れというものであったという。

「……散々に悩んだ挙句」

「そうか」

「主君からの伝言です。卑怯と罵られても仕方ない。ただ長年の平家の御恩を裏切ったこと誠に申し訳なく、平にご容赦を……と」

「私の答えを伝えてくれ……重能は情が深い男だ。いかにも平家らしい」

知盛が言うと、島田はもう我慢ができなくなったように嗚咽を漏らし、続けた。

「さらに一つ、主君から。これを申せば新中納言様には判ると。此度の寝返りの使者は義経ではなく……」

「梶原から……頼朝の手だったのだな」

「そこまで。流石でございます」

島田は全てを伝え終えた安堵からか、少し表情を柔らかくした。

「せめて一言詫びをと、私を送られました。すでに覚悟は出来ております。ご処断を」

「いや、帰るがいい」

知盛は首を横に振った。

「しかし――」

「私の答えを伝えてくれと言っただろう……長く世話になった」

知盛はそこで言葉を切ると、続けて凛然とした口調で言い切った。

「全力で来い。新中納言は手強いぞ」

「はっ。承知致しました」

島田は勢いよく答え、茜船に付けた小早舟に乗り込むと、重能の船団の中へと戻っていった。

知盛は飛び交う矢もすっかり少なくなった戦場を見渡した。

「なるほど。九郎、存外多いぞ」

この戦いに阿波重能は約三百の船を率いて加わり、平家軍の中核を成している。その重能が裏切って源氏に奔るとなれば、平家五百艘に対し、源氏千三百艘と、二倍以上の戦力差となる。しかも平家軍は前後から挟み撃ちを受けることになり、重能の船団よりもさらに後方の船におわす帝の身も危うい。

が、事態はそれほど単純ではない。先ほどから源氏軍の中で懸命に戦っていたのは、義経の命に従っていた者。適当に矢合わせをしながら損耗を抑えていた武士たちが、全て頼朝の命を受けた梶原の息の掛かった者たち。

ざっと見て、源氏船団千艘のうち、七百艘がそうであろう。そこに重能の三百の船団が加わって、計千艘が梶原の麾下にいる。

頼朝の意図はもはや明確。平家を討ち滅ぼした後、間髪を容れずに、

——続けて義経も滅す。

つもりなのである。

義経に従うのは三百艘。だがこれも頼朝の命だということが知れ渡れば、さらに数を減らすかもしれない。一方、平家に残るは五百艘。これもまた同じく、劣勢の中で寝返る者が出ても何らおかしくない。

頼朝の意図に義経は気付いているのか。

気付いていないならば、平家軍は五百艘で、源氏軍千三百艘の挟み撃ちを受ける。

しかし、気付いているならば、三つ巴の状態となる。もしかしたら梶原にとっても、重能の寝返りは想定より早かったのかもしれない。何か齟齬があったか、あるいは重能が梶原の意図を察し、想定より早く寝返ることで戦況を混迷させ、せめてもの意趣返しを行ったかのどちらかであ

ろう。

「梶原……腹を括ったか」

不思議なほどの静寂が訪れていた海に、突如として再び太鼓が鳴り響いた。梶原の船団からである。次の瞬間、船から新たに幟が上がる。白地の旗であるが、

――南無八幡大菩薩。

と、大書されていた。

上がっていない船もある。なるほど、この幟を上げたのが梶原の麾下で、上げていないのが密議に加わっていない者。つまり義経に近い者の船であろう。

船が、蠢くように走り出した。源氏軍がこちらに攻め掛かってくると同時に、同士討ちを始めた。いや厳密には頼朝軍が、平家軍と義経軍の両者に攻め掛かったのである。時を同じくして、頼朝軍に同心した重能の船団も動く。平家軍は背後からの攻撃を受け、瞬く間に被害が出始めていた。

「兄者‼　どうなっている⁉」

おかしな事態になっていることに気付いたのであろう。もはや判断が付かないと見て、教経が指示を仰ぐべく茜船に移って来た。

「ややこしいことになった」

「互いに寝返り者が出たという訳ではないのだな」

「ああ、いわば三つ巴だ」

数々の戦いで成長してきた教経は、その一言で大略を理解したらしい。その上で、

「どうなる」

と、尋ねて来た。

「負けだ。平家は滅ぶ」

「そうか」

教経は動揺することなく、二度、三度頷いてさらに訊いた。

「義経は」

「陸の範頼も梶原と通じていると見て良い。あちらも滅ぶ」

「なるほど……最後は兄者が勝っていた」

義経との戦いは負け続きであった。だが此度、初めて知盛が勝ったといえよう。梶原の謀略がなければ、源氏軍が大崩れしていたのは間違いない。

「いや、最後はどちらも負けということだ」

喊声が渦巻いている。平家は背後から崩れ、帝の乗る船もどうなっているのかはもう判らない。頼朝軍は平家軍と対峙しつつも、むしろ義経軍の方にこそ猛攻を仕掛けている。義経軍は味方によって沈められ、あるいは投降する船も出て、あっという間に二百余艘ほどに数を減らしていた。

——今、己は何をすべきか。

と、知盛は蒼天に問うた。

時の流れを表すかのように、叢雲がゆっくりと移ろう。己の死の先に答えがあるはずである。

第十三章

茜唄

＊

新中納言、

「――――。今は自害せん」

とて、乳母子の伊賀平内左衛門家長を召して、

「いかに、約束は違ふまじきか」

と宣へば、

「子細にや及び候ふ」

と、中納言に鎧二領着せ奉り、我が身も鎧二領着て、手を取り組んで海へぞ入りにける。

海上には赤旗、赤印、投げ捨てかなぐり捨てたりければ、竜田河の紅葉葉を嵐の吹き散らしたるが如し。


建久七年（一一九六年）の夏、源頼朝が上洛した。頼朝は昨年にも東大寺大仏殿の再建供養で上洛しているのだが、此度は忍びでの入京であった。

「入ったようです」

その日、家人は重々しく希子にそのことを報じた。それに対し希子は、

「はい」

と、短く応じるのみであった。

西仏の塒が襲撃されてから六日の時が流れている。知忠が暗殺を企てているという噂が流れていたため、臆病なほど慎重な頼朝は京に入ろうとしなかった。その不安が取り除かれたので、こうして上洛したという訳であろう。

だが、報せを受けてから鎌倉を発ったのだとすると、到着が早すぎる。恐らく頼朝はもっと前に出立し、三河か、あるいは尾張あたりまで来ていたのではないか。そこで刺客の噂を耳にし、上洛の途で足を止めた。知忠は実際には暗殺を企てておらず、むしろその報を流すことで頼朝を足止めしようとしたが、見事にその策は当たったことになる。

頼朝が京で滞在する場所は、源平の争乱が収まった後で六波羅に新造した屋敷である。その地から使者がやってきて、

――参上するべし。

と告げたのは、入京した翌々日のことであった。今少し先かと思ったが、思いのほか頼朝の動きは早い。様々に考えを巡らすよりも、当人を問い質したほうがよいと考えたのだろう。

出立の日、希子は決して多くはない家人を全て集め、

「行って参ります」

と、静かに言った。

希子だけではない。家人たち皆が覚悟している。これが今生の別れになるかもしれないことを。

希子は差し向けられた牛車に乗り込み、僅かな供回りと共に六波羅の頼朝の屋敷を目指した。

頼朝の屋敷は、板塀に囲まれた無骨なものである。それほど深くも、高くもないが、周りには堀と土塁も巡らされている。これは実際に攻められた時の備えというより、

——己は武士らしくゆく。

ということを、周囲に示そうという頼朝の狙いがあるのだろう。

ただ、その武士らしさというのが曖昧である。屋敷の守りを固め、武具を磨き、武芸に励めば武士らしいのか。希子には、それが取って付けたもののように思えて仕方がない。少し前のあの時代、未だ形も定まらぬ「武士」とは何かを問い続けた男たちは、そのようなことが武士の本分とは思わないような気がしてならないのである。

門番に通され、希子が案内されたのは板葺きの母屋である。これもまた取って付けたように質素な造りだった。床は板敷であり、上座にすら畳が敷かれていない。

全ての戸は開け放たれており、縁の向こうに白洲が見える。そしてここに座す者の目に入ることを狙って配置されたように、厩、鷹の止まり木、さらに矢を作るための、篠竹の竹林が広がっていた。

待たされた希子の耳朶に複数の跫音が響く。その中に、わざとらしいほど、一段強い跫音が含まれている。

「お待たせ致しました」

地を這うような低い声であるが、何処か湿りのようなものを帯びている。面長の輪郭に、平た

く大きな鼻、鼻孔（びこう）もまた常の人より大きい。端にゆくにつれて太くなってゆく眉、その下には爛々（らんらん）とした二重の大きな目。正面から見ると顔を横断するほど大きな口。部位の全ての主張が強く、異相といえよう。

頼朝である。所作（しょさ）からは源氏の棟梁（とうりょう）らしい落ち着いた風格が滲（にじ）んでいた。

ぞろぞろと人が入って来る。その数、実に十五人。その中には一条能保の姿もあった。一条は勝ち誇ったような顔でこちらを一瞥（いちべつ）した。皆が着座すると、頼朝は改めて口を開いた。

「四条局様、本来ならばこちらから出向くべきところ、御足労頂き申し訳ございません」

「いえ、どちらにせよご挨拶（あいさつ）には伺うつもりでした」

希子が応じると、頼朝は薄い笑みを浮かべた。

「それは、申し開きをするつもりだったということでしょうか」

場が一気に重苦しい雰囲気に包まれるのを感じた。希子は宙に漂う殺気を、ふっと吹き飛ばすように明るく言った。

「いえ」

「何かをしたのは、お認めになるということですか」

惚（とぼ）けるならば、申し開きをするようなことは何もないと言うべきである。申し開きをするつもりはないと答えるとは、裏を返せば何かをしたということではないか。と、頼朝は言いたいのである。

早速、ぼろを出したなとでもいうように、頼朝は笑みを深めた。

が、希子は取り乱すことも、怯むこともなく、

「左様に」

と、短く答えた。いわば頼朝に仇なす「何か」をやっていたと認めたようなものである。これには一座の者がざわめく。京都守護を任された一条は、つまり、希子のその「何か」を未然に防げなかったということだ。一条の動揺は一際激しく、額にうっすらと脂汗が浮かんでいた。

頼朝だけは狼狽えることなく梟の如く唸った。

「ほう……どうも心得違いをしていたようです」

頼朝が口を開くと皆が黙る。希子が黙する中、頼朝は言葉を継いだ。

「私の見立てでは、西仏という僧に何かを伝えたものと」

「はい」

これも希子は素直に認めたため、頼朝は流石に驚いて眉を撥ね上げる。

そして一転、深く息を吸い込むと、眼光鋭く睨めつけ、低く言った。

「誰が謀叛に加わっている。今、話せば貴女だけは見逃すと約束しよう」

「謀叛など企ててはおりません」

希子は毅然とした態度で答えたが、頼朝の目に宿る猜疑の色は一向に褪せない。

「そこまで認めておきながら……誰だ。各地に潜む平家の残党か。奥州藤原の残党か。それとも我が身内にいるのか。あるいは朝廷の――」

「謀叛など企てていないと申し上げています」

頼朝の言を遮り、希子は改めて強く言い放った。

「それを信じろと……」

嘲笑うように、頼朝は鼻を鳴らした。感情が昂り、本性が見え隠れし始めている。

「写し鏡のようなものです」

「写し鏡？」

頼朝は鸚鵡返しに訊いた。

「人は自らに疚しいところがある時、相手も疚しいことを秘めているように見えるものかと」

「お言葉が過ぎますぞ！」

希子の言葉に、頼朝よりも早く、一条が吼えるように嚙み付いた。自らの失態を挽回しようという思いもあるのだろう。その表情には怒気の他に、ありありと焦燥の色も浮かんでいる。

「一条殿」

頼朝が低く制したが、一条はなおも唾を飛ばす。

「立場というものを――」

「一条殿」

さらに低く、畳を這うが如き声で頼朝は言った。その迫力の凄まじさに、一条のみならず、他の者たちも固唾を吞んで見守った。

「失礼致した。いや、仰せの通りです。私は何人も信じぬ性分でな。しかし、そもそも人とはそのようなもの。誰もがその胸に何らかの疚しさを秘めているのではないでしょうか」

頼朝は口角をくいと上げ、頬に食い込むような笑みをつくった。

「たとえ、兄弟だとしても……」

「左様。血の繋がりがある肉親なら猶更です」

はきと言い切り、頼朝は頷いてみせた。

不世出の戦の天才、源義経はすでにこの世にはいない。眼前の兄、頼朝に七年前に殺されたのである。

「義経が京で謀叛を企てたのは、貴女もご存じのはずです」

頼朝は得意げな笑みを向けた。

「謀叛と討伐、どちらが先でしょうか。私もあの日、船の上にいたことをお忘れでは？」

壇ノ浦での戦いの最中、希子も確かに見た。阿波重能が平家から離反した直後、源氏軍の船群に一斉に、南無八幡大菩薩と書かれた幟が上がったことを。その幟を掲げたのは全体の約七割ほどで、幟を上げなかった残る三割目掛けて攻撃を開始したのだ。その三割に、義経はいた。

その時、知盛の乗る茜船は最前線にあった。一方の希子は最後方、帝の乗る唐船の中にいた。

阿波重能の裏切りにより平氏側に悲鳴が渦巻いた直後、源氏軍同士の戦いが始まった。

――敵の中から我らに味方する者が現れたのだ！

などと、歓喜の声を上げた者がいたのも覚えている。だが、希子は楽観することはなかった。

何が起こっているのかは判らない。だが、これが平家にとっての僥倖などでないことは直感した。

喜びに沸いたのも束の間、今にも重能が攻め寄せてきそうなことを思い出し、唐船の中はまた

恐慌に包まれた。皆が慌てふためく中、希子だけが冷静に、

——前へ行きましょう。今はただ前に。茜船に付いてゆくしかありません。

と、言い放った。それはすぐに容れられ、唐船は前へと進み出したのである。

「ふむ……そのような話は私も耳にしたことはあります。ただあれは行き違いがあったと聞いております」

「行き違いで、味方に矢を射掛けると？」

「坂東武者は荒くれ者揃いで、ちと思慮に欠けるところがあります。仮に真に九郎を討たんがためのものだったとしても、私は一切それを命じた覚えはございませぬ」

頼朝は首をゆっくりと横に振り、さらに言葉を継いだ。

「九郎と仲の悪かった梶原あたりの独断。あるいは私に忖度したのでしょうな。しかし、今となってはどちらでもよいことです」

頼朝は一転して饒舌であった。疚しいところがあるからか。いや、そのようなことは、いかようにでも握りつぶし、塗り替えられるという驕りが見えた。

「まだ、九郎の話を？」

頼朝は空虚な笑みを見せて、冷ややかに訊いた。

「この機会に、鎌倉殿の口から真実を伺いとうございます」

希子が言うと、頼朝は小さく鼻を鳴らした。

「まあ、よいでしょう」

それもまた一興とばかりの口振りだった。

すでに平家は壇ノ浦の地で滅んだ。今更当時のことを探られたとて、何が変わることもない。義経は味方の攻撃に晒されるという不慮の事態に遭遇したが、そのすぐ後に京で後白河法皇に謁見したことが判っている。戦場から逃れたのは確かである。

続々と京に戻る軍勢の中には、壇ノ浦で義経に攻めかかった者もいた。あの光景を見ていた希子は、むしろそちらのほうが多かったと思う。

だが京では大した騒乱は起こっていない。故に京の者、世間の者たちには、源氏軍が一枚岩であるように見えている。まだ奥州には藤原氏という勢力がおり、平家の残党も多く潜んでいる中、源氏の者どももそう見せねばならなかった。

加えて義経は、平家を追討した英雄である。民からの人気も頗る高い。この場で義経を殺してしまえば、どのような事態になるか判らず、また責任を取ることを恐れ、皆が静観して表向きには義経に従う姿勢を見せていたのだろう。ただその間、梶原などは、頼朝に頻繁に文を出して指示を仰いでいたに違いない。

先手を打ったのは義経であった。京で独立の構えを見せ始めたのである。ただ正面から頼朝に弓を引いたとしても、京にいる大半の武士は従わず、反対にここぞとばかりに義経を殺そうとするだろう。そこで義経は、いや、とある人物が一計を捻り出した。

「鵺のような御方よ」

流石に大声で言うのは憚られたか。頼朝はぽつりと呟いた。

後白河法皇である。近付いたのが義経からか、後白河法皇からかは判らない。手を伸ばしたのは両者ほぼ同時だったのではあるまいか。後白河法皇としても、平家が滅んだことでさらに力を増す頼朝に対する、牽制（けんせい）の意味もあっただろう。その後白河法皇が取った策というのが、

――平家追討に功のあった武士に官職をばらまく。

と、いうものであった。

頼朝が言うように、坂東武者には思慮の足りぬ者が多い。多くの者が無邪気に喜んで、任官を受けてしまった。これで後白河法皇が義経に頼朝追討の院宣（いんぜん）を出せば、この者たちは立場上、逆らうことが出来なくなってしまう。それを狙ったものであろう。

もし、知盛が生きていたならば、何と言っただろうか。

――九郎、ちと遅い。

であるとか、

――あの御方は無理と思えばすぐに退（ひ）く。寄りかかり過ぎては危ない。

などと、忠告していたのではないかと、希子は思う。知盛は義経の希代の軍才を認めていた。一方で、それ以外は幼児の如し、政略を含む大局を見る目は無いと、苦い笑いを浮かべていたのを覚えている。

さらに知盛は生前、平家が滅んだのちに義経の独立は難しいだろうと語っていた。その時、義経が活路を求めるならば一つしかないとも。故に、生きていたならばこうも言っただろう。

――藤原のもとへ奔（はし）り、共に起（た）て。

と。

事実、知盛の予想通りに事は動いた。

頼朝は自分の許しを得ずに朝廷から官職を受けた武士らを、罵り、詰り、脅し、鎌倉に入ることはおろか、東国に戻ることすらも禁ずる旨を伝えた。

そこで初めて、事の重大さに気付いたのだろう。武士たちは頼朝が怒っていることに仰天し、また震撼して、挙って許しを請うた。後白河法皇は己の策が破れたことを悟り、早々に義経と離れた。それどころか、逆に頼朝が出した義経追討の命を後押しする宣旨まで出した。こうして義経は命からがら京を逃れ、奥州へと落ちていったのだ。

各地の武士が義経を捕えて手柄にしようと待ち構えていた。道中、相当な苦労を強いられたことは容易に想像出来る。だが義経は何とか奥州へと辿り着いた。

一方、頼朝は行方不明となった義経を追うと同時に、奥州藤原氏に向け、

——陸奥から京へ献上する馬と金は己が仲介する。

と、申し入れた。

藤原氏はこれまで、朝廷に直に使者を送ってきた。その間に頼朝が入ろうとするのは、己の麾下に入れと言っているに等しい。己の姿勢を明確に示したことで、

——義経を受け入れるなら覚悟は出来ているだろうな。

と、脅していることにもなろう。

当主藤原秀衡は頼朝の出方を探ろうとしたのか、まずはこれに従い、金と馬を素直に鎌倉に届

けた。

だが頼朝はさらなる要求を考えているとの噂が広がり、秀衡はどちらにせよ合戦は避けられないと悟ったらしい。逃れて来た義経を迷うことなく匿った。

義経が奥州平泉に逃れてから七か月後の文治三年（一一八七年）九月、頼朝は、

――秀衡が義経を助けて弓を引こうとしている。

と朝廷に訴え、追討の軍を調えた。

「秀衡入道は不遜な男でしたな」

頼朝は苦々しく零した。

「正直、肝を冷やしておられたのでは？」

「と、申しますと」

希子が問うと、頼朝のこめかみがぴくりと動く。

「もし秀衡殿が今少しご存命であれば、こうして鎌倉殿にお目通りすることは叶わなかったかもしれぬと思いました」

「私が負けると？」

「はい」

間髪容れずに希子が答えたことで、頼朝は眉間に皺を作って怒りを露わにした。

藤原秀衡は追討の院庁下文が出た二か月後、この世を去ったのである。急逝したという訳ではなく、どうも随分前から病に躰を蝕まれていたらしい。それでも何とか気力を奮い立たせ、藤

原氏始まって以来の危難に立ち向かっていたのだろう。

秀衡の跡目は正室の子で次男の泰衡が継ぐ予定であった。だが側室の子の長男、国衡はそれに不満を抱いており、兄弟の仲は険悪。秀衡はこれを憂え、

――義経を主とし、泰衡、国衡はそれを扶助せよ。

という遺言を残した。

だが結局、それは守られることはなかった。頼朝の度重なる圧力に堪えかね、義経を差し出して和睦する道を選んだのだ。

泰衡は軍勢を差し向け、義経の居である衣川館を襲撃したのである。

義経の手勢は僅か五十にも満たず、たとえ戦の天才であろうと抗いようがなかった。郎党たちが次々に討たれ、妻子も殺された。一の郎党である武蔵坊弁慶は敵勢を蹴散らし続けたが、最後には全身に矢を受けて仁王立ちのまま死んだという。

そしてそれから間もなく、義経もまた、かの地で死んだ。

その後、義経を差し出した甲斐もなく、藤原氏は頼朝から追討の大軍を向けられた。義経を斬り捨てたことで、藤原氏の命運は決した。兄弟仲も険悪な故に一枚岩となって頼朝に立ち向かうこともできぬまま、その栄華と隆盛からすればあまりにも呆気なく滅んだのだった。

もし、秀衡が今少し長く生きていれば、十七万騎ともいわれる奥州軍の指揮を義経に託したであろう。義経は頼朝軍を打ち破り、鎌倉まで雪崩れ込んだのではないか。希子は戦のことは知らない。ただこれも生前に知盛が、

――そうなっても義経ならば必ず勝つ。

と、言っていたのである。希子はそれを信じたに過ぎない。

「今となっては詮なきことでございましょう……九郎はすでに死んだのです」

挑発と取ったのだろう。それに乗るのも愚かだと思ったのか、頼朝は自嘲の笑みを浮かべつつ言った。

「蒲殿も」

希子は真っすぐに顔を見据えて言った。

蒲殿とは同じく頼朝の弟、源範頼のことだ。その将才は義経とは比ぶべくもないが、頼朝の指図に従って忠実に戦い続けた。平家との戦いの最後にはじりじりと九州を制圧し、壇ノ浦では陸に陣取って決戦を側面から助けた。

この範頼が壇ノ浦で義経を討つように命じられていたのかどうかは判らない。源氏が同士討ちを始めた折、陸の範頼軍が激しく狼狽しているように希子には見えた。

少なくとも義経に向けて矢を放ったりはしていないことから、頼朝からの指示は無かったものと思われる。頼朝は範頼を信じなかったのだろう。藤原氏の追討にも範頼は参加した。頼朝の兄弟で最大の功労者のはずである。

「あれも謀叛を企てたもので……」

頼朝は目を細めて言った。

その後、範頼は些細な一言を咎められた。難癖をつけられたようなものである。範頼は伊豆に配流され、その地で間もなく息を引き取った。表向きには病没だとされているが、頼朝が人をやって殺させたという真しやかな噂も流れている。

「やはり……兄弟とて信じられはせぬ。人はつくづく醜いものです」

頼朝は肩を落としてわざとらしく溜息を溢した。そして、ゆっくりと顔を上げて続ける。

「貴女を疑うのもそれ故のこと。話を戻す。誰と謀叛を企てている」

「何度でも申し上げます。私は謀叛など企ててはいません」

希子もまた澱みなく答える。このままでは堂々巡りだと思ったらしく、頼朝は一条に向けて顎をしゃくった。

「例のものを」

「はっ……」

一条が腰を浮かせ、部屋の外の者に何かを命じる。暫くすると、開け放たれた部屋から見える庭に四人の武士が入って来た。白い布が掛けられた板のようなものの四隅を四人が支えている。布が盛り上がっていることから、板の上に何かが載っているらしい。

それが何か、察しがついた。心臓の鼓動が速くなり、吐き気も込み上げてくる。希子は膝の上で拳をぐっと握りしめた。

「御覧下され」

縁に板が置かれた後、頼朝が妙に高い声で言った。

武士たちによって、さっと白布が取り払われる。そこにあったのは瞑目する男の首であった。

希子は爪が食い込むほど、さらに拳を握って震わせた。

「誰か判りますか?」

「私の……子です」

それはまさしく知忠であった。

「左様。私の命を狙った謀叛人です」

頼朝は薄ら笑いを浮かべ、さらに立て板に水の如く捲し立てた。

「しかし、おかしいですな……確か貴女はもう十数年も知忠に会っていないと仰ったはず。それなのに間髪を容れず見抜かれた。これは貴女と知忠が密かに会っていた証左ではござらぬか。即ち、貴女も謀叛を企て――」

「いえ、真に会えていません」

会っていないではなく、会えていないと言ってしまったのは、母としての積年の想いが滲んだからである。だが頼朝にはそのようなことは気にならないらしく、口調を痛烈なものに変えた。

「嘘を吐くな。都落ちの折、知忠はまだ八歳の童。齢二十一となった今では、相貌が大きく異なっているらしいではないか。試しに知忠の幼い頃を知る者たちに見せたが、誰一人として言い当てられなかったのだぞ!」

「愚かな……」

虚勢を張るわけではなく、希子は心の底から呆れた。怒りを通り越して頼朝が不憫にさえ思える。

「何だと」

「余人はいざ知らず、母ならばたとえ何年会わずとも我が子が判るものです。鼻筋に傷があるでしょう……」

知忠の側にいた武士が確かめて思わず頷く。

「それは兄の知章と共に遊んでいる時、転んで縁側に顔を打って出来たものです。顎にも小さな傷痕があるはず……」

また別の武士が顔を覗き込んであっと小さく声を上げる。

「亡夫の腕にしがみついて遊んでいる最中、手を離してしまって顎を強かに打って……知忠は号泣し、夫が酷く狼狽したのを覚えています」

「むう……」

頼朝は下唇を嚙みしめて呻いたが、希子はなおも話し続けた。

「生まれつき頰にある小さな痣も、左こめかみの黒子も、少し捻ったような耳朶の形も、紛うかたなき知忠です。そして何より……」

希子はそこで言葉を切り、正面から頼朝を見つめて言い放った。

「夫に瓜二つです」

頰に一筋の涙が伝った。幾ら覚悟していたとはいえ、この苦しみばかりは抑え難かった。だが目の前の男にはこの気持ちが真に解らないのであろう。それこそが頼朝が天下を獲れた要因であり、それこそが頼朝の人としての哀しさであると思う。

「左様か」

知忠の首を出して見せれば動揺から謀叛の真実を吐露する。そうでなくても辻褄の合わぬことを口走る。頼朝はそう思っていたのだろう。何とも忌々しげに吐き捨てた。

「鎌倉殿、何をされても謀叛の事実は出てきません。何故ならば、何度も申し上げているように、そのような企ては微塵も無いのですから」

「堂々巡りだな。貴女の言葉は信じるに足りぬ」

頼朝はもう感情を隠すことなく鼻を鳴らした。

猜疑心の塊のような男である。いや、生まれた時はこうではなかっただろう。これまでの生き方が頼朝をこのように変えたのだと感じる。

「と、申されましても」

希子はわざと困り顔になり、少し首を傾げた。

「では、西仏なる僧は何だ。企ての繋ぎ役でないならば何なのだ」

「謀叛の企てはありませぬ。しかし繋ぎ役というのは、言い得て妙かもしれません」

「認めたか」

「はい。されど相手は平家の生き残りでも、朝廷の公家でも、奥州の者でも、ましてや鎌倉殿の御家人でもありません」

「では、誰だ」

凄む頼朝に向け、希子は微笑みながら凛として答えた。

「千年後を生きる人に」

何を言っているのだと一座が困惑し、沈黙が落ちた。暫しの無言の中、頼朝だけがわなわなと拳を震わせ始めた。

「まさか……」

「はい。編みました」

希子が答えると、頼朝は下唇を噛んだ。

時代の勝者が自らの功績を書として編纂する。この国だけでなく、古来大陸でも行われて来たことである。

そこでは、善きことは誇張され、悪きことは除かれる。時には事実が曲げられることも、全く無かった空事が記されることすらある。そうして伝えられるものが、この国の「歴史」となっていくのが現実であった。

頼朝もまた、奥州藤原氏を滅ぼして敵対する者がいなくなった今、自らの事績を取り纏めた書物の編纂を始めていると聞く。その記の中では、生きる者の顔は皆、頼朝の都合のよいように塗り替えられているはず。

それを止める。善きも悪きもそのままに、この激動の中を生きた者の姿を後世に伝える。それが知盛より託された希子の、平家最後の戦いであった。

「治承物語といったところか……全て燃やしてやる」

頼朝は歯軋りをしながら呻いた。

「それは能わぬことかと」

「何……」

「人の口から口に。胸から胸に。この物語はこの国を駆け巡ります。そして治承物語とは謂いませぬ」

頼朝が唾を呑む中、希子は静かに言った。

「平家物語と」

「くっ……」

頼朝は眩暈がしたように仰け反って額を押さえた。

「鎌倉殿！」

一条が駆け寄って支えようとするが、頼朝は我を失ったようにその手を弾いた。

「触るな！」

血走った目で睨みつけられたので、一条はひっと声を上げて後ろに蹌踉めいた。頼朝は頭を抱え込み、獣の如き唸り声を漏らす。

「動き出したのは壇ノ浦からすぐか……せめて、今少し早く気付けば止められたのに……義経に気を取られているうちに……」

もはや誰も声を掛けられずにいる中、頼朝はぶつぶつと独り言を繰り返した。

「そうだ、そのせいだ。何故、仕留められなかった……完璧だったはずなのだ」

今となってはどうでもよいことなのだろうが、頼朝は動揺のあまり、義経を殺そうとしたことを認めてしまっている。

「梶原め……散々言い訳をしおって。あの時、義経の運はまだ尽きていなかったのか……」

「真に、運であると？」

希子がふいに言うと、頼朝は恐る恐るといったように頭を擡げる。その顔は青を通り越して紙の如く白くなっていた。

「自らの運が悪く、九郎殿が僥倖に恵まれていた。梶原殿たちにはそう見えていたことでしょう」

「そんな……まさか……」

「それが新中納言知盛という人です」

頼朝は声を失って鯉の如く口を動かす。あの日、あの時、平家滅亡を前にして知盛が下した決断は何だったのか。これは平家物語の中にも残してはいない。何故ならば平家物語を守るための物語だから。

源平の喊声、波の音が耳朶に蘇る中、希子は最後の真実を語り始めた。

一

知盛は雄大な空に向けて細く息を吐いた。

平家は間もなく地上から消滅しようとしている。滅ぶとは何か――。血が途絶えることではない。平家の血筋を継いだ者は各地におり、それこそ敵方にもいるのだ。我らがいうところの滅ぶとは、平家と呼ばれた大きな家族が終焉を迎え、散り散りに、それぞれの道を行くことである。

今より男が向かうのは死出の旅路。たとえ幼子であっても生き残ることは許されまい。武を忘れた公達と揶揄された平家の男たちであるが、家と共に散る運命、皆がその覚悟を決めている。その心構えの一点においては、源氏の男どもに後れを取ってはいないと断言出来る。

女が向かうのは明日への旅路。時にそれは死よりつらいかもしれない。中には堪えかねて死を選ぶ者も出よう。それでも思い止まれるならば、ただ明日へと生き抜いて欲しい。それが知盛だけでなく、平家の男全ての想いである。

大将とは必勝を誓いつつ敗れた時のことも考える。この矛盾を抱えることが出来る者が務めるものである。知盛もまたそうであった。

この一戦で敗れ、平家が滅んだ時、義経のおかげで、女たちの旅路はやや易しくなるであろう。平家を討った後、頼朝の頭は必ずや義経を始末することで一杯になる。今はまだ頼朝を信頼している義経であるが、やがては己に向けられた疑心の強さを思い知ることになるであろう。義経がひとたび覚悟を決めれば、一筋縄ではいかない相手となるのは己が最もよく知っている。

頼朝が義経に手を焼いている間に、女たちには頼朝の目が届かぬところに身を潜める猶予が生まれる。そのような中では、平家の残党が蜂起せぬように、頼朝も女には苛烈な処置を取らぬと見ている。これまで数々の死闘を繰り広げて来た平家の大敵である義経が、女たちの旅路を照らす一条の灯りとなるのである。その義経の命が今、眼前で消えようとしている。

――九郎。

必死に防戦する義経軍の船団を見つめながら、知盛は心の内で呼び掛けた。

平家の女たちが生き残るためという打算はある。が、それとはまた別の感情が胸に込み上げている。共にこの時を生き抜いて来た男よ。己は先に散るが、時の流れを弄ぶ頼朝に最後まで見せつけてくれ、最後まで生き抜いてくれ。

と、いう祷りにも似た想いである。

「皆の者、背後の重能は捨てる」

知盛は静かに呼び掛けた。皆が、己の次の一声を待っていたようであった。然程、大きな声でなかったにもかかわらず、教経を始めとする茜船に乗る全ての者の視線が、一身に集まる。

無数の八幡大菩薩の幟が海に揺れる。そのうちの一つを見据えながら、知盛は凛然と言い放った。

「ただ前に。九郎を……義経を救う」

それが平家の女、妻や、娘のためになることを、茜船に乗る平家の男たちは判っている。宿敵を救う。宿敵と共に闘う。複雑な想いもあろうが、時が残されていないことが却って幸いした。すぐに迷いを振り切ったように皆が頷く。

「しかし、義経は判るでしょうか」

郎党の一人が訊いてきた。平家軍がさらに前へと進むのを、義経は自身も含めた「源氏軍」への最後の攻撃と取るかもしれない。ただでさえ、義経は兄である頼朝の裏切りに動揺しているだろう。梶原の独断と思い込んで激昂しているかもしれず、いずれにせよ、こちらに向けて攻撃を仕掛けてくるかもしれない。郎党は早口でそのように語った。

「心配は無用。必ずや伝わる」

知盛ははきと答える。むしろ己の動きで、梶原の独断ではなく、ようやく頼朝の裏切りだと確信すると思っている。つらつらと述べる必要はない。ただ、義経と歩んできた道を知盛は信じている。

「鉦を‼」

知盛が命じると、茜船から鉦が鳴らされる。これが最後の鉦となろう。その意味は、

――前の敵を討つ。

と、いうものである。敵とは何か。知盛はここまで共に戦って来た、平家の武士たちをも信じた。

茜船が動く。これまで射掛けられた無数の矢が突き刺さり、敵船との衝突で傷つき、満身創痍である。だが、これまで以上に力強く漕ぎ出す。まるで散っていった無数の平家の、そして知章の魂が、この船に宿ったかのように。

「射尽くせ！」

もう残る矢は少なくなった。残しておく必要もない。頼朝軍に向けて茜船から矢が猛射される。他の平家軍の船も続く。想いは伝わっている。そうでなければ説明できないほどの蛇行を見せながら、義経軍を避け、頼朝軍に突貫していく船もある。

背後の重能軍を打ち捨て、全軍で突撃を敢行するとは思っていなかったのだろう。虚を衝かれた頼朝軍は決死の猛攻に崩れて行く。

その最中、頼朝軍から太鼓が鳴った。すぐ後に続く船団の動きから、それが如何なる指示かを知盛はすぐに読み取った。

——まずは義経を討て。

と、いうものである。

追いすがる重能軍に背後を衝かれ、いずれ平家軍は後ろから崩壊していくだろう。ならば今は、突撃してくる平家に構う必要はない。義経を逃さず、この戦場で仕留めることを優先しようというのである。

故に義経軍は頼朝軍に、頼朝軍は平家軍に、平家軍は重能軍にそれぞれ追い立てられているという奇妙な恰好となった。もしも鳥となり空から見下ろせたならば、嘲笑の囀りを響かせるか、人の業の深さに慄くかのどちらかであろう。

義経はこのまま逃げても討たれる。一度、反攻に出れば頼朝軍の出鼻を挫くことが出来る。そうやって猶予を作り、その隙に逃げるしかない。

「九郎」

知盛は呼んだ。荒ぶる海風の中、義経が己を呼ぶ声もまた、聞こえたような気がする。次の瞬間、義経軍から太鼓が鳴る。波をかぶったせいで革が緩んだか、頼朝軍のものよりも打音に揺れがあり、人の叫び声を彷彿とさせた。

義経軍の動きが止まり、矢が射掛けられる。さらに船が反転し、頼朝軍に向けて突撃を開始した。

「行くぞ」

かつては謙遜していたが、幾多の戦いを経た今、知盛は己に軍才があると自負している。ただ同じ時に、天は同等かそれ以上の才を産み落とした。幾度も火花を散らした二本の矛が、初めて並んで襲い掛かる。数だけなら圧倒的に優勢であるはずなのに、頼朝軍はまるで嵐に見舞われたかのように浮足立った。

「後軍は！」

知盛は振り返った。阿波重能も動いている。これに下手に抗えば、平家軍は早々に後ろから崩れていく。義経を逃がす時を稼ぐために頼朝軍を崩すには、平家全軍は重能軍を無視して、ひたすら己たちの後をついてくるのが最上の策である。

ただ、兄宗盛はそれに気付くであろうか。宗盛は頗る人が好く、平時こそ輝くが、戦時における決断力は乏しい。故に己が支えて来たのだ。

「動いております！　帝のおわす唐船も！」

郎党が諸手を上げて叫んだ。

「よし」

これで時が稼げる。後方を見張っていた郎党に拠ると、まず唐船が動き始め、他の船もそれに続いたという。

――希子。

知盛は心の中で呼び掛けた。長年、連れ添った者の勘でしかないが、希子が決断を下したような気がした。ただ己に、茜船に付いていくべきだと。

「九郎は酉の方角へと動く！　我らは乾に舵を切れ‼」

知盛は高らかに命じた。何故、そのようなことが判るのだと、一瞬の迷いを見せた者はいる。だがその直後、知盛の言った通り、義経軍が西に向けて動き始めたので、皆が吃驚して息を呑みつつ、慌てて舵を北西へと切った。義経軍を頼朝軍が追う。すると北西に進んだ平家軍がその背を真後ろから衝く恰好となる。

「九郎、流石だ。解っているな」

己が、平家が、総力を挙げて義経を逃がそうとしていることを。故に義経は平家軍が攻め掛かるのに合わせ、一度は反攻して頼朝軍を怯ませた後、舵を切って退却に入ったのだ。北に逃れても陸には範頼軍がいる。これは敵か、味方か、依然として判らない。故に道は西しか無いのである。

「あれは……」

頼朝軍のうち、小早舟だけが突出する。しかも義経軍と接触しても止まることなく、隙間をするすると縫って進んでいるのだ。大船では取り逃がすと見て、小早舟のみで義経の船に追いつこうとしているらしい。

梶原も危険を承知している。たとえ三十の小早舟のうち、二十九までが潰えたとしても、残るただ一艘が追いつき、義経を討てさえすればよいという考えである。

茜船を始めとするような大船では、頼朝軍の大船に遮られるため、小早舟を追おうとしても身動きが取れない。

「能登」

「おう」

何を命じられるのか判っているようで、教経は複雑な面持ちである。

「行けるか」

「くそ……あれほど殺したかった奴を救うのか」

教経は大きな溜息を零し、項を掻き毟った。

「頼む」

「せめて派手に斬りまくってやるか」

「罪作りなことをするな。よき敵でもあるまい」

知盛が苦笑すると、教経は郎党から薙刀を受け取って拗ねたように言った。

「向かって来る奴は斬るぞ」

「ああ。教経、お前の手であの男を救って、この戦場一の武者だと認めさせてやれ」

「兄者」

教経は苦い息を漏らすと、口調を改めた。

「さらばだ」

知盛が頷くと、教経はさっと身を翻して大音声で叫んだ。

「我が郎党は付いて参れ！　これより九郎義経を助けに行く‼」

「応‼」

教経の郎党四十余が茜船を降り、五隻の小早舟に分かれて乗り込んだ。

小早舟が滑るように進む。大船の間を縫いながら。いずれも数条の赤の幟を掲げているため、大海に浮かぶ落葉の如く、いや五本の火焔の槍の如く見える。凄まじい速さである。

「我らも追え。あの二隻の大船の間をこじ開ける」

知盛が声を振り絞る。

「船が沈むことも」

郎党が止めた。混戦の中に乗り入れれば、当然ながら茜船も傷つく。相手が小早舟ならば僅かな傷ですむかもしれないが、敵の大船との接触で大穴でも空けば沈没すら有り得る。

「構わぬ」

教経は今から数十の小早舟を相手にする。せめて背後の敵だけでも除いてやらねばならなかった。

「承知！」

郎党も覚悟の声を上げて、さらなる進軍を伝える。茜船は教経の小早舟を追い、敵軍に肉薄した。

「ぶつかるぞ‼」

小早舟を数隻弾いた衝撃で船が揺れた後、郎党が皆に呼び掛けた。身近なものに摑まって姿勢を低くした時、轟音が鳴り響いた。

まず一艘とは斜めに擦れ違った。船同士が擦れて互いの垣立が粉砕される。船縁の向こうに、驚愕に顔を歪める頼朝軍の武士が見えた。

もう一艘とはほぼ丁の字に交わる。

――頼む。

知盛は心中で、茜船そのものに呼びかけた。

次の瞬間、茜船の舳が敵船の上棚に突き刺さる。豪雨に見舞われたかのような飛沫と共に鳴動が起こった。知盛の念に応え、まるで茜船が咆哮したかのようにさえ思える。

敵の大船はゆっくり傾いていく。もはやこれまでと海に飛び込む者どもは、人の気配を察し、畦道から水田に飛び込んでいく蛙を彷彿とさせた。

道が、拓いた。これで暫しなりとも、教経の背後を守ることが出来る。その教経と郎党たちは、すでに頼朝軍と攻防を繰り広げている。教経の郎党は強い。敵が一矢を放つ間に二矢を撃ち返し、小早舟を搦め捕らんとする熊手を叩き斬り、飛び移らんとする者の胸を薙刀で刺して押し落とす。どの者も奮戦しているものの、教経はやはり別格であった。右手に薙刀、左手に大太刀という仁王の如き姿である。飛び交う矢を全て薙ぎ払い、叩き落としている。

教経の乗る小早舟に乗り移らんと、三人の敵がほぼ同時に飛んだ。そして、一斉に鮮血を散らして海へと落ちていく。教経の早業であることは確かだが、誰もその動きを目で捉えられず、どうやっているのか見当も付かない。教経の武はここに来てさらに一段上がり、神懸かりの如きものになっている。

　一方の義経軍は懸命に逃げようとしている。縋る頼朝軍の船足を落とすため、水夫にまで矢を射掛けていた。だが頼朝軍は積極的に船を寄せてきて、思う儘にならない。小早舟が密集し過ぎており、まるで突如として小島が出来たかのようにさえ見える。そのような中、十数の屈強な武者が、船から船へ飛び移りながら進んでいくのが見えた。

「九郎！　来ているぞ！」

　教経が雄叫びを発す。はっとして振り返る者がいた。間違いない。義経である。脇に弁慶らしき大男もいた。義経も気付いたものの、密集する小早舟から自分の船を逃がすこともできず、頼朝軍の武者たちは船を伝って迫っていく。

「逃げろ‼」

　立て続けに教経が咆哮した。義経が頷いたように見えた。弁慶の方を向いて一言、二言何か言葉を交わし、義経はひらりと宙を舞って隣の船に飛び移った。

　その時、教経もすでに敵船に乗り移っている。降り注ぐ刃を弾き飛ばし、敵を瞬く間に斬り伏せる。そしてまた次の船へと飛び、そこでも血飛沫が風に舞い上がった。誰にも止められない。まるで教経に触れることが、則ち死だと錯覚するほどの強さである。

　義経を追う十数の武者が二手に分かれた。挟み撃ちにするつもりなのだろう。その一手、七、八人が先程まで義経のいた船に乗った時、そちらでも男たちの命が空に吹き飛んだ。

「弁慶！　止めろ！」

波を越えながら、教経は吼えた。弁慶は薙刀でまた一人を幹竹に叩き割り、

「御曹司を！」

と、これまた大音声で答えた。

「任せろ‼」

教経は船に降り立って、走り、また跳ぶ。これは義経の船だが、誰も教経を止めようとはしない。

いつの間にか、逃げる義経、それを追う頼朝軍の十一人の武者郎党、さらにその後を追う教経という恰好になっている。

九郎が飛び移った小早舟が、他の小早舟と接触して大きく揺れる。そのせいで足を滑らせた九郎は前のめりに転んだ。

頼朝軍の十一人が距離を詰める。だがその時、野獣の如き速さで猛進する教経はさらに間を縮めている。

「立て‼」

教経は大きく振りかぶり、薙刀を投げた。海面と平行に豪速で飛んだ薙刀は、先頭の武者に突き刺さってその躰ごと吹っ飛ばした。

教経は再び宙を舞いながら、右手で兜の緒を外し、足が着くと同時に投擲した。これも見事に一人の顔に命中して、その者は海面へと倒れ込んで飛沫を上げる。

「九郎にはもう逃げ場がない！　後ろを止めろ！」
いつの間にか密集した小早舟の端まで来ている。もう飛び移れる小早舟はあと一艘しかない。もはや義経には先がなくなろうとしている。

ここで追っ手はまた二手に分かれ、五人が身を翻して教経を待ち構えた。うち二人は手にした弓から矢を放つ。翔ける教経は、一矢を首を振って躱し、もう一矢は左腕を楯代わりに差し出した。矢が突き刺さったことをものともせず、船上に降り立つや否や、大太刀をぶんと振るった。目の前の二人の首と胴が離れた。次に肩を入れると疾風の如き突きを繰り出し、また二人を串刺しに仕留める。残る一人は恐怖に慄き、何かに弾かれたように駆け出すと、迷いなく海に飛び込んだ。

教経の猛進を一時たりとも止めることは出来ない。残る四人に教経は遂に追いついた。いずれも身丈は教経に迫るほどで、特に屈強に見える武者たちであった。

「土佐国の住人。安芸太郎！」
「その弟、次郎！」

二人の武者が名乗りを上げた。三十人力の猛者として名高い兄弟である。残る二人はその郎党なのであろう。四人は同時に教経に襲い掛かった。

四本の白刃を、教経は太刀一本で払い、弾き、捌く。目にも留まらぬ早業の応酬の中、教経の袈裟斬りがついに郎党を捉えた。

だが、斬られた郎党は絶叫と共に教経の腕にしがみつく。その刹那、太郎、次郎、今一人の郎党が刀を構えて躰ごと教経に体当たりする。

「能登……」

知盛は唇を引き結んだ。三本の刀は教経の体軀を貫いている。

「鎌倉の頼朝に言いたいことがある！」

教経の大音声が響き渡る。

「この戦は我らと九郎の戦、指を咥えて最後まで見ておれ‼」

教経は太刀を捨て、太郎と次郎の首に太い腕を回した。郎党には頭突きを入れ、仰け反ったところに痛烈な蹴りを食らわせる。郎党は熊に撥ねられたように吹き飛んで海に飛沫を作った。

「貴様ら、死出の山の供をせよ」

二人は悲鳴を上げてもがくが、教経の腕は全く外れない。

教経がちらりと振り返る。解けた髪が風に靡く。知盛には血に濡れた頰が緩んでいるように見えた。己に褒められた時に何度も見せた、いつもの子どものような笑みである。

教経は太郎、次郎もろとも、海に身を投げた。一際大きな飛沫が上がり、それが収まった時には教経の姿は無かった。ゆらゆらと揺れる小早舟の上には誰もいない。

義経はその様子を茫然と見つめていたが、すぐに味方の小早舟が駆け付けてきてそちらに乗り込んだ。水夫数人が必死に櫓を漕ぎ、少しずつ喧騒の満ちる闘争から離れていく。もはや追いつける船は無い。義経は戦場から離脱したと見て良い。

「すぐに行く」

知盛は泡一つ浮かんで来ない水面に向けて呟いた。

前に進んで時は稼いだものの、すでに重能軍は平家軍の背後を衝いており、味方は次々に討ち取られ、船も沈められている。降る者も出ているようだ。

ここまでは三つ巴の乱戦だったが、義経軍はほぼいなくなった。弁慶の乗る船も義経を追って退いた。去り際に、己に向けて深々と頭を下げたのを知盛は見ている。こちらも拮抗が崩れ、平家軍は徐々に頼朝軍に押され始めている。

間もなく負ける。知盛はその最後の時まで見届けるつもりである。

*

驚愕、いや唖然というのが相応しい。頼朝の見開いた目の奥、話すにつれて瞳が大きくなっていくのを感じていた。他の者たちも同様である。話の内容に茫然自失といった様子で、中でも一条などは流れ出た洟を拭くことすらなく固まっている。

「馬鹿……な……」

頼朝は何とか言葉を絞り出した。

「その後は鎌倉殿もお聞きでしょう」

寝返った重能軍に背後を衝かれ、前の源氏軍、厳密には頼朝軍と挟み撃ちにされ、川に浮いた葉が流れに呑まれるように、平家の船は一つ、また一つと沈んでいった。その中には、平家の象徴でもあった茜船も含まれていた。教経の援護のために敵陣の奥深くに入っていたため、四方八方から頼朝軍の攻撃に晒されたのである。とはいえ、茜船ほどの大型の船はそう容易く沈むものではない。己たちの手で船底に穴を空け、最後は自沈させたのだ。沈みゆく茜船に巻き込まれぬように、頼朝軍の船は一時離れた。

その時、六艘の小早舟が茜船から出て、帝の乗る御座所の船に向かって来る。そのうち五艘までは殿を務めて頼朝軍を食い止め、これもやがては沈んでいった。残った一艘、そこに乗っていたのは知盛であった。知盛は御座船に上ると、

――平家の世も最早これまでと思います。見苦しいものは海にお捨て下され。

と静かに告げた。皆、覚悟はしていたつもりだったが、流石に言葉に出されると茫然とする者も多かった。知盛は自ら船内を掃き清め始めたので、ようやく皆が動き出す。

女房衆の中には戦の有様を訊く者もいた。これに知盛は、

――珍しい東国の男を御覧になられるでしょう。

と、からりと笑った。これに対しての反応は二分された。知盛のこれを軽口と捉えて不敵に笑う者と、動揺から悲鳴を上げる者とである。

希子もまたその船にいた。何故、知盛がわざわざこのように答えたのか。何らかの意図があると思った。そして、その希子の予想は敵中した。

知盛は希子のもとに近付くと、

――今、悲鳴を上げた者は逃げられる。生きようとする。連れていってくれ。

と、頼んだのである。裏を返せば、笑った者は帝を残して逃げることを頑として聞き入れないので、幾ら説得しても無駄だろうと。

知盛は狼狽する女房たちに、小早舟で岸を目指すように伝えた。仮に陸まで辿り着けず、頼朝軍に捕まったとしても、大人しくしていれば命までは取られないと安堵させる。

女たちの逃げる支度が進められる中、覚悟した一門の者たちもまた支度を始めた。真っ先に動いたのは教経の父、門脇殿こと教盛と、その兄の修理殿こと経盛、二人の叔父であった。見苦しい姿を見せまいと碇を二人で背負う。互いに余計なことは何も口にせず、知盛に向けて慈愛の籠った笑みを向けて頷き、共に海の中へと身を投じた。

小松資盛、そのたくさんいた兄弟のうち、ここまで生き残った弟の有盛、従兄弟の行盛も手を取り合って海へ行く。臆病者と呼ばれた資盛だが、二人に最後まで励ましの言葉を掛けていたのが印象に残っている。

そして平家棟梁の宗盛、その息子の清宗もまた、船から飛んだ。宗盛は源氏の船に助け出されたが、その後、改めて死罪を言い渡された。殺される間際まで命乞いをしたので卑怯者として語られている。だが希子は、宗盛の胸中には他の想いがあったのではないかと思っている。何故ならば、宗盛は知盛との別れの中で、

――死ねぬかもしれぬ。

と眉を八の字に垂らし、正直に吐露していた。

――それもまた、兄上らしいかもしれませせぬな。

知盛もこの時ばかりは、棟梁とではなく、兄と呼んだ。

——お主こそ最後の平家だと思う。後は蛇足じゃ。

そう言った宗盛はわなわなと震えながら儚い笑みを見せ、子と共に海に飛び込んだのである。

ことさら臆病に振舞おうとしたというのは考え過ぎかもしれないが、平家という物語の最後はすでに知盛に託した。宗盛にはそんな想いがあったのではないかと思えるのだ。

そして、帝である。

清盛の後室である平時子、二位尼は三種の神器の一つ天叢雲剣を腰に差し、片手に神璽を、残る片手で帝をそっと抱き上げた。

帝は齢八つ。円らな瞳を二位尼に向け、

——尼ぜ、何処に行くのじゃ。

と、無邪気にお尋ねになった。

二位尼は滔々と帝を慰めた後、東の伊勢の神宮に暇を告げ、西の西方浄土に向けて念仏を唱えるように教えた。帝は言われたように、小さな手を合わせて東に、西にと向く。幼帝といえども、朧気ながらにただ事ではないと感じたのであろう。その手は確かに震えていた。

二位尼は少しでも不安を取り除いて差し上げたいと思ったのだろう。帝の黒々とした髪を撫ぜながら、

——波の下にも京はあるのです。

と、微笑んだ。帝がこくりと頷いた次の瞬間、二位尼は白波の下へと消えていったという。

これだけは、後に生き残った女房の一人から聞いたことである。希子も、知盛も、帝を生かす道を最後まで模索しようとしていた。ただ二位尼はこれ以上、帝に惨めな思いをさせたくなかったのだろう。希子と知盛が逃がす者、残す者を分けている最中の出来事であった。

希子は今も時々思う。本当に波の下には京があり、帝は穏やかな日々を送っていらっしゃるのではないかと。そう思いたい者は、きっと希子のほかにも数多くいるに違いない。

今生の別れはそのすぐ後のことであった。逃げる者は全て小早舟に乗り込み、あとに残るのは希子だけとなった。

恥も外聞もなく希子は知盛を抱きしめた。声を上げて泣いた。見えなくとも、知盛が少し困った顔をしているのが判る。そして知盛は、

――生きろ。

と、短く言った。今もその吐息の感覚が耳朶に残っている。

強く生きねばならない。知盛より託されたものがある。この時代を駆け抜けた男、翻弄された女の話、平家物語を完成させねばならぬのだから。

――貴方の最後の言葉は。

希子は耳元で囁いた。そっと離れた時、知盛は少し驚いた顔になっていた。ただその意味を悟ったようで、知盛は何度も見せてくれた穏やかな微笑みを浮かべ、短い一言を告げたのである。

「これが全てでございます」

希子はもう泣いてはいなかった。真っすぐに頼朝を見据えて話を結んだ。

平家が滅亡を覚悟しながら、総力を挙げて義経を逃がしたという真実を知らされ、その衝撃から頼朝は未だ立ち直れぬようで、ぶつぶつと独り言を漏らしている。

「何故……俺は……天下を獲ったのだぞ……」

「それは紛れもない事実です」

唇を小刻みに震わせる頼朝に向け、希子はゆっくりと続けた。

「しかし、それは鎌倉殿一人のお力ではない。ある者は勝者として、またある者は敗者として、綺羅星の如き男たちがこの時代を創ったのです。彼らは後の武士たちの憧憬の的となるでしょう」

「くそ……くそ……」

拳で自らの膝を殴打する頼朝に、希子は凜然と言の葉を放った。

「そして彼らの生きた姿は、千年後の人々の胸にも刻まれます」

「誰か！　この女狐を斬れ！」

怒りが限界に達したらしく、頼朝は顔を真っ赤にして吼えた。しかし、流石にこれに応じる者はいなかった。

壇ノ浦の戦いの後、希子は高倉天皇の次子、守貞を守りつつ京へと戻った。今より七年前の文治五年（一一八九年）に守貞は親王宣下を受け、持明院家ゆかりの持明院を御所として持明院宮を号している。仮にもその乳母である希子を、一時の感情で斬り殺してしまえば、頼朝の名は失墜する。そもそも希子にはこれという罪はなく、ただ物語を編んだだけなのだ。しかも、その物語は、頼朝をことさらに貶めるものでもない。

今後、朝廷と対峙していく幕府にとって、非道の烙印を押されることだけは避けねばならないのだ。

「落ち着いて下され！」

もはや一時もこの場に居させてはならないと思ったのだろう。一条が最後に覚悟を見せ、供の者たちに命じて囲むようにして、頼朝をこの場から遠ざけようとする。座は瞬く間に喧騒に包まれたが、希子は座したまま一切動かない。

喚き続ける頼朝は、供の者に懇願されながら引きずられていく。初めの落ち着きが幻だったかのように激しく取り乱している。

彼は時代を一人で創った英傑になりたかったのだと、改めて確信した。

「一言！　せめて一言、詫びよ。詫びてくれ！」

体裁を取り繕うためだろう。一条が悲痛な声で叫んだ。

だが、希子はやはり動かない。今、全てをやり遂げた。己の、夫婦の、家族の、平家の戦いがようやく終わったのだ。

「――――」

希子が静かに放った一言は、求められた詫びの言葉ではなかった。あの日、夫が自身の最後の言葉として、平家物語に刻むように伝えたものと同じである。

一条は舌打ちをして、もう何も言わなかった。怒号、喧騒が遠のいていく中、希子は茜に滲み始める空を見上げながら、夫と共に戦い続けてきた十一年の日々にそっと胸の中で別れを告げた。

終

夏が近い。

潮風の中に青葉の香りを感じたのだ。喊声はすでに随分と収まり、波の音も蘇って来た。まだ何か策を秘していると疑っているのか、頼朝軍の船は攻めて来ない。そのせいでほんの僅かな猶予が生まれている。知盛は足元に転がった碇を摑んだ。

すでに船内には己一人である。命を散らしたか、あるいは明日に踏み出したか。その違いはあれど、舞台から降りるべき者はすでに降りた。

義経の船はもう見えない。今頃、何処かの岸に辿り着いているのではないだろうか。感謝の言葉など求めていないし、あの男は言わないだろう。ただ最後まで生き抜けばよい。

希子の乗る小早舟は岸ではなく、頼朝軍へ向かっていった。下手に逃げるより、そちらのほうが良いと考えたのだろう。いざという時の胆力に驚かされると共に、この段になって未だ知らぬ妻の姿を目にしたことで口元が綻ぶ。

「泣かせて悪い」

直垂の袖に滲んだ涙の跡を、知盛はそっと指で拭った。己の戦いはこれで終わる。仮に希子が戦いに敗れても悔いはない。ただ生きて欲しいがための方便であった。だが希子は最後までやり遂げる。そんな気がしてならなかった。

「祇園精舎（ぎおんしょうじゃ）の鐘の声、諸行無常（しょぎょうむじょう）の響きあり」

知盛は冒頭の一節を口にした。

「沙羅（しゃら）双樹（そうじゅ）の花の色、盛者必衰（じょうしゃひっすい）の理（ことわり）をあらはす」

一生のうちで共に生きた人々の、火花を散らした者の、皆の顔が空に浮かぶ。

「おごれる人も久しからず、唯（ただ）春の夜の夢のごとし」

ふと、誰かの声が重なっているような気がした。それが希子の声であるとすぐに気付いた。だが今の声ではない。些（いささ）か歳（とし）を重（かさ）ねているように思う。その良すぎる耳が後世から飛んで来た声まで捉（とら）えたなどという不思議ではあるまい。穏（おだ）やかな日々の中で、希子と共に歳を重ねる。今となっては有り得ないそんな将来を、心のうちに思い描いてしまったからであろう。

「たけき者も遂（つい）にはほろびぬ、偏（ひとえ）に風の前の塵（ちり）に同じ……」

もう唄（うた）うのは止めた。

終

己たちは何であったのか。

ふとそのようなことが頭を過ったが、すぐに考えるのを止めた。それは後の世の人々が考えればよいことなのだから。

「見るべき程のことは見つ」

知盛は希子に最後に告げたその言葉を口にした。

雲間から差し込む陽射しは煌めいている。空も、海も、光も、もう少しすれば、静かに、優しい茜に抱き込まれてゆくだろう。言った傍からそれを見たいと思っている己に可笑しみを感じ、知盛は薫風の中で苦く微笑んだ。

本作品は学芸通信社の配信により京都新聞、山陰中央新報、紀伊民報、山形新聞、四国新聞に２０２０年12月～２０２３年1月の期間、順次掲載したものです。出版に際し加筆・修正しております。

著者略歴

今村翔吾（いまむら・しょうご）
1984年京都府生まれ。滋賀県在住。「狐の城」で第23回九州さが大衆文学賞大賞・笹沢左保賞を受賞。デビュー作『火喰鳥 羽州ぼろ鳶組』（祥伝社文庫）で第7回歴史時代作家クラブ・文庫書き下ろし新人賞を受賞。「羽州ぼろ鳶組」は続々重版中の大人気シリーズ。同年、「童神」で第10回角川春樹小説賞を、選考委員（北方謙三、今野敏、角川春樹）満場一致の大絶賛で受賞。「童神」は『童の神』と改題し、第160回直木三十五賞候補にもなった。『八本目の槍』（新潮社）で第41回吉川英治文学新人賞、及び第8回野村胡堂文学賞を受賞、「週刊朝日」歴史・時代小説ベスト10第一位に選ばれた。『じんかん』が第163回直木賞候補及び第11回山田風太郎賞受賞、「週刊朝日」歴史・時代小説ベスト3第一位に選ばれた。『塞王の楯』（集英社）で第166回直木賞を受賞。「くらまし屋稼業」シリーズ（ハルキ文庫）もまたたく間に人気シリーズとなっている。他の著書に『幸村を討て』（中央公論新社）『イクサガミ　天』（講談社文庫）『てらこや青義堂　師匠、走る』（小学館）、初の現代小説『ひゃっか！　全国高校生花いけバトル』などがある。

Kadokawa Haruki Corporation

今村翔吾

茜唄（あかねうた）（下（げ））

*

2023年3月18日第一刷発行

発行者 角川春樹

発行所 株式会社 角川春樹事務所

〒102-0074 東京都千代田区九段南2-1-30 イタリア文化会館ビル

電話03-3263-5881（営業） 03-3263-5247（編集）

印刷・製本 中央精版印刷株式会社

ISBN978-4-7584-1440-1 C0093
http://www.kadokawaharuki.co.jp/
図版 三潮社